苏童作品系列

苏童

THE GODDESS PEAK

SU TONG

上海文艺出版社
Shanghai Literature & Art Publishing House

目录

马蹄莲

庞小姐在福来花店门口等人，等了很久，还是不见那个人的影子。他们昨天是约好了的，下午一点钟来看店面，可是对方却失约了。庞小姐仪态万方地在花店门口站了一会儿，渐渐地没了耐心，人便靠到橱窗上去了。她噘着嘴斜着眼睛看街上的行人和灯箱广告，好像在抱怨所有的事物都不守约。她打过那个人的手机，打过两次，对方手机都正常地响了，却没有人接听。

福来花店的门上也用白油漆刷了两个字：待租。店面的一半迎着大街，由瓷砖、玻璃和铝合金材料装饰，勉强算得上普通装潢，离广告上说的豪华水平却相去甚远。另一半店面藏在小巷里，是粗糙的水泥墙，墙的尽头是一个简易小便池的开端，偶尔会有个过路的男人站到那儿去，肩膀一动一动的。从地理位置来说，花店不在闹市，却也不算冷僻。花店的隔壁是一家杂货铺，斜对面分别是一个修理钟表的摊位和一个书报亭。庞小姐在向四周张望的时候，杂货铺的女主人和修钟表的小宫也在瞟她，书报亭里的老孙眼神不好，他悄悄地戴上老花眼镜，看见的仍然是一个似曾相识的女孩子的轮廓。他们都觉得庞小姐面熟，女店主一直在向庞小姐微笑，小宫曾经两次对庞小姐挥手示意，庞小姐似乎看到了，也似乎没注意，反正没有回应他们。他们后来就不再盯着庞小姐看了，也许认错人了呢，庞小姐看起来有点傲慢，她一定不认识他们。

庞小姐穿着白领女性常穿的西装套裙，深灰色的，还有高跟鞋，站在花店外面的台阶上，看上去这个人与花店非常匹配。她身后靠玻璃橱窗的地方堆放着几只半人高的藤条花篮，花篮好像一直是放在露天的，好多藤条已经发黑，折断了。庞小姐的高跟鞋恰好踩着一块红色的化纤地毯，地毯也已经污痕斑斑了，但上面嵌着的两个字仍然清晰可见：欢迎。

已经一点三十分了，庞小姐看着手机上的时间显示，嘴里嘀咕了一句什么，眉头尖锐地皱了起来。她随手又拨了个电话，这次她有点惊讶了，她听见从身后的花店里传来了一阵急促的电话铃声，里面好像是有人的。庞小姐疑惑地凑到玻璃门前，推了推门，门开了一条缝，是一把链条锁锁着门。花店里面涌出的一股气味使她下意识地闪避了一下，那是夹杂着腐烂的植物味、烟味和臭袜子味的室内空气，不像花店，倒像民工宿舍的气味。庞小姐更疑惑了，她捂着鼻子从门缝里向内张望，看见的是一片花的废墟，各种陶制花瓶和玻璃花瓶的废墟，还有塑料剪刀、包装绳、报纸、纸盒杂乱地堆了一地。她听见里面的手机还在响，她甚至看见了那只手机，它被主人放在一只玻璃花瓶的瓶口处。在庞小姐预计到什么的同时，她看见一只手从一堆纸盒后面爬出来，先抓住花瓶在地上拖了一段，然后摇了摇花瓶，抓住了手机。她在花店和无线电波里同时听见了肖先生粗哑的声音。你是谁？

街对面修钟表的小宫看见歇业的花店里有人出来给庞小姐开门，是个瘦高个的男人，花店是背阴的，没有灯光白天的光线也显得暗淡，所以小宫并没看清那男人的长相。

肖先生睡眼惺忪，脸颊上印着一小片细密的条状花纹，很明显是草席压出来的。他弯着腰和庞小姐握了握手。庞小姐闻到他嘴里吐出来一股难闻的气味，是男人特有的混杂着烟味和口腔疾病的腥臭，庞小姐下意识地退后一步，视线也垂了下去，打量起他的穿着来。肖先生的衬衫和裤子一白一黑，看不出是什么面料，白衬衫领子有点发黑，皱巴巴的，皮带上一排拴着三样东西，手机套、钥匙链和打火机盒，是外面讨生活的男人常见的装束，但他脚上那双拖鞋使庞小姐突然疑惑起来，她说，你是昨天电话里的肖先生吗？

我不是肖先生？他的反应却很敏捷，冷不丁反问道，那我是谁？

我不是那个意思。庞小姐眨巴着眼睛盯着对方的脚，她犹豫着，还是把内心的疑惑说出来了，你这个样子，不像老板，就像建筑工地上的民工嘛。

民工怎么啦？肖先生的眼睛一亮，说，这位小姐看不起民工？

不是那个意思，你口音是本地人嘛，不是民工。庞小姐发现自己这么说话很被动，就突然改变话题，你这个人怎么一点不守信用？她说，说好了一点半见面的，害我在外面白等了半个小时！

我在睡觉。他说，我睡觉很死，听不见铃声。

你这人好福气，一睡睡到下午！庞小姐说，昨天我们联系的时候你好像也是刚刚醒过来的样子，今天我们约好的时间，你还在睡。

你说得对，我有福气睡觉，我就剩下睡觉的福气了。他说，我这么睡了好多天了。夜里睡，白天也睡，我睡得着。

你这么睡不是浪费时间吗？庞小姐说，不仅浪费你的时间，也浪费了我的时间。

不，浪费了你一点时间，没有浪费我的。他说，我有的是时间，谈不上浪费。

庞小姐瞥了一眼屋角那张草席，草席上什么也没有，甚至没有枕头，却扔着一面小圆镜，她有点纳闷，镜子和这个邋遢的男人似乎不应该在一起。她想坐下来和他好好谈谈门面的事，这不是应酬，几句话就能把对方打发了。庞小姐左顾右盼的，想找一把椅子，可是花店里只剩下一张桌子了，没有椅子。

肖先生似乎知道她在想什么，他弯着腰在满地残花和花瓶花盆里找，从垃圾里搬了一盆仿真植物过来，一只手把植物拽出来，另一只手就把花盆倒过来了，放在她旁边。肖先生说，没有椅子，对不起，你将就着坐花盆吧。

庞小姐不愿意坐在一只花盆上，她只好站着。她说，你这儿，怎么好像是被人打劫过的？

是。是被人打劫了。

我开玩笑呢，我是说你这儿怎么这样乱，就算不做鲜花生意了，还要盘给别人做，怎么不稍稍收拾一下？

是被人打劫了。他说，你开玩笑我没开玩笑。

谁会打劫花店呀？庞小姐的身体又下意识地往后面缩了一下，瞪大眼睛盯着肖先生，你不是开玩笑？谁干的？你报警了吗？

报什么警？不是强盗，是家贼。他说。

庞小姐仍然满腹狐疑，你这人，怎么说话不着边际的？跟你这样的老板打交道，我很紧张。

我不是老板，你说的，我是建筑工地上的民工。肖先生说。

庞小姐有点窘，似乎为了掩饰自己的窘境，她转过脸去打量着花店的内部装潢。她说，你这家花店以前生意不错的嘛，我前一阵路过这里还来买过花，有个女的，人长得漂亮，也会做生意，我本来挑了一把康乃馨，她劝我买马蹄莲，说这儿的马蹄莲是全市最便宜的，我还就让她说动了，买了一把马蹄莲，多花了好多钱。

你在说小菊吧？

我忘了叫什么，好像她是店里的经理，她很会做生意呀。

做生意就凭一张嘴。他说，她心眼多，嘴又能说会道，她能把死人说活了，能把拖拉机说到天上去飞。

她是你什么人？你女儿吗？

我有那么老？他说，我看上去那么老了？

对不起，我误会了。大概不是你老，是她看上去很年轻。是你太太吗？

我不知道。

怎么会不知道？庞小姐笑起来，她说，你这人很会开玩笑呀。

是不知道。他说，我不知道她是我什么人，她知道，她是我什么人，这事要问她。

她现在人呢？庞小姐犹豫了一会儿，最终还是把一个核心问题提出来了。

他没有回答，他嘿地一笑，抬起充满血丝的眼睛朝这里看一眼，朝那里看一眼，却始终回避庞小姐急切的眼神。然后庞小姐看见他从草席上拿起了那面小镜子，握在手心里，对着外面照了照。今天要下雨。他说，今天肯定会下雨。

你用镜子测天气？

测什么天气？天气关我屁事。肖先生说，我在这儿躺了好几天了，别人见不着我，但我可以看见他们，看见他们的脸。谁活得得意，谁活得不好，我这面镜子都照得出来。

花店里突然就安静下来了，可以隐隐约约地听到邻近的唱片店里播放摇滚乐的声音，那声音听上去好像一个人在用金属物敲打自己的头颅，人便发出了比金属物更尖锐更高亢的喊叫。

对不起，庞小姐尽量地躲着镜子，惟恐他把自己收到镜子里去。她说，你有心事，我看得出来。我不该打听这些的，我们还是谈谈正事吧。

心事不值钱的，告诉你也没关系。他突然又笑了一声，说，有人喜欢买花，有人喜欢买人，价钱不一样罢了，我告诉你，小菊，她让人买走了。

什么买走了？庞小姐终于明白了什么，她的眼神里现在一半是好奇，一半是恐惧，看得出来她对买人的故事有兴趣，她说，肖先生你又开玩笑了，一个大活人，怎么能让人买了呢。

有个人来买花，买了几次花，就把人也一起买走了。肖先生收起了镜子，把它放在裤子口袋里。他说，一个愿买，一个愿卖，成交啦。

庞小姐这时候忽然清晰地记起了那个女人的容貌，微黑的时髦的肤色，鼻子很小巧，却很挺拔，胸部也一样，买花的时候天气还很热，庞小姐记得她穿一件白色的小背心，背心上绣了几朵小小的花，花型也是马蹄莲的。只有她的口音透出一丝乡下气，庞小姐可以断定她和自己是一个县里出来的，她记得问过那个女人家乡在哪里，那女人哀伤而造作的回答让庞小姐永远难忘，出来了就没有家乡了，地球就是我家乡。

男人打了个呵欠，他的身体几乎靠在墙上，一只手挠着大腿，他说，你们女孩子都喜欢开花店，为什么？

这还用问为什么？女孩子都爱花呀。

为什么女孩子都爱花？他说，花儿美？不一定，我现在觉得花是世界上最没用的东西。没用的就是废物，废物怎么会美呢？不美，还伤人！比如那个马蹄莲，我一看见它胸口就疼。马蹄莲，花名字起得好呀，看见它就像看见马蹄，踹我的胸口！

庞小姐掩着嘴笑了，她知道这个男人受了刺激，说话不免有意气用事之处，她不好说什么，说什么都容易得罪了他。

我从来就不喜欢花，现在更不喜欢了，我看见花就恶心，不骗你，好比康乃馨，看上去不错，你闻闻它的根试试，臭死了，比厕所的尿骚味还难闻。

庞小姐有点尴尬起来，她猜这个肖先生是在借无辜的花儿发泄着对人的仇恨，她能够理解一个男人受伤的心情，但她不能接受他用如此刻毒的语言糟蹋花的名誉。庞小姐清了清嗓子，她说，男人很少有喜欢花的，女人很少有不喜欢花的，我就是喜欢花，我做梦都想要有一间花店。

是，你做梦都想有一间花店，你电话里告诉过我了。男人睨视着客人，他的表情看上去有点古怪，好像是轻蔑，好像是失望，然后他走到角落里，打开一堆塑料文件柜，我的租赁合约都在这里，你看一看，签了字付了租金，你明天就可以在这里卖你的花了。他拍打着一堆文件上的灰尘，突然想起了什么，我电话里说清楚的，租金半年一付，三个月不行，一个月就更不行了，一共一万二，你带来了吗？

庞小姐低下头去，她的手有点紧张地扯弄着套裙上的一道褶皱，我正想跟你商量这事，她迟疑着，我先交一个月的，到九月份，我买的债券到期，一定把半年租金补齐。

到九月份我要是死了呢？你要是死了呢？我就知道你在浪费我的时间。男人手脚很重地撞上文件柜的抽屉，他说，免谈免谈，我要继续睡觉了。

你这人怎么这么说话？庞小姐的脸涨得通红，她从小包里掏出一张单据向肖先生挥着，九月份就到期了！我从来不骗人，你为什么不相信人呢？

我就这么说话。肖先生又走回到草席旁边，人沉重地躺了下去，他说，我不相信人，我相信钱。

话说到这个份上，花店里的气氛完全变得冰冷的了，应酬的客套和一点点人情味丧失以后，两个人冤家似的对峙着，一个以懒洋洋的姿势躺着，另一个站着，眼睛里渗出了委屈的泪水。

我做梦都想开一间花店，我攒那么多年的钱，就是想开一家花店。庞小姐抹了抹湿润的眼角，她说话的声音哽咽着，你不信任我，没什么，可你让我的梦想破灭了，我会恨你一辈子。

起初肖先生不作任何表示，他只是侧躺着，一只手枕着脑袋，另一只手不时地挠着他的左脚脚踝。突然，肖先生冷笑了一声，坐了起来，你在演电视剧呀？几滴眼泪就想骗我？什么叫梦想，什么叫破灭，我不懂这一套，我就懂钱，懂吃饭，懂活命！他说，把我当傻子？他妈的，现在的女孩子，都可以去当女间谍，演什么像什么！都把我当傻子，手机挂在脖子上，穿得那么时髦，一万二的租金拿不出来？你说攒那么多年钱，钱呢？看你打扮是个白领嘛，你到底是做什么的，不会是保姆吧？

谁做保姆？你别张嘴就糟蹋人！庞小姐这么喊了一声，忽然低下头去，她擤了一下鼻涕，掏出一张皱巴巴的纸巾擦了擦鼻子，又把纸巾塞回小包里了，她说，一个大男人，对小姐该讲点绅士精神。你就不能通融一下？

我跟你通融了，钱不跟我通融，借钱给我的人也不跟我通融。我让你实现了梦想我就该撞火车去了。肖先生说着虚起眼睛打量起庞小姐来，你到底是干什么的？口口声声要盘店，口气很大，什么见面详谈，什么经营执照税务登记的你全懂，怎么这点钱拿不出来？你不会是在外面做鸡的吧？

你才做鸡！你们一家都做鸡！庞小姐尖叫起来，不断升级的伤害让她无法承受，她踢翻了一只花盆，又踢翻了一只玻璃花瓶，一路破坏着向门那儿走，你这种男人，不让女人抛弃才怪，睡你的觉去吧，睡了永远别起来！

庞小姐拉门的时候发现玻璃门是坏的，拉也不行，推也不行，只能开一半。她听见后面响起了肖先生的笑声。你以为你是在咒我呢？睡了永远不起来？我巴不得，可惜一觉睡不过去。肖先生已经从草席上坐了起来，他说，小姐，你别急着走，买卖不成缘分在，你能不能帮我一个忙？让我一觉睡过去，永远别起来！

庞小姐在气头上，回头说了一句，那不用我帮忙，自己爬起来，去药店买一瓶安眠药！

我不能出去，我不想让他们看见我。肖先生说，你要是帮我去药店买一瓶安眠药，租金上可以通融一下，先交三个月的就行。

你疯了。庞小姐抓着门拉手用劲拽了一下，门吱嘎尖叫了一声。庞小姐跺着脚说，你这破花店没人要租；什么都是坏的，人的脑子也坏了。你就不能站起来，帮我开一下门？

是你要出去，你自己开门。肖先生仍然坐在草席上，用那面小镜子照了照庞小姐的脸，他说，我看你脑子也聪明不到哪儿去，连门也不会开，你要是聪明一点，什么门都可以开。

你什么意思？

我什么意思，你如果脑子没坏，早就该知道了。

庞小姐回头盯着肖先生看了一会儿，嘴角上浮出一丝讥讽而傲慢的微笑，你这种男人，她冷笑着说，你这种男人，死了也不可惜。

然后庞小姐去推另外半扇玻璃门，这次门推开了。推开门她才发现外面下起了雨，对面修钟表的摊子已经不见了，书报亭上也撑起了一把广告伞。豆大的雨点打在街道上，空气中夹杂着尘土淡淡的腥味和花店残存的一点清香。庞小姐站在门口的台阶上，看见杂货铺的女人探出头看她，看一下又缩回去了。庞小姐向杂货铺那里厌恶地翻了个白眼，讨厌，她抬头看着灰蒙蒙的天空，嘴里嘟囔着，不知是在骂天还是骂人。也就在这时她感到身后响起一阵沙沙的声音，庞小姐回头一看，发现肖先生起来了，他的一条腿和一只胳膊挤在门缝处，手里拿着一件揉成团状的塑料雨衣。

没有雨伞，你就将就着用雨衣吧。

庞小姐打开那件红色的雨衣，发现一个更大的意外，雨衣里还包着一枝白色的马蹄莲。雨衣一打开，马蹄莲轻轻地落在她的高跟鞋上。

你别把眼睛瞪那么大，我没别的意思。肖先生站在门缝处说，花店里就这一朵没枯的花了，我看见它胸口就疼，你喜欢你带回家，养在瓶里，还能开两天。

庞小姐抱着雨衣和花，一时不知说什么好，她看见肖先生的一只穿拖鞋的脚伸在外面，脚背上有一块很大的暗红色的疮疤，好像是严重的烧伤留下的痕迹。

这次像个男人了吧？肖先生在里面幽幽地一笑，然后他关上了门。关门之前庞小姐听见他又说了句不中听的话，你把我当坏人？是你脑子坏了。告诉你，我要是坏人，也不会落到这个地步！

穿灰色套裙的庞小姐五天之后又出现在福来花店的门口。五天时间没有改变庞小姐，但福来花店门口的杂物都被清理过了，有人在玻璃门上贴了封条。庞小姐手里抱着那件红色的塑料雨衣，站在花店门前的台阶上。当然，街对面修钟表的小宫和旁边杂货铺的女店主都注意到她了，卖报纸的老孙知道自己戴上老花镜也看不清女孩的模样，干脆就不管闲事了。

庞小姐不喜欢杂货铺女店主那种侦探般的目光，她穿过街道走到小宫那里去问讯。她指着福来花店的门问小宫，为什么花店门上贴了封条？花店门面有人租掉了吗？

钟表匠似笑非笑地看着她，他脸上的表情有点怪异。你不知道花店老板出事了？他放下手里的东西，打量庞小姐的目光渐渐变得犀利起来，就是你进花店那天夜里出的事，那个老板吃了一瓶安眠药！

庞小姐惊叫了一声，已经死了？

多半是死了，听说是一大瓶安眠药，不死也是植物人了。小宫说，他在外面欠了一屁股债，人家来花店追债，债没追到，追了一条人命。

庞小姐脸色煞白，转过身去看看对面的花店，看一下好像受到一次惊吓，慌忙转过身背对着花店。她的手一直在折叠那件塑料雨衣，塑料雨衣沙沙地响，过了一会儿庞小姐清了清嗓子，问，他到底为什么寻短见呀？

寻短见还能为什么，不是为人就是为财嘛，听说他两个都沾，都说他是人财两空。

人财两空也不能轻生呀，可以从头再来的。庞小姐的眼神里一半是哀伤，一半是疑惑，他虽没什么教养，人是个好人。她说，那天还好好的，虽然消沉了些，不过还开玩笑呢，看不出来是真想死的人嘛。

你也看不出来？小宫目光炯炯地盯着庞小姐，说，那天你不是进去了很长时间吗，我以为你跟他很熟呢。

不。你弄错了。庞小姐突然从小宫的表情里看出了什么潜台词，她提高声音说，我不认识他，我只是跟他谈店面出租的事。

庞小姐这时感到自己的脸亮了一下，她下意识地偏过脸，看见一个圆圆的淡黄色光圈跳到了钟表匠的脸上。什么东西！她捂着脸惊叫了一声。小宫看见庞小姐惊慌的样子便笑了。别怕，是花店里那面小镜子，他说，我前天就去看过了，不知道是谁的小镜子，放在墙根上，正好对着玻璃，一出太阳镜子就晃人的脸。

庞小姐记起了什么。是镜子。她说，镜子的反射。庞小姐面色苍白地站在钟表摊前，很明显她是在努力镇定自己的情绪。过了一会儿庞小姐向旁边的垃圾箱那里走，她背对着小宫把那件红色的雨衣放进了垃圾箱里。小宫没看清庞小姐在干什么，他一直断定庞小姐就是某某人，终于忍不住对着女孩子的背影喊了起来，喂，你是以前在对面剪玫瑰的小琴吗？庞小姐回过头，说，什么？什么剪玫瑰？小宫说，以前福来花店生意好的时候，有个打工的女孩子天天在门口剪玫瑰的刺，她跟你长得一模一样，一模一样！

你认错人了。庞小姐愣了一下，很奇怪地拿起挂在胸前的手机看了看，什么打工，什么剪玫瑰的刺？她说着把手机放回到胸前，我从来没在花店打过工，你认错人啦。我进花店都是去买花的。一丝骄矜的微笑很快回归到庞小姐的脸上，她向花店看了一下，又向钟表摊看了看，最后她走回到钟表摊。

我做保险的。庞小姐说着从小包里掏出一张名片，用一种很职业的语气推荐起她的业务来，我们做八个险种，最受欢迎的是医疗保险和人身意外保险，她说着灵机一动，手指向对面的花店指了指，你也看见对面花店的事情了，天有不测风云，人有旦夕祸福，如果那位老板参保了，他就能留下赔付金了。

不对吧？小宫抬起头，疑惑地看着庞小姐，听说寻短见的不赔钱。

庞小姐笑了笑，她说，你听我把话说完嘛，我是说，如果他聪明一点，如果他不那么脆弱，如果他是死于意外，家属就可以得到一大笔赔付！

小宫瞟了眼庞小姐崭新的名片，看见的是一个著名的保险公司的台头，一个预料外的名字，庞雅娜。他想或许他是认错人了，这个小姐除了和剪花刺的小琴面貌相像，没有别的是一致的。小宫便一边修表一边听着庞小姐热情详细的业务介绍，听了一会儿他发现对面小镜子的反光正在晃自己的眼睛，影响他的工作，他就把凳子向旁边移了一下，随手打开一个小抽屉，把庞小姐的名片扔进了一堆待修的手表中。

庞小姐期盼地看着钟表匠，问，怎么样，你考虑哪个险种比较适合你？不一定现在答复我，考虑好了打我的手机好了。

钟表匠小宫突然有点不耐烦，他啪地打开一只手表的盖子，用小镊子在手表的内脏里这儿戳一下，那儿捅一下，他说，谁考虑这东西？死就死了，活就活了，保什么险呀！

（2003 年）

巨婴

乡村医生从篮子里抓起了一块饼。他简单的午餐一再推迟，完全是因为登门求子的不孕妇女太多了。饼是前几天烙的，已经发硬了，他摘下了墙上的军用水壶，这时候门外又响起了脚步声。那个女人的身影在竹帘外面晃了几下，最后停留在窗洞那里。窗洞很小，以前是配药的窗口，乡村医生能看见女人穿着白底红花的衬衣，以及衬衣下面微微隆起的乳房，却看不见她的脸。

到屋里来。乡村医生咬了一口饼说，站在外面怎么看病？

我就在外面。女人的嗓音很细小，好像怕过路的行人听到，她说，医生，你给我一帖药就行了，快一点，我还要赶回家去。

医生笑起来，他抱着水壶喝了一口水，说，没见过你这样的人，不看病怎么给你开药？你要开什么药？

送子汤。女人在外面用更低的声音说，他们说你的送子汤很灵验。医生，你就快一点吧，我急着赶回家去。

乡村医生觉得这女人来历蹊跷，他走到外面，站在台阶上向女人张望了一眼，看见女人戴着一顶草帽，草帽上的一圈棉布正好把她的脸遮盖住了，他认不出女人是谁，或许他根本就不认识她。

乡村医生决定不理睬这个鬼鬼祟祟的女人，他坐下来打开工作日志写上日期，一边大声地嚼着饼一边数落窗外的女人，我是医生，不是庙里的神仙，他说，我开的药虽然很灵验，但也不是仙丹，谁吃谁管用。不看病就要药？亏你想得出来！

女人不知道是什么时候进来的。乡村医生听见身后的凳子咯吱响了一下，他闻见一种很强烈的汗酸味，一回头就看见那个女人，已经端坐在凳子上了。

我不解裤子。女人说。

谁让你解裤子了？乡村医生有点恼火地说，你以为我干这行当是为了让你们解裤子？把你的手伸过来，让我搭脉。

女人犹豫着把手伸给乡村医生，乡村医生没有好气地把她的手粗暴地按在桌子上，他为女人诊脉的时候看见她的指甲缝里郁积着满满的黑垢，而且女人的手上散发着一种腥臭的鸡粪味。

你有男人了？乡村医生随口问了一句，他知道自己不该这么问，他不知道为什么对这个女人充满恶意。

女人低下了头，她不回答。乡村医生看见她的草帽上有一圈汗渍，就像男人的草帽一样，她的脖颈上戴着一只银项圈，本地的妇女早就不佩戴这种古老的饰物了，乡村医生由此判断女人来自山上的王堡一带，只有那里的女人才佩戴银项圈。

你是山上人？你从王堡来？乡村医生仔细听着女人的脉息，对方长久的沉默突然引起了他的警觉，他说，怎么回事？你没有男人？你到底有没有结婚？乡村医生盯着女人草帽上的布圈，他忍不住想揭开它，但女人敏捷地躲闪开了，乡村医生嗤地一笑，他说，你脑筋不好吧，没男人怎么怀孩子？喝多少送子汤都没用！

女人的身子在凳子上左右扭动着，她的呼吸变得急促起来，然后乡村医生听见了女人嘤嘤的哭声，女人突然跪下来抱住医生的一条腿，她说，医生你救救我，给我一个孩子，给我一个男孩，让我报仇。

乡村医生下意识地跳起来，他的手臂将女人的草帽碰翻了，女人发出一声尖叫，与此同时乡村医生看见了一张世界上最丑陋的脸，那是一张高度灼伤的女人的脸，除了一双眼睛完好无损，女人的肌肤就像一块枯黑的松树皮。

此后发生的事情对于乡村医生来说恍若梦境，他记得女人拾起草帽冲了出去，乡村医生受到了惊吓，他瘫坐在那个窗洞前，他以为女人已经走了，但是紧接着他看见一只手从窗洞里伸进来，是那只指甲缝里积满黑垢的手。女人在窗外说，给我送子汤，求求你，给我送子汤，让我报仇。

乡村医生惊惶中拿起桌上的一串药包，他将药包递出去的时候触到了女人的手，乡村医生强压心头的恐惧抓住女人的手指，他说，报仇报仇，报什么仇？女人抽脱了她的手，她说，等我有了儿子你就知道了。

那是一个夏天的午后。天气很闷热。乡村医生记得他追出去看那个女人往哪里走，他预感到这个女人日后将是小镇人谈天说地的话题，他准备招呼对面理发铺、隔壁供销社的人看那个女人，但令人失望的是那些懒惰成性的人都趴在柜台上睡着了。那个来自山上的丑陋的女人，就像一个普通的农妇一样穿过小镇的石板路，没有引起任何人的注意，乡村医生看见她在玉米地那里拐弯，消失在通向山区的小路上。

整个下午乡村医生失魂落魄，大约在四点钟左右他听见天边掠过一串惊雷，雷声那么尖锐响亮，使乡村医生和屋子里的几个女人都捂住了耳朵。不知怎么乡村医生想到了那个离去的女人，他猜想此刻她正走在山路上，那个女人正在电闪雷鸣中赶路，乡村医生为他的一个幻想感到不安，他依稀看见一道蓝色的闪电击中了女人头上的草帽，而女人手中的药包已经破碎，黑色的药草全部洒在泥泞的山路上。

王堡一带的人很少下山来，他们种植玉米、红薯和苹果，终日粗茶淡饭，身子却比进入小康生活的小镇人结实健康。很长一段时间里乡村医生喜欢与病人聊聊王堡的那个女人，但是谁也不认识她。镇上没有人记得这么个戴草帽的女人，他们对这个故事没有产生足够的兴趣，当乡村医生着重谈及她求子与复仇有关时，这些人的评价还是一句话，那个女人是疯的！

第二年春天供销社的流动售货车去了王堡，回来时带来一个耸人听闻的消息，说王堡有个黄花闺女生了孩子，生了三天三夜，最后产下了一个巨婴。说巨婴有十八斤重，看上去就像个三岁大的男孩，皮肤黝黑，嗓音雄壮，右手手指只有四根，更神奇的是巨婴的小鸡鸡，它被供销社的人描述成一根优质胡萝卜，供销社的女职员瞪大眼睛说，骗你们是狗，他的小鸡鸡旁边已经长出一圈毛毛来了！

乡村医生当时在供销社里买香烟，他仗着自己的医学知识呵斥那些女店员，说他们没有脑子，轻信别人的谣言。有个女店员却冲着乡村医生说，你才没脑子呢，怎么是谣言，我们亲眼看见那孩子了！乡村医生说，你们怎么知道那孩子才生下来？王堡那地方的人不开化，神神鬼鬼的，兴许那孩子就是三岁大了呢？女店员还是一副受了冤枉的样子，大叫一声，我们亲眼见她生的，我们给那姑娘家送棉花和被子，亲眼看见她在那儿生的。那姑娘的脸烧坏了，没人娶她，她是个姑娘家，一村人都围在外面看她生孩子啊！旁边有人嬉笑着说，黄花闺女不偷汉，怎么生孩子？女店员仍然瞪大眼睛激动地说，奇怪就奇怪在这里，一村人都说她没偷过男人，说是雷公让她怀的孕！不由你不信，要不她怎么就生下这么大个婴儿呢？

乡村医生猛然意识到什么，他愣了一会儿，说了声，我的药！拔腿就往他的小诊所跑。乡村医生心乱如麻，他焦急地找出去年的工作日记，找到了那天下午的发药记录。他看见了那个女人的名字：居春花。他还看见自己在病人婚姻状况和不孕病因栏里打了几个问号。

乡村医生回忆起居春花提走了六包药。他对自家祖传的药方突然感到一种恐惧，与雷公让姑娘家怀孕的说法相比，乡村医生情愿相信是自己配制的送子汤创造了这个传奇。从春天开始，乡村医生悄悄地提高了他的送子汤的价格，有的病人对他的做法表示了不满，乡村医生没有把居春花怀孕的事作为炫耀的资本，他知道这种奇迹毕竟是奇迹，说多了反而让人骂你是江湖骗子，所以乡村医生就把那本工作日志摊在桌上，他用圆珠笔指着那页纸说，王堡的居春花就是在我这儿配的药。每逢此时病人的脸上就出现了相仿的惊喜的表情，他们说，我说的嘛，雷公怎么能让人生孩子？闹半天还是你的药啊。乡村医生就淡然一笑，说，我的药，力气大，一分价钱一分货。

有一天一群怀抱孩子的妇女仓皇地出现在小镇的街道上，从他们脖子上的银项圈不难看出他们来自山上的王堡。女人孩子混杂在一起的哭声惊动了所有小镇人，他们看见那些王堡的母亲笨拙地抬着孩子的手，所有孩子的右手都用破布和棉絮包扎着，血迹斑斑。一个王堡女人举着她儿子的手向路人哭诉，再次提及了居春花的名字，她说，居春花生的不是孩子，是个狼崽啊，那狼崽把孩子的手指咬断啦！

他们啼哭着撞进了乡村医生的诊所。乡村医生从来没见过这种架势，慌了手脚，他发现那些孩子的右手小拇指就像刚刚被联合收割机碾过，它们像可怜的庄稼一样倒伏在手背上。乡村医生对不孕妇女很有办法，但是面对这些小拇指他急得满头大汗。他寻找着红汞和药棉，嘴里一迭声地问，这是怎么回事？你们王堡有疯狗吗？王堡的母亲们又大声嚎哭起来，她们说，不是疯狗，是居春花生下的怪胎儿子，他满地跑着咬小孩的手指啊。乡村医生说，这怎么可能？那孩子才半岁大，牙还没长出来。王堡的母亲们就说，医生，那孩子的牙已经出齐啦，他咬人比狼还狠。乡村医生说，这怎么可能？他才半岁大，走路都不会呀。女人们又叫起来，说，医生，那不是一般的孩子，是魔鬼呀，他生出来八天就满地乱跑，到处叼人的奶头，我们都让他喝了奶水，他力气大得吓人，推他也推不开。乡村医生惊惶地瞪着眼睛，怎么可能？他妈妈，居春花，她不管自己的孩子吗？女人们这时都纷纷嚷嚷起来，她们说，医生你不知道，是居春花教的呀！她儿子咬人的手指，她就在旁边看，她还笑！乡村医生的眼前两次出现了居春花的丑陋焦黑的脸，他沉吟了一会，问，这居春花，她到底要报什么仇？王堡的女人们一下就不说话了，乡村医生从她们脸上看出一丝内疚和自责，有个女人说，我们对她是不好，可是也不能怪我们，她那模样太吓人了。另一个女人说，我们主要是不让孩子看见她，孩子胆小，怕把孩子吓着。这居春花不是人啊，她要报仇也该冲着大人来，怎么把仇结到孩子身上来？乡村医生开始点头，他似乎有点明白这件事情的来龙去脉了。我懂了，乡村医生说，为什么咬小拇指？她要她的孩子跟你们的孩子一样，大家都只有四根手指。女人们都赞同他的分析，她们说，居春花，她的良心是狼粪做的！七个孩子，七根小拇指，乡村医生像扶苗一样固定在纱布里，他知道这样不能解决问题，所以他建议王堡的母亲们坐拖拉机去县医院做手术。在那些女人抱着孩子等待拖拉机到来时，乡村医生抽空打听了居春花的情况，当然主要是她脸上的大面积的灼伤，王堡人的回答使他感到意外，她们说，她从娘肚子里出来就这样，怪不了谁。乡村医生一时无言，后来他就问了他最想知道的问题，居春花，他的眼睛闪闪烁烁地看着那些焦急的女人，他说，居春花有没有告诉你们，她是在我这儿配的送子汤。女人们都木然地看着乡村医生，她们似乎不明白他的用意，有个女人突然大叫起来，说，什么送子汤呀？我们王堡人现在都闹明白了，哪来什么送子汤，哪来什么雷公？居春花是跟一匹狼，才生下个小狼崽！另一个女人附和道，是人都嫌她，就是狼不嫌她嘛。

乡村医生意识到面对这群悲愤过度的母亲，他已不能打听到关于居春花的真实面目。他想要验证这个传奇的实质，要验证他家祖传的药方，必须自己到王堡去一趟了。

乡村医生去王堡的那天是个阴天，为了防备下雨他带了一把雨伞。路不好走，乡村医生走到半山腰时已经衣衫尽湿，他看见了山坡上王堡的那些黄泥房屋，看见著名的王堡大苹果喜盈盈地挂在果树上。在村口乡村医生看见一个正在摘苹果的女孩，他问女孩居春花家怎么走，女孩好奇地看着他，反问道，你是警察吗，你是来把狼崽带走的吗？乡村医生还没说什么，女孩就把她的右手伸给他看，她说，狼崽也咬了我一口，我躲得快，就留下点牙印。乡村医生不知怎么不喜欢女孩对巨婴的称呼，他和蔼地对她说，不能随便叫人狼崽，他跟你一样，也是个孩子，不过是生长发育得太快而已。女孩清澈天真的眼神使他忍不住地向她透露了自己的秘密，他说，你知道吗，巨婴的妈妈居春花喝了我的药汤。

乡村医生跟着女孩走进村子，马上就察觉到笼罩在王堡上空的紧张异样的气氛，许多王堡的村民提着锄头、铁耙向大槐树下的一座土屋拥去，大人们一个个脸色阴沉，孩子们则像过节一样欢天喜地，乡村医生看见大槐树下已经围了黑压压的一群人。乡村医生问女孩，出了什么事？女孩说，他们要把居春花和她儿子撵出村子，不让狼崽再咬人了。

乡村医生快步向前走去，他风风火火拨开人群，引起了王堡人的注意，他们都瞪着他，问，你是什么人？小女孩在后面喊叫着，说，他是县里来的警察，来把狼崽抓到监狱里去！乡村医生无心解释什么，他急于要见到那个巨婴，众人不明就里，给他让了一条路，他推开居春花家虚掩的门，差点撞到了正在哺乳的那母子俩。这番景象不仅使乡村医生错愕，也使外面的人群一片哗然，谁也想不到这种时候居春花母子在安享天伦。乡村医生往后退了一步，他看见居春花正缓缓地放下她的儿子，他看见了那个真正的巨婴，巨婴看上去大约有七八岁大，皮肤状如黑炭，眉眼却还周正，他好奇地看着乡村医生，说，你是警察？你为什么要来抓我？乡村医生继续后退着，他向巨婴摇着头，一边向居春花喊，我是流水镇的张医生，你还记得吗，你服用了我的药汤。越过巨婴硕大的头顶，他看见居春花扶了一下她头上的草帽，她的脸还是躲藏在草帽和布条的阴影里，但他能觉察到她的漠然，他看见居春花拍了拍巨婴的头顶，居春花沙哑而平静的声音使他如遭雷击。

你爸爸来了。孩子，叫他爸爸。居春花对巨婴这么说。

乡村医生惊呆了，他站在那里，听见旁边的人群中响起一片嘤嘤嗡嗡的声音，乡村医生看见巨婴的那只不大不小的右手，只有四根手指的右手正急切地向他伸过来。他看见巨婴明亮的眼睛注视着他，巨婴红润的嘴唇已经启开，巨婴即将向他吐出那个简单而响亮的音节，爸、爸。乡村医生终于狂叫起来，不，不是！乡村医生丢下了他手中的雨伞，推开王堡的人群冲了出去。他感觉到后面有人在追他，他们向他叫喊着什么，但巨大的恐惧感使乡村医生丧失了听觉，他听见的声音近似冬天旷野中呼呼的风声。

秋冬之季流水镇的乡村医生身体不适，躺在家里静养了一段时间。镇上的人不知道他的王堡之行，等到乡村医生再次出现在小诊所时，人们都向他打听他得的什么病，乡村医生对自己的病情讳莫如深，他说他只是受到了一点风寒。

小诊所一开张，四周围的不孕妇女又蜂拥而至，但令他们失望的是乡村医生像是变了一个人似的，他对她们的态度非常冷淡，而且每次配药都是小剂量的一小包，有的不孕妇女当面埋怨说，张医生你是怎么回事？多拿药多给钱，你每次都像配砒霜似的，这么一点药有什么用？乡村医生仍然拉长了脸，他冷笑着问那些妇女，你不想要巨婴吧？你要是想要个正常的孩子，这点药就够了！

冬天的时候乡村医生经常和对面理发师傅坐在一起晒太阳。乡村医生对来往于小镇的陌生人，始终有一种特别的警觉，他曾经关照过理发师傅，一旦看见一个头戴草帽的女人，一定要招呼他一声。理发师傅当然要刨根问底，乡村医生几次都是欲言又止，只是说，是个冤家，她迟早要找上门来。

临近年关的一天，小镇的街道上出现了一个头戴草帽的女人，女人的手牵着一个十来岁的男孩，看那母子俩破衣烂衫风尘仆仆的样子，人们联想到的是山南地区的水灾，许多灾民都在富足的流水镇一带行乞。母子俩经过面条铺的时候，好心的老板娘端了一碗别人吃剩的面条追出来，递给那男孩，没想到那男孩怒目圆睁，手一挥，一碗面条全泼到了老板娘的脸上。老板娘尖叫起来，她掸去脸上的面条，追着戴草帽的女人骂道，该死，该死，你这当娘的，怎么养的孩子？老板娘看见女人侧过脸，突然掀起草帽上的补圈，露出她的焦黑丑陋的脸，她说，我这样的娘，就养这样的孩子。

面条铺子离乡村医生的小诊所不远，他听见了老板娘受惊的尖叫声。当他想出去看个究竟时居春花和巨婴已经站在诊所的台阶上了。他看见巨婴手里抓着他那天丢在王堡的雨伞，乡村医生的头脑一片空白，他喃喃地说，果然来了，我知道你们会来，可我跟你们没关系呀。

头戴草帽的居春花在阴影中注视着乡村医生，在阳光下能够看见一些尘土从她的身上草帽上冉冉升起，居春花似乎没有听见乡村医生的低语，她推了巨婴一下，说，把雨伞还给你爸爸。

乡村医生看见巨婴向他咧嘴一笑，露出一排焦黑的饱经沧桑的牙齿。他把雨伞塞在乡村医生的手里，随即用他的右手揪住乡村医生的胡子，乡村医生看着巨婴的四根手指，四根手指浑圆粗糙，它们在他的下巴上放肆地运动着。在巨婴的抚摸下乡村医生浑身颤抖，他觉得自己突然萎缩了，像是一个婴儿，而那个来自王堡的巨婴，他的嘴里喷出一股蒜头混合着烟臭的气味，使乡村医生想起了自己的祖父和父亲，那么难闻的噩梦般的气味，与他父亲和祖父的口臭如出一辙。恐惧和厌恶占据了乡村医生的心，他抓住巨婴的手腕，说，别这样，我不是你爸爸。

巨婴回过头看着他母亲。乡村医生也回头用乞求的目光看着居春花，他说，这种事你不能骗孩子，谁是他爸爸？这种事情你不能信口胡说啊。他看见居春花站在阳光地里，居春花突然打了一个嗝，她说，他说不是就不是吧，他不是你爸爸就是我们家的仇人，孩子，报仇，报仇！

然后乡村医生就挨了那记响亮的钻心刺骨的耳光。乡村医生看见巨婴挥起他的四根手指的巴掌，巨婴大叫着，报仇，报仇！乡村医生跌坐在台阶上，不仅感觉到那记耳光的力量，而且他依稀看见了传说中的晴天霹雳，晴天霹雳击中了他的脸颊，乡村医生忘了疼痛，任凭恐惧的泪水奔涌而出。正逢年关，小镇上已经有孩子提前放响了爆竹，在居春花母子消失的地方，一个卖年货的货郎正在和几个妇女打情骂俏。乡村医生忍痛打量着节日前的小镇，他想这些糊涂的人啊，他们不知道巨婴已经来了，他们还蒙在鼓里呢。他们不知道巨婴和他的母亲正在小镇徘徊，复仇的耳光将代替烟花爆竹，就像晴天霹雳，打在每一个人的脸上。

疼死你们！

（1998 年）

星期六

这个叫老漆的人其实还很年轻，小孟夫妇知道他比他们年轻，但他们还是亲热地喊他老漆。这是习惯，所有的习惯都是在特定的环境下形成的，即使错了也不宜更改，你一旦要改口大家都觉得别扭，就像这次，宁竹突然问老漆，小漆，现在几点了？屋里的两个男人好像听见了炸弹的爆炸声，他们猛地回过头望着门边的宁竹，目光里含有程度不同的受惊的成分，他们的这种反应使宁竹显得特别尴尬。

我们家的挂钟坏了。宁竹嗫嚅着说，老漆，你不是戴着手表吗？

老漆无声地笑了笑，他在自己的手腕上扫了一眼，九点钟了，我该走了，老漆站了起来，他的动作有点慌乱，膝盖撞到了茶几，胳膊差点把水杯带到地上。老漆手忙脚乱了一阵，把杯子交给小孟，他朝夫妇俩做了个鬼脸，他说，我该走了，你们也该休息了。

别急着走呀，再坐一会儿，宁竹的脸上有一种藏不住的愧疚之色，她挡着门说，你别误会，我们家的挂钟真的坏了，坏了半个月了，我让小孟去修，他就是拖着不肯去，你说他有多懒。

我该走了，九点多了，是该走了。老漆说，我明天也有事呢，我们单位最近很忙。

我们家现在没时间了，我那块手表忘在我姑妈家了，宁竹凭着一种惯性继续解释着，她说，小孟的手表从来就找不到，像他这么丢三落四的人世上少见，买了多少块手表了，买一块丢一块！

老漆已经走到门边了，他突然转了个身，对小孟说，去，把你们家的挂钟拿给我。

什么？小孟一时没有反应过来。

不是坏了吗？老漆说，我弟弟会修钟表，你们不用拿到店里去修，乱收修理费还不说，他们会把你的好零件换掉，这事交给我，一分钱也不用花，保你走上两年不会坏。

不用了，不用了，小孟抬头看了看墙上的挂钟，他说，哪能什么事都麻烦你？钟也不一定就坏了，说不定我买的电池是假冒伪劣产品。

别跟我客气。老漆说，去，把钟拿下来给我。

小孟看了看宁竹，宁竹却躲避着他的目光，她对着那面墙莫名地叹了口气。小孟就从她身边绕过去，搬了张椅子站上去，摘下了那只挂钟。

那天老漆是抱着一只挂钟离开小孟家的。外面天已经黑透了，街上没有路灯，小孟夫妇在门外送客，只看见老漆的白色衬衫在黑暗中闪着影影绰绰的光，老漆大概把挂钟放进了自行车的铁丝篮里了，他们听见了挂钟在里面晃动的声音，老漆跨上了自行车，然后他们听见他在黑暗中说，星期六，星期六我再来。我把钟带来。

世界上每天有多少火车在铁路上飞驰，每列火车上有多少人紧邻相坐而成了旅伴，但又有多少旅伴最后能成为真正的朋友呢？萍水相逢的人总是聚散匆匆，在火车到站的时候甚至来不及道别，下了火车后很可能在一个小时以后就忘了邻座的模样。小孟从来没有预料到一次短短的三小时的旅程会带给他一个永远难忘的朋友，你怎么想得到呢，一个在火车上与你随意攀谈的人后来成了你的朋友。

老漆就是这样的一个朋友。小孟现在都记不清他们在火车上聊天的话题了，好像聊到了飞碟，聊到了股票，还聊到了艾滋病，他们聊得投机，就因为是海阔天空地聊，大家想把旅途上的时间用最自然的方式打发掉，三小时的时间确实很轻易地打发掉了。他们在月台上互相点头分手，小孟现在不能确定是什么原因让老漆停住了匆忙的脚步，大概是他的行李，他随身带着三件行李，两个旅行袋，一个纸箱，他把一个旅行袋背在肩上，左手和右手同时去抓取另一个旅行袋和纸箱，对于小孟来说，这点行李没有任何问题，他抓住了旅行袋，纸箱却被别人先提起来了。小孟看见火车上的邻座向他露出了友善的微笑，他说，我来帮你拿一个吧，你不是住车站新村吗，几步路就到了，我帮你拿回家。小孟谢绝了几次，最终还是半推半就了，因为老漆的目光那么透明而纯净，几乎带着某种期盼。小孟就这样犹犹豫豫地把老漆带回了家。小孟记得那天老漆没有进他家的门，他请老漆进屋喝口茶，老漆说，我不进去了，我还要去单位，我们单位最近很忙。小孟就说，那你方便的时候来玩吧。小孟当然是一句随口的客套话，但他记得老漆对他这句话很认真，老漆甩着手腕想了想说，星期六，星期六我来吧。

星期六后来就成了老漆来访的日子。

小孟夫妇都不是那种乐于广交朋友的人。老漆第一次来做客的那天夫妇俩有点不知所措，但良好的修养使他们热情地接待了这位客人。宁竹不认识老漆，她以为老漆是小孟在大学里的同学，就在一边感叹人情冷暖，说小孟的影集里那么多照片都是昔日同窗的，他们勾肩搭背满面春风的，看上去关系是多么亲热，如今却天各一方音讯全无，只有老漆还记得来看看老同学。小孟不便纠正他妻子的错误，他只是嘿嘿一笑，是老漆主动说明了自己的身份，他说，我不是大学生，我那年高考差一分，差一分上分数线，我天生倒霉，后来就没再考过。宁竹反应快，她话锋一转就开始批评大学生们的种种无能之处来了，她说，有什么用？我们家小孟是名牌大学的，可他连电灯都不会装呀。宁竹这么一说老漆便会意地笑起来，他点着头说，是呀，这不是他一个人的问题，我认识的大学生都不会装电灯，会电工的都没上过大学，这是一个社会问题。宁竹说，那你肯定会电工活了，以后我们家的电工活就找你了？老漆说，没问题，随叫随到。

他们并没有在电的方面麻烦过老漆，他们没有在任何事情上麻烦老漆的意图。但是老漆后来却帮了他们一个大忙。这是他们事先无法想象的，几年来小孟一直想从他工作的研究所跳槽去高新技术开发区，一直不能如愿，他随口与老漆谈过这件事，他真的只是随口说说而已，只是为越来越贫乏的聊天内容增加一个话题，可老漆却神秘地微笑起来，他说，你想去开发区？我们可以想办法的，只要你们研究所肯放人，不会有什么问题。小孟说，他们招聘的时候我去过，他们好像对我很满意的，可最后却没了下文。老漆说，这不奇怪，你没有路子嘛，开发区工资高待遇好，大家都削尖脑袋往里钻，就比谁的路子大嘛。小孟不无轻蔑地说，是呀，我怎么不知道？我知道，我就是懒得去走这路子，他不稀罕我我还不稀罕他呢。老漆注视着小孟，过了一会儿他突然忍不住笑了。小孟说，你笑什么？老漆说，嗨，你们这些知识分子就是这个毛病。小孟知道他指的毛病是什么意思，小孟没说话，然后他发现老漆的手啪的一声打在他的膝盖上，老漆说，没问题，这事包在我身上了。小孟觉得老漆的样子很神秘，但他没有追问什么，事实上关于开发区的事他只是随口说说而已，他想去开发区，但留在研究所也死不了人，小孟就是这样看问题的。所以那天他用一种调侃的口吻对老漆说，怎么啦，是不是你父亲在开发区当总指挥？

在开发区当领导的不是老漆的父亲，是老漆的一个亲戚，小孟很快就知道了。仅仅是在三天以后，小孟就得到了去开发区面试的机会，更让他受宠若惊的是那个领导把他送出办公楼的时候说，我们明天就发调令。小孟在电梯里急速下降，觉得自己有一种做梦的感觉，当他走出开发区大楼时一眼看见了老漆，老漆坐在花坛上向他挥手，小孟的梦就醒了，小孟觉得这件事情没有多少梦的成分，他问老漆，王副指挥是你什么人？老漆说，你问这干什么？小孟说，不干什么，就是有点好奇。老漆笑了笑，说，你们知识分子，什么事都好奇，好奇心能当饭吃吗？小孟一时有点发窘，老漆在他肩上重重地拍了一下，老漆说，算是个亲戚吧，亲戚关系不算什么关系，主要还是算朋友吧，是一天天处出来的关系。

小孟夫妇知恩图报，小孟去开发区报到的前一天夫妇俩到商店里采购送给老漆的礼物，按照流行的送礼惯例，他们买了好烟好酒，宁竹毕竟心细，她说老漆总是胡子拉碴的，给他买一把电动剃须刀吧。小孟说要买就买高级的，结果他们就把一把一千多元的飞利浦剃须刀买下来了。正如夫妇俩所预料的，老漆不肯收那堆礼物，他说，早知道你们知识分子也这么俗气，我就不管你们的事了。好在宁竹伶牙俐齿，她说，我们知道社会上的事情，你替我们跑路子一定花费了不少，你要是连这点东西都不肯收，那小孟就不去开发区报到了。话说到了这个地步，老漆才表示收下香烟和酒，而对于那把电动剃须刀的处置则充分显示了他与众不同的一面，他说，剃须刀我也收下了，不过我不带回家，带回家我也是拿去送人，不如你们替我保管，反正我经常来，来了就能用，不一样是我的吗？

以后的日子里，小孟家里就经常响起电动剃须刀吱吱运转的声音，那通常是在星期六的下午，偶尔也会是星期五或者星期天的傍晚。老漆的来访就这样成为小孟家庭生活的一部分。老漆是在假日里来访，这样的日子里宁竹作为一个主妇尤其忙碌，她在做饭洗刷的时候总是能听见老漆在客厅里转动剃须刀的声音，住房太小了，宁竹在厨房里也能听清三个旋转刀头切割胡须的声音，老漆的胡子太硬了，隔着两个空间宁竹也能分辨出老漆的胡子被剃须刀吞咽的声音，有一天宁竹突然觉得很烦躁，她在厨房里脱口而出，吵死了，烦死了！

两个男的没有听见宁竹的埋怨，那天老漆告别的时候宁竹没有像以往一样送客，她闪进了卫生间。老漆走了她才出来，她的表情仍然残留着一丝厌烦之色。她对小孟说，你们在那儿聊了一晚上，聊什么呀？三天两头这么聊，聊什么呀？哪儿有这么多可聊的？小孟注意到了妻子的情绪，他说，我也不知道聊的什么，他坐在那里要聊我就陪他聊嘛，有话就说，没话就喝口茶，喝口茶就又想出话题来了。宁竹皱着眉，她说，奇怪，他老是说他忙，那么忙为什么这样呢，什么事也没有，在我家一坐就是一晚上，一下午。小孟说，你烦他了？他不是一般的朋友，他帮过我们大忙呀。宁竹说，我知道我不该烦他，可是不知怎么搞的，我一听见那剃须刀的声音就烦了，就像是一群蚊子在我耳朵眼里嗡嗡地飞。早知道这样，我那天应该逼着他把那剃须刀带回家。

他们欠了他很多了。除了父母，除了兄弟姐妹，还有谁比老漆对他们的事情更热心呢？小孟夫妇想不出这么个人来。他们家的抽水马桶坏了，也是老漆动手修好的。他们对老漆心怀感激，他们知道打着灯笼满世界找也找不到这样的一个朋友，可是另一方面他们对星期六的恐惧还是越来越深了，星期五的夜里小孟上床时会发出一声莫名的怪笑，明天星期六，老漆又要来了。

他们曾经猜想老漆有所企图，可是夫妇俩很快意识到这种猜想对于老漆是一种污辱，他们一个是搞自动化程序的，一个是会计，能对人家有什么贡献呢？他们相信老漆是个言行一致的人，他无所企图，他只是到他们家来处朋友的。夫妇俩都不是那种乖僻古怪的人，他们相信处朋友是有益无害的事情，他们就是不明白老漆为什么每星期都要来，为什么一来就要坐那么长时间呢？

宁竹设计了几个方案，目的都是想限制老漆做客的时间，有一次老漆和小孟在客厅里聊的时候她抱了一堆账本出来，说是在替别的单位做账赚外快，明天早晨就要交出去。她就坐在他们眼皮底下，她以为这是一种很明显的暗示，但老漆无动于衷，老漆只管说他的政治笑话，他的政治笑话确实很好笑，但宁竹怎么也笑不出来，她对小孟说，没听见炉子上水开了？快去灌水呀！小孟刚要起身，老漆却先站了起来，他说，我去灌。老漆像主人一样冲进了厨房，小孟就半坐半站地看着宁竹，他说，你太过分了。宁竹朝他翻了个白眼，收起桌上的东西跑进了卧室，宁竹在卧室里独自大发脾气，她把小孟的枕头狠狠地扔在地上，还狠狠地踩了几脚。那天老漆送来了修好的挂钟，老漆走后小孟想把它挂到墙上，但宁竹不许他挂。小孟意识到妻子真的是生老漆的气了。

他到底是怎么回事？是真不明白还是装傻呀？宁竹说，我就差下逐客令了，他怎么一点反应也没有？

人家是直肠子，不习惯拐弯抹角的吧，小孟说，再说他也想不到你会这么烦他，他帮了我家多少忙了，不图回报，他怎么想得到你会烦他？

怎么没有回报？宁竹大叫起来，她说，他把我们的时间拿去了，他把我们的星期六拿去了，别人一星期有七天，我们只有六天，这回报还不够吗？

小孟一时无言以对，宁竹毕竟是会计，她算的账总是让人茅塞顿开。小孟嘿嘿地笑了一会儿，他对妻子说，你要是实在烦他，以后你就在星期六回娘家吧，我一个人留下来陪他，按照你的算法，我们让老漆拿去半个星期六，不就减少了一半的损失吗？

星期六的脚步来得那么匆忙，小孟一大早就被宁竹推醒了，小孟看见宁竹脸色憔悴满眼血丝的样子吓了一跳，他以为她病了，宁竹说她没病，只是失眠了。我一直在想今天老漆来了会怎么样，我逼着自己不去想，可一闭眼就听见那该死的剃须刀的声音。宁竹说，我受不了啦，我真的受不了啦。小孟觉得问题变得有点严重了，他安慰妻子说，不至于这样，你想想他的好处，你想想他给我们帮的那些忙就不会这样了。宁竹说，我想了，我拼命地想他的好处，可是假如没有那些好处我们不也过得很好吗，我们星期六去山上野餐，去看电影，不出去就在家里看书，就我们两个人，那有多好，他为什么偏偏要挤到我们中间来呢？小孟说，怎么是挤，他是我们的朋友呀。宁竹对朋友这个话题不感兴趣，她沉浸在自己的怨艾的情绪里。不行，宁竹突然用一种决绝的语气说，你今天不能留在家里，你跟我一起走。

小孟是那种懂得爱惜妻子的男人，那天他虽然很犹豫，但最后还是拗不过宁竹。中午离家之前他写了张便条，告诉老漆他们出门了，但宁竹反对他写便条，宁竹说，你告诉他今天有事，那明天呢？明天他一定会再来。小孟说，那不就让他觉察到我们是故意躲他吗？宁竹说，就是要让他觉察到，你不是说他直肠子吗，这回我们就不拐弯抹角的了，就让他觉察到，他是个直肠子，但总不至于是傻瓜！

那天夜里他们回家时看见门口留下了好几颗烟蒂，小孟数了一下，一共是六颗烟蒂，小孟把它们一一捡了起来，再扔在垃圾袋里，做这些事的时候他有一种奇异的感觉，好像是在把他和老漆的友谊一颗一颗地扔在了垃圾袋里，他的心里有点空落落的，更奇异的是他怀着这样的心情扔烟蒂，动作却做得非常夸张非常快乐。小孟其实也说不清那天夜里他是一种什么样的心情。他只记得宁竹在归家以后说的第一句话，她说，他觉察到了，下个星期六他不会来了。他记得宁竹的声音中充满了快乐和希望。

他果然没来，等到下午两点他就不会来了，小孟夫妇已经熟知老漆登门的规律，所以当两点的钟声敲响的时候他们相视一笑，宁竹说，我说过的，今天他不会来了。小孟说，今天他不来了，他把星期六又还给我们了。小孟说这句话用了诙谐的口吻，可是他听见自己的声音有点紧张，有点严肃，一点也不诙谐。

老漆没有来，这个星期六的下午显得那么宁静而空旷，小孟一时不知道做什么好，好像这段时间是从老漆那儿偷来的，好像他不忍心随意地用去这段时间，他在家里走了一圈，最后问宁竹，哎，你说我该干点什么？宁竹不无得意地说，干什么不行呀？你看书吧，你都半年没看书了。小孟就拿了一本专业书看了起来，小孟看了一会儿抬起了头，他说，什么声音？我一直听见什么东西在响。宁竹也放下了手里的画报，她说，是呀，我好像也听见什么东西在嗡嗡地响，奇怪了，没有什么东西响呀。夫妇俩的目光同时落在了茶几下的隔板上，那把飞利浦剃须刀静静地躺在那儿，没有人打开它的开关，它不会发出任何声响，夫妇俩知道这只能归咎于自己神经过敏。

小孟不记得那是什么时间了，也许是三点钟，也许是四点钟，反正已经过了老漆来访的时间了，他们突然听见了门外传来的自行车的铃铛声，老漆登门先打铃铛，这也是规律，刹那间小孟愣住了，他看见宁竹从沙发上跳了起来，宁竹惊慌失措地抓住他的手，他还没有明白过来，人已经被宁竹拉进了卧室。

别说话。宁竹捂着小孟的嘴，轻轻地下了命令，不准说话，他敲门不准开门，敲一会儿他就会走的。

小孟觉得自己像一个入室行窃的小偷，心脏跳得快要停摆了，他瞪大眼睛看着宁竹，他想笑却笑不出来，这样不太好吧？他这么嘟囔着一只手却伸出去轻轻掩上了卧室的门。

老漆在外面敲门，一边敲一边喊着他们的名字。老漆起初敲得很文雅很有耐心，渐渐地敲门声变得急促了，那声音像雷雨一样传到了卧室里，小孟摸着他的心脏部位，宁竹则捂住了耳朵，他们从对方的脸上发现了相仿的坚持到底的表情。他们坚持了大概有五分钟的时间，外面终于安静了。小孟先松了口气，他对宁竹说，我们太过分了，他也许知道我们在家里。宁竹对他摇了摇头，宁竹蹑手蹑脚地向窗前走去，小孟知道她去干什么，当宁竹小心地拉开窗帘一角向外窥望的时候，小孟突然预感到了什么，但这样的预感还是来得迟了，他听见宁竹在窗前发出了那声歇斯底里的惊叫。

宁竹后来向小孟描述了她与老漆四目相接的情景，她说老漆站在离窗子一米远的地方打着自行车铃铛，老漆看见她时脸上是一种茫然而迷惑的表情，正是这种表情使宁竹羞愧难当。我后悔死了。宁竹哽咽着说，我想起他的那种表情就后悔，我太过分了，我真是后悔死了。事已至此小孟也无法安慰妻子，他想象着老漆当时的表情，心里也很难受，他说，后悔也没用了，这回他明白了，他再也不会到我们家来了。

老漆后来再也没来过小孟家，星期六不来，星期五和星期天也不来，别的日子就更不会来了。小孟知道他已经永远地失去了这个朋友，有很长一段时间，每逢星期六小孟的耳朵里仍然有那些幻听的声音，街上自行车的铃铛声总是能轻易地吸引他的注意力，而下午两点至两点半之间他依稀会听见剃须刀嗡嗡转动的声音。有一天小孟打开那把剃须刀的前盖，看见里面积存了一层厚厚的胡须楂子，就像黑色的灰尘一样，小孟就走到门外，鼓起腮帮把那些胡须楂吹干净了。老漆不再来了，那把剃须刀小孟就归为己用。后来小孟的幻听不知不觉就消失了。

每天有多少人在火车上相识，在火车上相识的人们下了火车便形同陌路，小孟与老漆的关系最终还是印证了常识。说来也是巧合，他们后来在火车站的月台上有过一次重逢，只不过小孟是上车去外地出差，老漆是来送客，送一群来自东北的客人，小孟猜想那是老漆新交的朋友。

小孟断定老漆看见了自己，老漆的目光好几次从他脸上扫过，但他还是故意把他遗漏了。小孟羞于和老漆打招呼，他一直埋着头，一边偷偷观察老漆，一边焦急地等待着火车启动。火车启动了，他看见老漆在月台上挥手，小孟知道他不是在向自己挥手，他是在向他的东北朋友挥手。

（1997 年）

八月日记

审讯员看见城墙事件的嫌疑人扒着门框向他们张望，是个十四五岁的少年，他是从游泳池里被拉出来带到这儿来的，少年的头发尚未干透，一撮头发凝成两股，像一把剪刀架在额头上，他的游泳裤是用两条红领巾拼接而成的，还在往地上滴水。审讯员注意到少年的眼神充满了恐惧，他的细长的手臂和双腿有点发颤，看来他知道自己闯了大祸。

叫什么？

鼻涕。

没问你的绰号，自己的名字都记不住？

李达生。没人叫我大名，他们都叫我鼻涕，连我爸妈都叫我鼻涕。

在哪个学校上学？

红旗中学呀，现在放暑假，我们都没上学。

我知道现在放暑假，你不准废话，问你什么答什么，懂了吗？

我懂了，我不说废话。

好，往前面坐一点，不，不是挪屁股，挪椅子，你怎么这样笨？你们这些小流氓，脑子都比猪还笨。

小流氓。少年低声地嘟囔了一句，我不是小流氓。

你不是小流氓谁还是小流氓？咦，难道你是五好生吗？

我不是。少年在椅子上扭着身子，他的眼睛躲闪着审讯员嘲弄的目光，看着地上的一摊水迹，他清了清喉咙，低声说，去年我差点当上五好生，我怕他们笑话我，考试故意不好好考。为这事王连举还找我谈话了，我不骗你，骗你是狗。

哪个王连举？

我们班主任呀，那也是绰号，我们学校的老师每人都有绰号。

好了，不准再说废话了。现在我问你，是你从城墙上扔那块石头的吧？

少年偷偷窥望了审讯员一眼，他垂下头，不说话，他用手指在自己的膝盖上写着什么字。

现在不敢承认了？你们这些小流氓就是这个孬样，敢做不敢当。

我就扔了一块，我没想到正好砸在他们头上。

为什么要扔石头？

我不知道。猫头他们让我扔的，我上他们的当了，他们让我扔，自己却不敢扔。

你没有脑子？他们让你扔你就扔了？你不知道从那么高的地方扔石头会把人砸死？

我没想到那些事。他们在城墙下面，我以为我们看得见他们，他们看不见我们，我没想到会出人命，要是知道会出人命我就不敢扔了。

你们认识那两个人？

那一男一女？不认识，我们去城墙上玩，见到他们好几次，他们在那儿碰头，他们每次都钻在草丛里，我们就，我们就——

你们就什么？

我们就在上面——我们在上面看，少年有点忸怩起来，他似乎强忍着嘴角上绽开的笑意，他说，他们在——他们——猫头说他认识那个女的，她是新风理发店的理发员，猫头说她给他剃过头。

你们看了多少次？

记不清了，反正只要我们在下午五点钟去，十有八九能看见他们，你知道城墙下面就是人民公园嘛，他们是买票从公园后门进去的。

你们是故意去看他们的？

也不叫故意，少年的脸突然泛红了，他的脑袋不安地转来转去的，声音也变得吞吞吐吐的，他说，其实他们，其实他们也不太——那个，其实他们主要是躲在那儿说话。

那你们是在偷听他们说话？

听不清，听不清他们在说什么，有一次看见那女的哭了，女的哭了一会儿男的也哭了，男的一哭我们就笑了。我们以为他们会发现我们，我们以为他们下一次不会来了，没想到他们傻头傻脑的，第二天他们还是在老地方。他们是够傻的，他们以为那么多树那么多草挡着，别人看不见他们，他们从来没想到我们在城墙上监视他们。

监视他们？那为什么要扔那块石头？

不知道。少年又低下了头，他咯咯地掰弄着自己的手指，突然问，他们死了吗，砸到了男的还是女的？

你想砸到男的还是女的？

我没想砸到他们，我只是想吓唬他们一下。

你还在狡辩。你要是想吓唬他们，用一粒小石子就行了，为什么用那么大一块石头？

我是拿的石子，是猫头给我的那块石头，他说我拉不出大屎。

什么？

他说我胆小，他总是说我胆小。

他说你胆小你就充胆大，他让你去杀人你也去杀人？

他们没事？没出人命吧？少年观察着审讯员脸上的表情，轻轻地吁了一口气，一种自得的笑容掩藏不住，他说，我听出来了，他们没事，你们是在吓唬我。

你还敢笑？你再笑我对你就不客气了。

我没笑。少年用手掌遮住自己的脸，轻声嘟囔了一句，你说我笑有什么证据呢。

审讯员沉默了一会儿，他用圆珠笔的笔尖指着记录本上的字迹，记录本上并没有留下多少字，审讯员就把刚才遗漏的标点符号补上去了。

案发之后你去哪里了？

我跑了。我听见他们的尖叫声就跑了，我以为砸死人了。我跑到家里，家里热死人了，我站在电风扇前面吹了好久，还是热，我怕你们会来抓人，就跑去游泳池游泳了，我游了五百米，不，已经游了将近一千米了，我看见你们站在那儿，我要是想溜能溜掉的，可是我不想溜，跑得了和尚跑不了庙嘛。

你一直在游泳？没去过别的地方？

没有去什么地方呀。少年迷惑地看着审讯员，他说，我热得受不了，就去游泳池了。

你撒谎。给我放老实点，下了城墙你到底去哪儿了？

我没说谎，说谎是狗，我吓坏了，我跑回家吹电扇，吹电扇没用，我就去游泳池了，你看我还穿着游泳裤呢。

那我问你，那一男一女的人呢？

他们不见了？男孩瞪大了眼睛，很快他就释然了，他挠着头说，他们跑了，说明他们没事呀，没准石头是砸了他们的脚呢，我估计是砸到女的脚了，她叫得比男的响。

你给我闭嘴，我们已经了解过案情，案情看来很严重，人民公园后门的小路上血洒了一路，可门卫根本没看见过那一男一女。

那说明什么问题呢？男孩眨巴着眼睛问。

要问你呀。你给我放老实一点，是不是你把尸体移动过了？移到哪儿去了？

你胡说！少年因为过度惊慌而忘了他所在的场合，话音未落他意识到自己出言不逊，他把手指放在嘴里咬着，似乎这样可以把那句话收回来。他的黑油油的脸突然抽搐起来，少年终于呜呜地哭起来了，他说，你在吓唬我，他们没事，他们没死，死了怎么走路，路上怎么会有血迹？

现在知道哭了，出了人命你就知道哭了，你们这些小流氓都是这孬样，不见棺材不掉泪。

少年埋着头哭着，一边哭一边说，他们明明没有死，你们为什么老是说尸体死尸的？只要没死，就不能说尸体。

少年在学校里看来不是太差的学生，审讯员让他在一个小时之内写出作案交代，他只用了二十分钟就写完了。而且写得字迹清楚有条有理的。审讯员读到扔石头那一段时忍不住笑了，少年在纸上洋洋洒洒花了半页纸渲染他的心理活动，扔还是不扔，扔大的石头还是扔小的石子，好像他是在叙述一件好人好事似的，审讯员啼笑皆非，不无讽刺地说，你的作文不错嘛。

少年知道审讯员是在讽刺他，但他还是抓住时机表白了自己的才能，他说，我作文最好，王连举经常给我的作文打一百分，他主要是鼓励我，但我的作文写得也不错。

你犯罪的成绩更好，也可以打一百分，杀了人还知道移尸呢。

少年不说话了，他转过脸看了看窗外，窗外天已经黑透了，他的目光在屋子里游移了几圈，最后落在审讯员的手表上，少年怯怯地问道，现在几点了？

你问这干什么？难道你还想回家睡觉去？

现在有八点半了吧？要是在家里，现在我该写日记了。

写日记记什么？记你每天犯了多少罪？

是王连举布置的暑假作业，每天一页，开学要交的，写日记其实很有意思，可以打发晚上的时间。

你的暑假作业大概不用交了，人家开学是人家的事，没你的事了。

我就剩下三篇日记了，再过三天暑假就完了。少年坐在桌子前盯着桌上的纸和圆珠笔，他犹豫了一会儿便提出了那个奇怪的要求，他说，让我写日记吧，反正现在你也不审我了，让我把今天的日记补上。

审讯员最后答应了少年的要求，多半是出于一种好奇，他想看看这个不良少年会在日记里记些什么内容。

少年李达生的一篇日记

一九七四年八月二十八日　晴

东风劲吹，红旗飘扬，祖国山河一片灿烂。

今天我到人民公园去玩，走过一个建筑工地时突然听见有人在惊叫，好像是从工地上掉下来一块大石头，那块石头正好砸在一个过路人的头上。出事故了，在这千均

(钩）一发的时候，我奋不顾身地冲过去，抱住了受伤的老大爷。老大爷头上的血像喷泉一样流到了我的身上，把我的新买的白衬衫染红了，我有点怕脏，可我刚刚松开手，脑子里便闪过了雷锋、王杰、邱少云等英雄人物的光辉形象，我想英雄们为了抢救人民的生命和财产连死都不怕，我难道还怕这一点血吗，想到这儿我的心中充满了革命的豪情，我背起老大爷就往医院跑，老大爷伤口的血滴了一路，我的汗水也滴了一路，一路上我就想着救人要紧，忘了脏也忘了累，终于到了医院。老大爷终于得救了。医生问我的姓名，我说，做好事不应该留名，这是我应该做的。

这一天过得真有意义啊！

审讯员读完少年的日记后有好久说不出话来，他脸色铁青，把那页日记折成一条放进了抽屉，他记得少年在旁边说，这是暑假作业，写日记，日记都是这么写的。审讯员知道少年是在向他作出某种解释，但他并不需要这样的解释。他只是对少年说了一句，今天的日记交给我了。

城墙案件后来不了了之。审讯员的同事找到了两个当事人，女的其实是一个美丽的长着一双丹凤眼的年轻姑娘，她是新风理发店的理发员，她的两条乌黑的长辫盘在头顶上，看不出来受伤的痕迹，根据他们的经验，假如她的头上遭受过创伤，医生应该剪去她的一头美发的。女理发员不承认她是受害者，她说她从来不去人民公园，就是去也是陪她父母散步，怎么会去城墙下面的杂草树丛呢？过了几天，公安员们又找到了刚刚出差回家的另一个受害人，那个男的，审讯员记得他是一家大型企业的中层干部，一看就是那种年轻有为前途无量的人，他的脸上有一道可疑的伤痕。但那个年轻干部轻描淡写地解释了伤痕的来历，他说他在外地住旅社，夜里回去在楼梯上摔了一跤，仅此而已，男的用一种斩钉截铁的语气否认了他的受害者身份，他说，我工作很忙，哪有时间去公园呢？

事实上城墙案件的调查者是主动放弃调查的，他们已经清楚那一男一女永远不会配合他们的工作。审讯员后来对他的同事说，妈的，谁愿意来管这种不三不四的案子，不管也罢，只是便宜了那个混账孩子！

审讯员所说的混账孩子就是达生，他当时是红旗中学的初三学生。审讯员一直在抽屉里保存着他的那一篇特殊的日记，他以为这个混账孩子迟早还会落在他手里，但奇怪的是审讯员以后再也没见过他，也许正如他自称的那样，他不是一个小流氓。二十多年过去了，审讯员即将从他热爱的岗位上退休，他在整理抽屉的时候找出了那张折成条状的日记，想起当年的事，他不由对着那页发黄的纸嘿嘿地笑起来，一个年轻的同事好奇地拿过那页日记读起来，读到一半他就说，老林呀，这有什么可笑的，我当年也写过这样的日记，写了好多这种日记呢。

年轻的同事当然不知道二十年前的城墙事件，审讯员老林懒得告诉他过去的事情，他慢慢地撕掉了那页纸，他说，是呀，这种日记过去很多见，没什么奇怪的。

（1997 年）

奸细

三月暴动死了不少人。时隔多天，从坟地向河的方向眺望，仍然可以看见一些人的尸体在水流中漫不经心地漂浮着，看上去酷似淹死的家畜。河岸边还有几个男孩吵吵嚷嚷的，他们争相用竹竿捅那些死尸，这些日子以来，捅死尸已经成为那些男孩每天例行的游戏。

红朵在坟地里割猪草，她的镰刀在蒲草上挥着，蒲草却好端端地留在地上，你可以看出来红朵割草是装样子的。红朵挥一下镰刀，看看李家的水田，李家夫妇的牛不听话，男的不耐烦地拍打着牛的屁股，说，懒牛，看我不打死你。女的头戴竹笠坐在田埂上，斜眼瞪着男的，是你没用，你还怪牛呢。红朵又挥了一下镰刀，将一把草扔进了篮子，然后她提着篮子在坟地里绕了一圈，蹲在乌桕树下，她的目光最后落在那块横卧的墓碑上。

是一块无人注意的碑。碑面上照例有排字，大多数是红朵认识的，凿得七扭八歪，拼起来就是王六斤的墓的意思。那是一个杀猪的屠夫，村里人说他绝子绝孙了。要不然叔叔他们也不会把他的棺木弄走。红朵记得王六斤黑如炭墨的脸，还有他眼角上黄色的眼屎，他家里什么都缺，杀猪刀却摆满了茅屋的各个角落，他活着的时候孩子们都怕他，谁走近他的茅屋他就拿着杀猪刀出来吓唬你，但红朵胆子大，王六斤活着时红朵就不怕他，王六斤提着杀猪刀出来，她就从路边的柴堆里抽一根最粗的树棍拿在手中。现在他死了，红朵更不怕他了，况且她知道墓地下面的棺木早就被叔叔他们移走了，这个墓其实是空的。

现在红朵的叔叔躲在墓碑下面。自从保长和他的人回到村子以后，红朵的叔叔就躲在这里，保长他们要把红朵的叔叔带到城里去，把他交给城里的衙门，红朵听亲戚说，许多人要叔叔的人头，城里的城墙上贴着告示，说谁拿了叔叔的人头，奖赏银洋五十块。

红朵来坟地是给叔叔送吃的，叔叔关照过她，如果有人跟她，就别上坟地，如果有人翻她的篮子，问她为什么把食物藏在草堆下面，就说是怕让二傻抢了。红朵是个机灵的女孩，她的眼睛很亮，保长他们没有派人跟踪她，只是李家的那头牛很讨厌，他们的地看来是犁不好了。红朵看着天色有点黑了，心里就着急起来，她怕李家女人注意到她，问她怎么要割这么多的草，她该怎么说呢？红朵将自己的身子躲在乌桕树后面，偷偷地向李家夫妇张望着，幸好他们在拌嘴，女的怪男的不舍得给牛喂料，牛就不肯干活。红朵想他们为什么不回家吵去，为什么非要在那里碍她的事。红朵扒开了篮子里的草，看见三块大个儿的煮地瓜，看见地瓜红朵才觉得肚子饿，她从中午起就没吃过东西，红朵拿起一块地瓜咬了一口，只是咬了一口就又放下了，她后悔自己没出息，这是给叔叔的饭，她吃一口叔叔就少一口，她不能吃的。红朵又回头看了看李家的水田，这次她惊喜地发现李家夫妇在收拾农具，他们好像没有耐心伺候那头懒牛了，女的在前面，男的跟在后面，一边骂着什么一边朝坡上走。天快黑了，红朵注意到李家女人的竹笠现在戴在男的头上，他的脑袋看上去就像一个雨后的大蘑菇。

红朵用手掌在墓碑上击了三下，这是她和叔叔约定的暗号。她紧张地等着叔叔在下面推开那块墓碑，但是墓碑纹丝不动，红朵又敲了三下，空坟里仍然没有动静。红朵害怕了，她轻轻地叫了一声，叔叔。听见一只乌鸦从树梢上尖叫着掠过。红朵骂自己，没出息，怕什么，叔叔在下面呢。红朵艰难地移开墓碑，这下她忍不住叫出了声，从空坟里冒出了一股刺鼻的臭味，是粪便和腐烂的稻草混合在一起的臭味，她看见一只碗倒扣在稻草上，是昨天给叔叔送饭的碗，但叔叔不见了。叔叔不在王六斤的坟里。

一个巨大的秘密压碎了红朵的心。那天夜里红朵在村里游荡，她用稚嫩的方式掩盖着内心的恐慌，一只手按着胸口，向那些聚在一起的乡亲悄悄地靠近，她想听到些什么，人多嘴杂，或许有人知道叔叔是否出事了。但男人们议论的只是河东刚刚结束的战役，说这方死了多少人，那边死了多少人，女人们则扎成一堆叱骂保长家的女人夫荣妻贵仗势压人的嘴脸，他们看见红朵，竟然还拉住她说，红朵，可不准去向她嚼舌头呀！有人发现了红朵的异常，说，这孩子怎么丢了魂似的？是不是你叔叔让他们抓住了？红朵摇头，红朵捂着心口说，我心口疼，你们有治心口疼的药吗？

红朵走到村口，看见远房堂兄在那里耙地，她差点要开口问他，有没有听说叔叔的消息，但她突然想起了叔叔的嘱咐，人都贪财，谁也不能相信，就是那些平日照顾她的亲戚，也不能相信。红朵就扭过身往回走了，她听见堂兄在后面问她，红朵你慌慌张张地干什么？叔叔出事啦？红朵就说，出事出事，出什么事？你惦着让别人出事，自己也要出事！堂兄在后面骂她不知好歹，红朵只当没听见。红朵急着往家走，经过保长家门口的时候，红朵壮起胆子伏在窗台上向里面张望了一眼，他看见保长和他的手下在一起商量什么事情，桌上还摆着酒和菜。保长在家里，这让红朵松了一口气，她知道要是叔叔被抓住了，保长一定亲手把叔叔押进城去，就不会呆在家里了。红朵不敢在那里多留，她捂着心口在村子里乱转，脑子里突然冒出一个念头，叔叔会不会让他的人救出去了？叔叔也有好多人马，他们也有枪，他们应该知道他躲在坟地里，他们应该来救他的。

红朵终于回到自家的茅屋里，屋里一团黑，红朵正要点油灯时听见一个熟悉的声音从锅台那里响起来，别点灯，插上门。红朵一下跳起来，叔叔，你在家！红朵一下子就哭了出来，叔叔你吓死我了，你怎么躲在家里？她看见灶上的大锅被顶起来了，叔叔从炉灶里忽地站起来，说，别哭，别让人听见，我一会儿就转移。红朵拼命压住喉咙，不让自己哭，她跺着脚说，急死我了，张大哥他们怎么还不来救你？你不是说最多躲三天，张大哥他们就打回来吗？叔叔说，你小点声说话，我们的事情你不懂。我吃饱了就转移，把地瓜递给我。记住明天开始到瞎子奶奶家的草垛里给我送饭，我就躲在草垛里。红朵说，为什么不留在王六斤的坟地里？那儿最保险呀！草垛不保险，瞎子奶奶要拿草做饭的。叔叔说，不怕，瞎子奶奶看不见的。红朵说，不行呀，瞎子奶奶耳朵可灵了，她什么都听得见，她会告诉保长的！叔叔说，那也不怕，我再转移到别的地方，这么大个村子，总有地方躲的，等到我们的人打回来就可以出来了。红朵看着叔叔大口吞咽着地瓜。红朵还是不明白叔叔为什么要改变藏身的地方。她说，叔，呆在坟地里害怕？叔叔在黑暗中笑了，说，叔叔死都不怕，还怕坟地吗？叔叔是觉得这么躲没廉耻，人人都说叔叔是一条好汉，怎么能躲在王六斤的坟地里？这么躲着不是滋味，丧德的事。红朵似懂非懂，她说，是保长他们要你的人头，怪不得你，要怪怪保长他们丧德去。叔叔走到窗子那里听了听外面的动静，然后他回头对红朵笑了笑，说，叔叔从来不信鬼魂，可叔叔昨天看见了王六斤的鬼魂，王六斤的鬼魂来了，挥着杀猪刀要撵我走，一定要我换个地方藏身呀！红朵吓得差点叫出声来，叔叔过来压住她的嘴，说，别出声，叔叔跟你开玩笑的，现在连鬼魂都来欺负叔叔，只有你能帮叔叔了！记住，明天把地瓜塞进草垛里来，要是瞎子奶奶听见你了，你就说向她借柴草的。

叔叔不让红朵跟着他。他是弓着腰从沟里一路向瞎子奶奶家摸过去的。狗在这里那里吠叫起来，红朵的心悬着，她伏在窗上听沟里的动静，听见的只有风声和狗吠声。渐渐地讨厌的狗们都安静下来了，红朵舒了一口气，在关窗之前她再次向土沟两侧看了一遍，月亮升起来了，树林和房屋被月光剪出一个粗略的发白的轮廓，沟那边的水田里闪烁着细碎的鱼鳞似的光亮，红朵突然发现了一个熟悉的人影，那人影在水田里忽隐忽现，手里拿着一把像刀一样的东西。红朵大惊失色，王六斤！她怀疑自己看见的是王六斤的鬼魂。慌乱中红朵把窗子关上了一半，她不敢确定自己看见的是人影还是水田里的稻草人，红朵揉了揉眼睛，定神再看，那人影却消失了，只有几个去年扎的草人一动不动地守在夜色中。

红朵不是个胆小的女孩，但这一夜她不敢吹油灯，她不敢闭眼，一闭上眼睛就看见王六斤的鬼魂拿着刀向她走来。红朵不敢睡，可她的眼皮子不争气，熬到三更时分就黏在一起了，黏在一起就睡着了。红朵梦见王六斤的鬼魂拿着一把刀尾随着叔叔，她在梦中听见王六斤追着叔叔喊叫，还我的棺材，还我的棺材！

天总算是亮了。红朵怀着噩梦残留下来的心情推开门，看见二傻坐在她家的台阶上，红朵就踢了二傻一脚，她说，你大清早坐在我家门口干什么，回家去！二傻咧着嘴笑，我来抓你叔叔，保长说了，抓住你叔叔给五十个银洋呢！红朵一听眼泪就禁不住地涌了出来，她从门后操起一根扁担就往二傻的背上打，她说，丧德的畜生，我让你拿五十个银洋，我让你拿五十个银洋！

撵走了二傻，红朵坐在门口呜咽了很久，乡亲们在村里来来往往，她觉得每个人都心怀鬼胎的样子。五十块银洋，把他们的人心都买下了。红朵这样想着就觉得自己肩上的担子更重了，除了她红朵，别人都想把叔叔卖了，卖五十块银洋。保长带着几个人从红朵家门口走过，对红朵说，告诉你叔叔，方圆五十里地都是我们的人，他躲得过初一躲不过十五，让他自首，饶他一命。他们一走过去红朵就向他们啐了一口，说，做你们的梦去，你们才自首呢！

中午趁着村里没人的时候，红朵沿着土沟，一路割着草，一路向瞎子奶奶家走去。瞎子奶奶家的草垛很大，挨着她家的窗户。红朵走近草垛，一看就傻眼了，原先堆得又圆又大的草垛坍塌了，柴草乱七八糟地散了一地。别说是叔叔五大三粗的男人，就是一个孩子也藏不住。红朵站在那里，脸色煞白，她的一只手徒劳地扒着草垛，什么也没看见，只摸到一只鞋子，是叔叔的鞋子落在草堆里。红朵拣起那只鞋子，头脑中一片空白。远远地红朵看见李家女人扛着锄头从沟那边走过。红朵下意识地闪到瞎子奶奶的窗前。窗户打开了。谁在那里？瞎子奶奶一说话，红朵如梦初醒，她慌忙把叔叔的鞋子藏在怀里，说，我来借点柴，我们家没柴烧了。瞎子奶奶依然阴沉着脸，她说，我就知道是你。跟个瞎子借柴烧？我就知道你们打什么主意。红朵说，你要是不肯借我就走了，到哪儿都能借到柴草。瞎子奶奶的眼睛看上去盖着一层云翳，她就用她的瞎眼瞪着红朵，说，丧德呀，你们来打一个瞎老太婆的主意。红朵快哭出来了，红朵忍着不让自己哭出来，她说，那我走了。我走，我不借你的柴。然后她听见瞎子奶奶向她招手，好像有什么秘密要告诉她，红朵走过去，就听见瞎子奶奶说，你叔叔让我撵走了，别怨我见死不救，我一个瞎老太婆，从来不惹什么麻烦。

没有人帮叔叔，他们都不想惹麻烦，即使是瞎子奶奶，她就是不惹麻烦也活不了几年了。红朵抹着眼泪离开瞎子奶奶家，她像一个哀伤的妇女一样埋怨着世事，良心让狗吃了，她抹着眼泪说，良心让狗吃了。红朵满面是泪，现在她对叔叔的命运失去了希望，红朵伤心地环顾着村庄和村庄外面一望无际的平原，这该死的平原呀，为什么没有高高的山，为什么没有密密的树林，为什么这么大的地方就没有叔叔的藏身之地？红朵现在不知道叔叔的下落了，她的心里一下变得空落落的，一下又被前所未有的恐惧塞得满满的。红朵哭泣着走过王六斤的歪斜破败的茅屋，看见燕子在门楣上垒了一个很大的窝，柴门不知被哪个孩子挖出一个大洞，一条狗从洞口突然蹿出来，向红朵叫了几声。红朵快步奔过王六斤留下的茅屋，她记得以前从来不怕这个人，但现在她开始怕他了，红朵依稀觉得后面有什么东西尾随着她，她扭过头向后面望，依稀看见一个人影拿着一把刀，在阳光下闪了一下，闪了一下就不见了。

红朵失魂落魄地坐在村中央的石磨上，红朵的眼泪像秋天的雨水一样流淌下来，冯家四岁的小女孩过来，用小手替红朵擦泪，小女孩说，红朵姐姐你怎么哭了？红朵说，我没哭。小女孩说，流眼泪就是哭了，你流这么多眼泪就是哭了。红朵就一把搂住小女孩，呜呜地哭起来，她说，我没有亲人了，他们把我一个人扔下了。

绵绵的春雨下了三天三夜。红朵不记得以后的三天是怎么熬过来的。她天天等着叔叔半夜里来敲窗子，但敲打窗子的除了雨点，还是雨点。红朵有时候猜想叔叔已经跑了出去，猜想他已经和张大哥他们会合了，可这是白天的想象，到了夜里村里一片风声雨声，红朵在黑暗中悄悄地起来，从床底下摸出叔叔的那只鞋子，眼前仿佛看见叔叔的两只脚，一只穿鞋，一只脚光着，流着血，它们在泥泞的路上拼命地奔跑，那样的景象使红朵心碎，更让她恐惧的是王六斤的鬼魂，深夜里红朵经常看见王六斤的鬼魂，那个可怕的鬼魂手操杀猪刀，一路追逐着叔叔，连续三个凄风苦雨的夜晚，红朵听见坟地那里隐约飘来鬼魂的声音，还我棺材，还我棺材。

第三天夜里红朵被风雨声惊醒了，她看见窗户被人推开，雨从外面飘进了茅屋，有个人影在夜色中一闪而过。红朵吓坏了，她点亮了油灯，看见屋子一点一点亮了，外面的雨丝也泛出银白色的光来，然后红朵就看见了地上的那只布袋子，一只鼓鼓囊囊的布袋子，看上去是从窗外扔进来的。红朵打开了湿漉漉的布袋子，看见满满的一袋面粉，面粉上还盖着一块花布。红朵忍不住叫起来，叔，是你吗？她跑到窗边向外面张望，看见的只是一片深蓝色的雨幕，她没有看见她叔叔。除了漫天的雨丝，除了远处的几声狗吠，红朵什么也没看见，什么也没听见。

红朵站在窗前向很远的坟地方向眺望，她依稀看见了几个人影，但她怀疑那是树的影子，雨夜的坟地上黑黢黢的，乌桕树背后升起一层浓浓的水雾，不知是谁家的坟头上闪烁着几点鬼火。红朵没有再往坟地去，她站在窗前犹豫了很久，最后还是关上了窗子。红朵为自己的胆小在炕上哭，哭了一会儿，累了，不知不觉就睡着了。她依稀听见有人在坟地那里哭，听上去像是李家女人的声音，但红朵以为她是在梦里。

后来就天亮了，天一亮雨也停了。红朵挎着草篮子来到了坟地。她看见李家的牛放在水田里，李家夫妇的人却不知跑到哪里去了。红朵挎着满满一篮子的馒头，那是她用叔叔扔进窗户的面粉连夜蒸出来的。天色还早，四周没有一个人影，红朵向四处环视了一圈，当她确信李家夫妇不在附近时，松了一口气。红朵走到乌桕树下，说，叔，你在呀？我说过藏这儿最保险的！红朵没有听到叔叔的回答，她闻到一股浓浓的腥味，但她不知道那是什么气味。叔你说话好了，现在哪儿都没有人，红朵蹲在墓碑前，用石块在墓碑上拍击了三下。红朵看见王六斤墓碑上有血迹，但她没有在意。她想坟里的叔叔为什么不出声，一定是太累了，是睡死了。她又向四周扫视了一圈，没有看见李家夫妇的人影，红朵就把墓碑搬开了，她说，叔呀，你看我给你蒸了多少馒头，还热乎乎的呢。墓碑移开了，一股腥味扑入红朵的鼻孔，红朵只是捏了捏鼻子，说，叔呀什么味这么难闻。叔叔不说话。红朵定下神来，看见叔叔的两只脚，两只很大的脚，一只穿着布鞋，另一只光着。红朵说，叔叔你还光着一只脚？多冷呀，不舒服。下面的叔叔不说话，红朵看见叔叔的头上盖着一只竹笠，竹笠很眼熟，红朵看见上面写着李记两个字，两个字红朵都认识，她就说，叔叔你拿着李家的竹笠呀？叔叔还是不说话，红朵就伸手去拿那只竹笠，竹笠像是被什么吸住了，红朵用力一拉，竹笠拿到了，一些红色的血水随之飞溅起来，红朵尖叫了一声便不省人事了，藏在空坟里的是叔叔的身体，叔叔的头没有了！

那是很多年以前发生的故事。红朵当年只有十三岁，她拿着那只竹笠去找李家夫妇，他们家却人去屋空了。红朵就站在李家的茅屋前哭，说要等他们回来，让他们偿还叔叔的人头。保长他们闻讯赶来了，他们也要红朵叔叔的人头。保长像个疯子似的在李家门前跺脚，说他已经快要抓到红朵叔叔了，没想到让这对狗夫妇抢了头功。一群村里人围在李家的茅屋前，议论昨天夜里在风雨中发生的事情，他们的议论听上去是那么荒诞，有人竟然说红朵的叔叔死于王六斤的鬼魂之手，说是鬼魂恨透了红朵的叔叔，用刀把他的脑袋割下来了。红朵只是愤怒地看着那些人，她并不反对王六斤变成鬼魂的说法，但她相信叔叔不怕王六斤的鬼魂。红朵现在联想起这些日子李家夫妇在水田里反常的行为，她断定李家夫妇一定是拿着叔叔的人头去城里领赏金去了。

红朵那年只有十三岁，为了看一眼叔叔的人头，也为了找到李家夫妇，她走了一整天，来到了城里。她问城里人有没有看见她叔叔的人头，城里人都指着城门说，示众的人头都挂在那儿的城墙上，你自己去找吧。红朵拿着那只竹笠走到城门下，看见了几颗灰白色的人头，苍蝇围着它们嗡嗡地乱飞。红朵没有找到她叔叔。红朵一直看着那几个不知名的人头哭。有个老人问她为什么哭，红朵不肯回答。她只是问人家，说每天都是什么时候挂人头，老人回答说不一定，反正该挂的就会挂出来，有时候白天挂，有时候黄昏挂。老人端详着红朵，又问她是哪个村子的。红朵说是从枫杨树村来的，那老人神色大变，瞪着眼睛问，就是你们村在闹鬼吧，听说屠户王六斤鬼魂复活，拿着杀猪刀到处砍人呢。红朵一下又哭出来了，说，不是鬼魂砍人，是李家夫妇，那丧德的两口子，是他们砍了我叔叔的人头。

红朵听到城里人都在谈论王六斤的鬼魂，她无心去作辩驳，现在她只是想看见她叔叔，她等着叔叔的人头挂出来，作为叔叔唯一的亲人，她知道自己应该等在这里，等着最后把叔叔的人头带回村里，埋在祖父和父亲的坟边。但是红朵空等了一天。下午城里突然乱了，守城的士兵们一队队地拥出城门，向南面散去。城门外的集市一眨眼就散了，红朵被惊慌失措的人群挤到了一家磨坊门口。兵荒马乱的气氛预示着局势又发生了彻底的改变。磨坊的主人说十一师打回来了。红朵记得这个军队番号，她记得叔叔曾经是这支军队的士兵，叔叔的好友张大哥也是十一师的人，她知道十一师回来保长他们就得逃，保长他们一走好日子就又回来了。红朵问别人，十一师从哪里来，别人告诉她从西边的雀庄那里过来，已经过了河了。红朵掉头就向雀庄的方向走，红朵一路走一路看着自己手中的竹笠，她想她看见张大哥一定要把竹笠交给他，让他找到丧德的李家夫妇，为叔叔报仇。

那天黄昏时分红朵满脸尘土地来到了雀庄，雀庄驻扎了一些十一师的士兵，他们穿着红朵熟悉的灰色军装，坐在一个祠堂里擦枪。红朵走进祠堂的时候怯生生的，她被一个人从身后抱起来了，她不知道那个人是谁，他不让红朵看见他，红朵就问，是张大哥？红朵哭着说，张大哥，我要找你为我叔报仇啊。那个人突然把红朵放下，拽着她的辫子大笑起来，红朵红朵，我真不敢相信，你怎么找到这地方来的，你怎么知道叔叔转移到雀庄来了？

这是红朵永远难忘的一个黄昏，她那年十三岁，对于叔叔死而复生的现实无论如何不能接受，她记得她在祠堂里尖叫着夺路而跑，叔叔和那些士兵都在笑，叔叔等她缓过神来告诉了她事情的真相。叔叔说，躺在王六斤坟里的是李家的男人。红朵不相信，她说，他一只脚光着，一只脚穿着你的鞋呀。叔叔说，李家夫妇一直盯着你，叔叔没有躲在王六斤的坟里，也没有躲到瞎子奶奶家的草垛去，叔叔一直躲在保长家的牛棚里。红朵大叫起来，你骗人，保长天天嚷嚷着要你的人头呀，你怎么躲在他家里？叔叔就满脸神秘地笑了，他说，红朵你还小呀，许多事情叔叔不敢告诉你，保长是我们的人，真正要叔叔人头的是李家夫妇，他们是奸细，叔叔躲来躲去，就是提防他们的。红朵半信半疑，想起那些日子受到的惊吓，就哭了起来，说，叔呀你不是人，你一直在耍我，你把我引到这儿引起那儿都是在耍我，你不跟我说实话，你把我当枪使呢。叔叔看着红朵哭，一只大手拍着红朵的抽搐的肩膀，叔叔说，别哭了，不怪叔叔骗你，那几天他们追叔叔追得紧，他们指望你引他们的路呢。红朵说，我一次也没找到你。叔叔说，是呀，让你找到我，他们也就找到我了。红朵还是哭个不停，她说，你骗我，你们都在骗我，你们把我骗得好苦。叔叔只是一个劲地为红朵擦眼泪，他说，红朵你还小呀，等你长大了，你就会明白我们为什么要骗你了。

红朵记得她把李家夫妇的竹笠交给了叔叔，叔叔把它扔进了烧水的火塘里，说，奸细的东西，要它干什么？红朵闻到那种血腥的气味从火塘里升起来，弥漫在祠堂的空气中，红朵现在知道了，那是血的腥味。是李家男人的血的腥味。红朵想起那个躺在王六斤坟里的无头尸体，纳闷她怎么会把李家男人错认成叔叔。于是红朵突然冒出一句话，人被砍了脑袋，看上去都一样。

红朵当时十三岁。十三岁的女孩突然一下子就长大了。祠堂里的士兵们看见红朵踮着脚为她叔叔整衣领，红朵为她唯一的亲人整衣领，她的眼泪像断线的珠子一样落下来，叔，只要你活着，骗我我也不怪你。红朵说，别人怎么死我不管，我就要你活着。叔叔一时愣在那儿。红朵还是呜呜地哭，她说，我不心疼他们，把那些奸细全都杀了，我也不心疼。叔叔惊异地看着红朵说，是呀，有奸细就锄奸。红朵猜到锄奸就是杀头的意思，她又问，杀奸细都派谁去呀？叔叔的表情有点迟疑，这不是孩子打听的事情，叔叔本不该说，但紧接着叔叔灵机一动，他突然嘿嘿地笑起来，说，我们不派人，我们派王六斤的鬼魂去。你不知道王六斤的鬼魂也是我们的人吧？

祠堂里的那些士兵看着红朵，红朵被吓坏了，她瞪着眼睛在士兵们中间寻找着什么，不知道是看见了谁，红朵尖叫了一声，慌慌张张地藏到她叔叔的身后去了。士兵们都在笑，可红朵呜呜地哭起来了，红朵一边哭一边说，叔叔我要跟你们走，我不回家了。叔叔说，你是个女孩子，怎么能跟我们走？我们还要去打仗呢。红朵一边哭一边说，不管你说什么，我都不回去了，王六斤的鬼魂不会放过我的。叔叔也笑了，他说，什么鬼魂？是叔叔骗你的，人死了就死了，哪来什么鬼魂？你看见过鬼魂吗？红朵这时抹了下眼泪，忽然高声说，我看见的，我亲眼看见的王六斤的鬼魂，他拿着杀猪刀追我呀！叔叔说，他追你干什么，你没惹他嘛。红朵急得跺脚，她说叔叔你好糊涂，我没惹他，可你惹他了，他不敢找你就找我算账呀！叔叔摇着头，不满地看着红朵，他说，你这孩子怎么啦？看来你的胆子是让谁吓破了。

雀庄的百姓有幸看见了第一支红军的队伍。他们记得那支队伍中有个小女兵，穿着一件肥大的军装，腰间拴着一把镰刀坐在装粮草的牛车上，她在牛车上晃荡着双脚，很多人都注意到小女兵没有鞋子，光着脚，很多人注意到小女兵困倦的模样，她的眼睛红肿着，像是哭了三天三夜。

那个小女兵就是孤女红朵。

（1998 年）

大气压力

火车晚点了。月台笼罩在并不明亮的灯光下，小孟下车的时候有一片雪片飘到他的脖子上，风把他的大衣下摆吹向两侧，而且发出呼呼的声音，这使他注意到天城的气温比想象中的更要寒冷。小孟提着行李走在出站的人群中，他好几次抬头向四周张望，没有看到他记忆中的宋代砖塔，除了夜色、灯光和各地雷同的高层建筑愚笨的轮廓，他没有看到什么。那座宋代砖塔一定是被建筑物遮挡住了。

广场上泥雪交加，显得很空旷，人和汽车、三轮车、自行车紊乱地挤在出口处的栏杆外面。栏杆外的人看上去很亲切，却都是陌生人。小孟放下了行李。表哥不在外面，他感到有点意外。小孟又看了看手表，已经晚点两个小时了，他想表哥他们也许找地方打发时间去了。有人隔着栏杆来拉小孟的胳膊，说，同志要住宿吗？是个操外地口音的中年妇女，有好几个这样的妇女举着什么招待所什么旅店的牌子在那里揽客。小孟说，我不住宿，你听不出来我是本地人吗？小孟说了这句话以后就笑了，他能感觉到自己的天城方言是多么生硬。离开此地十多年，他其实已经不会说天城的方言了。

小孟在那里抽了两支烟。接站的人都走光了，小孟还是没有看见他的表哥或者亲戚，他不知道出了什么问题。风从广场上吹过来，带着刺骨的寒意。小孟有点焦躁，他看见一辆破旧的国产小面包车开过来，停在公共厕所门口。那辆车带给小孟一个希望，但随着一个男人从车上下来，小孟的希望马上就破灭了，他看着那个男人向出口处这里走来，男人手里举着的牌子越来越清楚，上面写着：第二教育招待所。服务周到。设施一流。价格便宜。教师优惠。

小孟东张西望的时候听见好几个揽客的妇女向他急切地宣传什么，他不搭理他们，他没有必要搭理他们。即使今天没地方可去，他也不想随随便便地投宿到一个陌生的低档旅社去。小孟避开了一个妇女的纠缠，转过脸看着广场上的大广告牌，广告牌上仍然保留着夏天的内容，一个衣着暴露面容靓丽的少女手握一瓶饮料，微笑着看着路人，广告词更是夏季风味的：喝了透心凉。小孟不由得笑了笑，这时他注意到那个从面包车上下来的男人，他也在笑，他微笑着对小孟摇晃着手上的牌子，用眼神示意小孟，让他看那块牌子。小孟摇头，说，我不是教师。那个人还是不说话，他突然把牌子反转过来，牌子的另一面内容原来是不一样的：应有尽有，舒适到家。彩电空调。桑拿按摩。

小孟觉得那个男人面熟，尤其是他看上去有点僵硬的微笑，小孟专注地盯了他一眼，脑子里突然蹦出一些奇怪的词语，大气，压力。小孟现在确信他是中学时代的物理教师，他想叫他，但小孟只是张了张嘴，他忘了他的姓名了。也许姓柴，也许姓蔡，也许都不是，小孟怎么也想不起来了。他想起来的是物理教师的绰号，柴油。小孟有点发窘，他的神色无疑让对方觉察到了某种希望，柴油——我们暂且这么称呼他——突然向小孟挤了挤眼睛，说，这么冷的天，何必站在这里受冻？去我们招待所，你不会后悔的，我们是学校办的招待所，人民教师不会骗人的。小孟嘻地一笑，他又听到了柴油的声音，是那种被人称作公鸭嗓的很响亮的声音。柴油打量着小孟，忽然蹲下来，一只戴着棉手套的手越过栏杆，拽住了小孟的旅行袋。他说，我们有专车接送，这么冷的天，我也不想守在这里，拉上你就开车，怎么样？小孟下意识地护住了行李，一种莫名的歉意使他有点慌张，他说，对不起，对不起。我不习惯住你们那种招待所。柴油的眼睛亮了一下，他站起来，仍然带着僵硬的微笑看着小孟，我们那种招待所？他说，先生，没有调查就没有发言权呀。你怎么知道我们的条件不好？我们是教育系统的招待所，跟他们不一样，我们不骗人的。说有暖气就有暖气，说有彩电就有彩电，说有热水就有热水！柴油发急的样子让小孟想起了从前的物理课。大气。压力。谁在说话？谁不想听课就给我滚出去！小孟断定柴油对自己已经了无印象，正因为如此，他内心的那种歉意更深了。小孟说，我不是那个意思。我不爱看电视。其实，其实就住一夜，条件好不好无所谓，干净最重要。小孟看见柴油嘴角上掠过一丝冷笑，就像从前他夹着作业本进教室时一样，你怎么知道我们不干净？告诉你我们是卫生标兵！柴油看上去有点愤怒了，他说，你以为我是骗子啊，啊？我当了三十年人民教师，现在退休来发挥一点余热而已，你以为我跑到火车站是来骗人的？啊？小孟开始感到惊慌了，现在他清晰地重温了好多年前在物理课上面对柴油的绝境，他永远不能准确地回答他的问题，而他却特别喜欢向他提问。小孟想他一眼就认出了柴油，他为什么认不出我来呢？栏杆外面的那几个妇女开始交头接耳，他们注视小孟的眼神充满责备的意味，谁让你接他的茬的？小孟涨红了脸，他把行李提起来在栏杆里面走了一圈，瞄了柴油一眼，柴油却不看他，他用手中的牌子一次次地敲打着栏杆，看得出来，老师的气还没有消，小孟又踱了一圈，一个非同寻常的决定几乎在瞬间变成了事实，小孟突然走到柴油面前，他说，好吧，我到你们招待所住一夜。

这个城市已经面目全非。发展是硬道理。城市的归宿是无数的建筑工地和霓虹灯，这没有错。小孟在那辆破面包车上颠簸了大约半个小时，车停了，他听见柴油对他说，到了，我告诉你不远就是不远，这是老城区，三十年代是天城最繁华的地方！

小孟不知道自己身在何处，这种被整体拆除的街道在如今的城市里比比皆是，遍地瓦砾残砖，只有一些可以再利用的木门木窗被人整齐地码放在一起，当你不能将建筑物或者树木作为坐标，迷失方向是必然的，小孟说，这是什么鬼地方？什么鬼地方？他看见一座三层楼房孤零零地竖在废墟之中，只有一楼亮着灯光。小孟说，这是一片废墟嘛。柴油没有答话，他夺过小孟的行李向楼房跑去，边跑边喊，张大姐，开一间房！

招待所里弥漫着一股阴冷潮湿的气息，服务台后的那个女人守着一台电暖器，不卑不亢地看着小孟。小孟站在服务台前面犹豫着，他说，看这样子，你们这里不会有暖气的。女人说，有空调。小孟说，什么一流设施，看这样子，你们这里什么设施也不会有。女人看了看小孟，又看看一边的柴油，抿着嘴笑。小孟说，四周的房子都拆了，你们怎么不拆迁？看这样子像黑店嘛。小孟话音未落，肩膀上就被搡了一下。是柴油在搡他。柴油怒视着小孟，你这位先生怎么说话呢？想住就住，不想住就滚，你怎么可以污辱人？黑店，什么黑店，你把我们当什么人了，啊？小孟下意识地后退了一步。小孟说，开个玩笑，你发什么火？柴油仍然瞪着眼睛，开玩笑不是这种开法，开玩笑也不能污辱别人的人格，你懂不懂？小孟讪笑着，他说，我懂，我懂了。小孟已经退到了门边，他向玻璃门外面张望了一眼，外面黑漆漆的，那辆小面包车已经开走了。小孟无法摆脱上当受骗的感觉，正是这种受骗感使他迟迟不愿办理登记手续。他站在门边，挠着脑袋。那个女的突然咳了一声，她说，你要是不愿意住，我们也不强迫你，出门，沿着街向前走四百米，有一家旅馆条件好一些。小孟感激地看着她，问，那家有暖气吗？女的没来得及说话，柴油怒声嚷嚷起来，哪来什么暖气？这是天城，不是北京，哪来那么多暖气，有空调就不错了！小孟摇了摇头，他觉得多年以后对柴油的嗓门仍然有一种敬畏之感，大气压力！不会就不会，你狡辩什么？小孟想假如他认出我来，不知道会是什么态度？小孟推了一下门，然后又轻轻地关上了，他说，外面真冷，天城现在怎么这样冷？柴油向他翻了翻眼睛，似乎是对这种废话表示不屑。小孟说，我以前在这里生活了八年，我在这里上的学。他注意到柴油脸上充满敌意的表情变得缓和了，他鼻孔里哼了一声，说，那就行了，你是游子回乡，对我们天城应该有点感情的，怎么可以摆阔佬派头，嫌这嫌那的？小孟看着柴油，他希望他继续这个话题，问他以前住在哪里，在哪所中学上的学，但是柴油拿起了一份报纸，不再和小孟搭话，这与小孟对他的记忆相符，他记得柴油以前也不是那么容易原谅犯了错误的学生的。他是一个让你别扭的人。现在仍然这样。小孟挠着脑袋，他还在犹豫。是服务台里的那个女人婉转地挽留小孟，她说，这么晚了，这么冷的天，我看你就在这里将就一夜吧。

房间与小孟想象的一样简陋而破败，床上的印花床单和棉被摸上去是潮的，电视机是十几年前的孔雀牌，彩色的图像已经失真，女播音员的脸是绿色的，而嘴唇像是涂过血浆似的，红得惊人。唯一的意外是那个阳台，一个很大的阳台，像一件奢侈的装饰品徒劳地挂在窗外。柴油用遥控器打开了空调，然后他把遥控器放进了口袋，或许是注意到了客人惊讶的眼神，他坦然地解释了招待所的规章制度，说，没办法，不是我们不相信你，我们已经丢了四个遥控器了。小孟说，你怕我偷你的遥控器？柴油摇摇头，他说，不是怕你偷，不是告诉你了吗，这是我们的规章制度，打开空调以后都要把遥控器拿走。小孟说，你还是不信任我，说来说去你还是怕我偷遥控器。柴油说，咳，你这位先生说话就是不中听，规章制度人人要遵守，今天是我值班，丢了遥控器我要赔的。小孟大笑起来，说来说去你还是怕赔嘛。柴油被小孟逗乐了，他捂着口袋，有点窘迫地向房门外面走，像是逃跑似的，小孟在后面说，我们应该聊聊的，我能跟你聊聊吗？柴油没有回头，他摆摆手说，不聊了，你休息吧。小孟跟着他走到门外，柴油的背影已经消失在楼梯上了，小老头像孩子似的逃走了。小孟理解他的心情。小孟其实也不能确定，是否一定要跟从前的物理老师聊天，即使他们的师生关系云开雾散，小孟也不能确定他们在一起该说些什么。

透过窗玻璃可以看见阳台上积着雪。一只拖把架在阳台的角上，拖把上还晾着一只塑料袋。小孟在房间里转了一圈，他想给表哥打个电话，但很快打消了这个念头。空调呜呜地鸣响着，小孟把手举到送风口，风还是冷的。房间的气温没有改变。小孟想这不是享受的夜晚，他已经有这个思想准备了。也许柴油说得对，游子回乡，许多事情应该可以忽略不计了。小孟打开了通向阳台的门，一股冷风扑面而来，他差点放弃了去阳台的念头，但是小孟突然发现他俯瞰的是一所学校，准确地说是一所学校的操场，他突然觉得那片操场似曾相识。

操场就在二十米以外，积雪未能覆盖住椭圆形的跑道的轮廓，而且在夜色中清楚地划出了单杠和双杠的几条直线。学校一定也在拆迁之列，因为几栋楼房都只剩下了一个骨架，门窗都被卸去了。一根高高的旗杆耸立在夜色中，国旗也被收起来了。小孟的目光顺着旗杆往下看，他看见了升旗台的台阶，台阶蒙着雪，远远地闪烁着一层白光。似曾相识。小孟转过脸向西北方向眺望，这次他看见了那座宋代砖塔的黑影，它与学校的旗杆遥遥相对。小孟对于天城的方位感一下恢复了，现在小孟确定他视线中的学校就是东风中学，就是他曾经就读的那所中学。

小孟至今记得东风中学的跑道长度是三百七十五米，比正规的田径跑道短了二十五米。这是当年的体育老师告诉他的。那个体育老师非常赏识小孟在长跑方面显露的才华。小孟俯瞰着雪后的操场，依稀看见一个穿白色背心的少年沿着跑道奔跑着，三百七十五米，跑四圈正好是一千五百米。那是他最擅长的项目。那是他从前的生活。小孟向操场方向怪叫了一声。被遗弃的操场在夜色中显得非常凄凉，一些水泥预制板堆放在沙坑的位置上，有人在上面堆了一个雪人，这使凄凉的操场更加凄凉。游子回乡。小孟突然觉得自己在无意中接近了这种人为的情境，他笑了，他想我不是这种人，我不能再冒着寒冷回忆什么了。一切只是巧合，巧合是什么呢？巧合只是巧合。

房间里温度依旧。小孟很快发现那台空调一直在送风，而没有制热。他来到走廊，向楼下高声喊道，师傅，空调有问题，你上来看看！小孟惊讶于自己对柴油的称呼，他为什么叫他师傅呢？无论如何他不该称他为师傅的。楼梯上响起了一阵懒洋洋的脚步声，他看见柴油穿着毛衣上来了，手里拿着那只遥控器。看上去他已经睡下了。空调怎么啦？柴油说，不是在运转了吗？怎么会有问题呢？小孟从他的表情中看出一丝令人不快的情绪，柴油似乎是在怀疑他寻衅闹事，小孟于是收敛了脸上的笑容，说，有没有问题，你自己去看。

柴油对空调机的知识显然是肤浅的，小孟看着他在遥控器上胡乱地按了一气，风页突然咯地响了一下，然后就不动了。糟糕，柴油突然叫了一声，锁住了？是不是锁住了？小孟说，空调不是照相机，不会自动锁住的。他示意柴油把遥控器交给他，但是柴油不理他。柴油仍然焦急地按着这里那里，嘴里冒出一句，现在的小青年都自以为是，空调不是照相机就不会自动锁住，这种说法就科学吗？小孟笑了笑，让我试试。小孟向他摊开手掌，说，让我试试行吗？他看见柴油的鼻孔抽搐了一下，他猛地把遥控器拍在他的手上，你试试，让你试试，柴油说，我打不开，看你把它打开吧。柴油那种毫无必要的愤怒让小孟想起了从前的物理课，他就是那么愤怒地讲着虹吸原理。大气。压力。大气压力。小孟忍不住地与他开了个玩笑，他说，也许是大气压力不够。柴油没有把它当成一个玩笑，他嗤地冷笑一声，说，现在的小青年就是这样，半瓶子醋乱晃。

小孟有点狼狈，他在柴油嘲讽的目光中按着遥控器，却没有唤醒那台讨厌的空调机。空调机像是失灵了。小孟挠着脑袋，他说，会不会是遥控器没有电池了？然后他就听见了柴油得意的声音，他说，不可能。小孟说，怎么不可能？柴油抢过了小孟手里的遥控器，他说，不可能就是不可能，上礼拜刚刚换的电池！柴油脸上那种得胜的表情让小孟有点恼火，他坐到床上，看着柴油和他手里的遥控器，没有空调让我怎么睡觉？小孟说，你说有空调，闹了半天是这么台破空调！柴油仍然努力地按着遥控器，一边向小孟做着稍等片刻的手势，小孟说，你别瞎折腾了，肯定是坏了，你给我换一间房间吧。柴油这时看了小孟一眼，他看到了小孟的愠色，他说，只有这间有空调，实在不行，只好委屈你一下了。小孟怪笑了一声，说，好，委屈我冻一夜。柴油猛地回头逼视着小孟，然后他的脸上出现了一种决绝的微笑，他用极快的动作将遥控器收回到口袋中，向外面走去，减掉你的空调费，他大声说，不会收你空调费的，请你不要把我当骗子看待。

房间门被重重地摔了一下。小孟坐在床上，内心充满了沮丧感。不光是因为冰冷的房间，他觉得这个夜晚的经历像是一次错误的旅行，他明明是想去南方，却身不由己地往北方去了。他与老师的相遇不该是这样的。也许应该挑明了。但是小孟现在怀疑挑明他们的师生关系还有什么意义。也许已经没有意义了。摆在小孟面前的现实是他必须在这个寒冷的房间里过上一夜，然后让这次相遇再次成为记忆。

小孟卷着被子睡了。他很年轻，其实不是那么怕冷。他甚至想象柴油会对他说这句话，年轻人冻一下不会冻死的。柴油没有说这句话，他是一个让你别扭的人，而不是一个刻薄无礼的人。过去这样，现在还是这样。小孟后来就睡着了。假如是一夜无梦就没事了，后来的事情也许就没有了，可小孟那天做了一个关于考试的梦，他很多年没做这种梦了，他梦见自己在考试，梦见自己小便很着急，于是他推开考卷站了起来。他从床上爬了起来，迷迷糊糊地走到走廊上。厕所在走廊上。小孟打着寒战站在小便池边的时候听见哪扇门被风撞响了，他当时还没有意识到什么，等到他去推自己房间的门时，门却推不开了，是门锁出了问题，这回真的是锁住了！小孟现在感到这个夜晚成了一个问题的夜晚，他只穿着内衣，他终于迎来了真正的寒冷，小孟抱着肩膀向楼梯那里冲去，小孟向楼下高声叫喊起来，快拿钥匙来，我被锁在外面了！

大约在一分钟过后，柴油睡眼惺忪地出现在走廊上，他说，又怎么啦，你出来怎么能上锁呢，上厕所把门带一下就行了。小孟说，不是我锁的，是风把门撞上了，你们这儿什么东西都是坏的，连门锁也是坏的！柴油斜睨着小孟，想说什么又没说，他把一串钥匙在手中晃了晃，说，你去值班室拿件大衣披上，小心感冒了。小孟说，不用，你快开门吧。但最大的意外突然出现了，小孟看见柴油不停地晃着那串钥匙，就是找不到需要的那一只。怎么啦？小孟抱着双臂凑过去看他的钥匙，他说，不会是钥匙没了吧？柴油抬起头，从他焦躁的神情中可以看出小孟不幸言中了。柴油说，见鬼了，见鬼！钥匙怎么没了？小孟几乎跳了起来，他说，倒霉！倒霉！我今天倒了八辈子霉了！他发现柴油的脸色很难看，但小孟顾不上他的脸色了，他搓着手跺着脚，说，我今天倒了八辈子霉了！柴油愣在那里，然后他突然向楼下跑去，边跑边说，我先拿件大衣给你披上。小孟在气头上，他对着柴油的背影大叫道，大衣有什么用，我要进我的房间！光是嚷嚷还不解气，小孟飞起一脚踹破了房门，他说，你们这种招待所，趁早给我关门！

招待所里非常安静，除了外面的风声，小孟听见了楼下值班室里传来一阵忙乱的细碎的声响，小孟仰天长叹，心中充满了怨恨，然后他看见柴油慌慌张张地跑上楼，把一件军用棉大衣抛了过来，他说，请你别嚷嚷好吗？嚷嚷也不能解决问题。小孟披上了大衣，大衣还热乎乎的，柴油一定是拿它盖在身上睡觉的。有了御寒的物品，小孟的情绪稍稍地好转了，他看着柴油手中的钥匙，说，这下好了，你让我住到这里来，设施一流，服务一流，没想到是让我站在走廊上冻一夜！小孟看见柴油的脑袋开始左右摇晃，眼睛里喷出了一种可怕的怒火，那种怒火远远超越了他对这位前物理教师的记忆，小孟有点后悔他的过分的言辞，但是后悔来不及了，柴油突然把那串钥匙扔在地上，然后他从走廊上拖过一把椅子，跳了上去。小孟知道他是要从气窗口爬进去，小孟没想到他会采取这个办法。他看着柴油笨拙地用手推着气窗，小孟觉得他不该让柴油为他爬窗子，但奇怪的是他的嘴里却冒出一句不相干的话，气窗肯定也锁死了。柴油爬在半空中的背部颤动了一下，然后他突然挥拳一击，咯嗒一声，气窗应声打开了。柴油侧转脸，向小孟投来轻蔑的一瞥。小孟躲开了他的目光，小孟歪着身子，从眼角的余光中看见柴油的头部伸进了气窗口，胳膊和微胖的身子则挤塞在气窗里，他的脚在门上晃荡着蹬踢着，小孟看见了他穿的那双式样陈旧的棉皮鞋，皮鞋的顶端裂了一个口子，他还看见了柴油穿的尼龙袜子，袜子上也有一个洞，他听见柴油在上面喘息。小孟这时做出了一个迟到的举动，他去抓柴油的脚，他说，算了，你别爬了，我来爬窗。但那两只脚有力地甩掉了小孟的手，小孟甚至感觉到了那两只脚上的怒火，然后他看见柴油的脚慢慢地进入了气窗，柴油的身体终于通过了狭小的气窗口，与此同时，一些灰尘从窗框上从柴油的毛衣上簌簌地掉落下来。

柴油从里面打开了门，小孟站在外面，他仍然歪着身子，躲避着柴油的目光。柴油大口地喘着气，他说，进来啊，你还站在那里干什么？啊？我不是把门打开了吗？

小孟站在那儿不动，他看见柴油向他冲过来，他突然有个错觉，以为他要打他，但柴油只是把他推进了房间，柴油拍打着身上的灰尘，说，你还站在那里干什么？你是顾客，我为你服务，你把自己关在门外，我爬窗子替你开门，你还想怎么样，还想骂人啊？小孟的脸有点发热，他嗫嚅着，我没有骂你，我哪儿骂你了？小孟的肩膀又被柴油搡了一下，没骂就好，柴油说，小青年，现在上床去睡吧！

门是被柴油带上的。小孟听见他在门外捡起了钥匙，他把椅子搬回了原处，然后是一阵静默，小孟站在房间里，他预感到事情不会在静默中结束，果然走廊里突然响起了柴油的声音，柴油的声音听上去像是一种痛苦的哭诉，他说，小青年，我告诉你，我今年就满六十啦！你让我爬气窗，啊？你让我爬气窗啊！

小孟在清晨时分离开了招待所，服务台后面的女人还是半睡半醒，她对他这么早离开表示理解，她说，没睡好是吧，我们这里原来挺不错，主要是要拆迁，最后几天营业，有点乱了。小孟笑了笑，说，反正就一夜，过去就过去了，明天好好睡。小孟看见了值班室里的行军床，柴油的身子埋在那件大衣里，他看不见他的脸，只听见轻微的一阵呼噜声。小孟向行军床那边努努嘴，问女人，那个老先生是姓柴吗？女人说，姓陈，耳东陈，怎么啦，他态度不太好？小孟摇头，说，不是那个意思。我想问一下，他以前是不是东风中学的物理老师？女人说，以前是老师，是不是东风中学的，是不是物理老师我不知道，女人好奇地看着小孟，你是他的学生？叫醒他问一下就清楚了嘛。小孟摆摆手，说，不用了，我也不能肯定，他可能是物理老师，可能不是，我记不清了。女人好像对澄清同事的身份颇感兴趣，她说，叫醒他，我来叫醒他。小孟几乎是惊叫着制止了她的热情，不，不，小孟说，让他睡，我还有一大堆事要办，我该走了。

小孟推开招待所的门，外面的地面上仍然是一片泥泞和冰雪，冬天的阳光照耀着这个久违的城市。这是他曾经生活过的地方，零乱的废墟堆中有没有保存他的足迹，这要去问废墟。小孟不知道。早晨的小孟像早晨一样充满了生气，昨天的心情留在了昨天。小孟确实有一大堆事情要办。他疾步走到街道上，意外地发现天城正是阳光灿烂，而且太阳恰好挂在那座著名的宋代砖塔上。

一辆夏利出租车不知从哪里钻了出来，在小孟身边转了个圈，司机的脑袋探出车窗，向小孟张望着。小孟慢吞吞地走到车窗前，问，你的车打表吗？

这次小孟说的是地道的天城方言。

（1998年）

海滩上的一群羊

男孩将一把沙子从左手灌到右手，又从右手换到左手，最后沙子从他的指缝间无声地泻下来。他的眼睛漠然地盯着海面上的一个红色浮标，除了鼻孔里偶尔吸溜几声，男孩对于他初次见到的大海不置一词。

你怎么不说话？工程师端详着儿子的脸，他说，大海与你的想象不一样？就是不一样的，它并非像你们语文书上说的无边无际，知道吗，大海其实很像一只碗，一只巨大的碗，里面盛满了咸涩的液体。

男孩一动不动地坐着，他看见一只海鸥飞快地俯冲到海面上，又迅速地飞走了，他没有看清海鸥叼走的是小鱼还是小虾。

我以为你会喜欢海呢，看来你一点也不喜欢。工程师叹了一口气，懒懒地躺到沙滩上，你是在看海还是在发呆呢，他伸出一只手拉着儿子的耳朵说，你觉得大海像不像一只碗？

男孩移开了父亲的手，他把沙子扔回到沙滩上，扭过脸望着远处的灯塔，仍然没说话。

也有人把海洋比喻成荒原，只不过人不能在上面行走。你觉得海洋像一片荒原吗？工程师说。

初冬的海滨寂静而空旷，除了几个捞海带的渔民，长长的海滩上看不见一个游客的踪影。正午的阳光温暖而乏力，却又轻易地穿透了无云的天空，散落在海面上，某些海域看上去有一条金色的大蛇舞动着，熠熠生辉。男孩始终没看见海里的鱼虾，只看见那条金蛇虚幻地游动着。

现在海面上风平浪静的，你大概觉得不像大海了，工程师说，海洋的魅力在于它的变化，你现在只看到了它的宁静，可海洋其实是不宁静的，再住几天你就知道了。你会知道海洋与月亮引力的关系，月亮像一块大磁铁，它吸住海水海水就涨潮了，它放下海水海水就落潮了，还有风，遇到大风天气，风会像推土机一样推着海水走，那时候你将会听见大海的咆哮了。

如果风能在海上走，人也能在海上走。男孩说。

你说什么，你说谁能在海上走？

人，人也能在海上走。男孩这么大声说着，突然跳起来朝一块礁石跑去，工程师下意识地跟着儿子，边跑边问，你往哪儿跑，你说你要在海上走？但工程师很快发现儿子的目标是一只玻璃瓶子，那只小小的玻璃瓶子卡在礁石的石缝中，在阳光的映照下显得晶莹剔透。

男孩拾起了瓶子，他拧开黑色的瓶盖，一股奇怪难闻的气味扑鼻而来，瓶子里的小半瓶水浑浊不堪，三颗白色的药片已经被水溶蚀，轻盈地浮在瓶子里。男孩把瓶子放到鼻孔下面，吸紧鼻翼辨别着那股气味，他觉得不是什么普通的药味，他说不出来那是一种什么气味。

这不是漂流瓶，把它扔掉。工程师说。

男孩没有听从父亲的命令，他重新拧好瓶盖，将瓶子贴着耳朵用力摇晃起来，他听见瓶子里的水开始翻滚涌动，好像是一只变形动物发出了痛苦的吼叫。

是一只药瓶？你在玩一只药瓶？快把它扔掉。

工程师想从儿子手中夺下药瓶，但男孩敏捷地闪避开了，男孩面向大海，做出了扔瓶子的姿势，只是做了一个姿势，而他的眼睛冷冷地睨视着父亲。这不是一般的药瓶，他用一种夸张的语气说，这是一瓶毒药。

工程师嗤地一笑，但笑容在他脸上稍纵即逝，他向男孩伸出手去，板着脸说，给我，把它扔掉。

男孩注视着父亲的手，他的嘴角嚅动着，想说什么又没有说。他的脸上出现了某种求援的神情。也就在这时候远处传来了那阵清脆的铃铛声，男孩循声望去，一眼就看见了那个牧羊人和他的一群羊。男孩不禁大叫起来，看呀，你看那边，来了一群羊！

一个牧羊人赶着一群羊沿着海滩慢慢走来，因为蓝色的海水反衬着那群羊，它们看上去白得耀眼，也因为羊群走得缓慢而闲散，它们看上去就像被风吹散的几卷棉花。

真的是一群羊，工程师愕然地说，哪儿来的一群羊，海滩不长草，他把羊赶到这儿来干什么。

羊为什么不能来海滩？人能来羊就能来。男孩说。

那人真奇怪，工程师自言自语地说，海滩上又不长草，把羊赶到这儿来干什么。

羊铃声渐渐清晰了，现在甚至能听见牧羊人在唱着一支什么小调，男孩迎着羊群撒腿跑去，跑出去没多远他的衣领就被工程师抓住了，工程师说，又往哪儿跑，让你看海你不看，你要跑去看一群羊？

我为什么不能看羊？

羊有什么可看的，你都九岁了，你已经上三年级啦。

上三年级为什么就不能看羊，上了大学也能看，这是我的自由。

男孩挣脱了父亲的手，但这次他没敢再抗拒，他歪斜着身子站在那里，目光在工程师和羊群之间愤怒地来回摆动，在男孩跳跃的视线中，牧羊人和他的羊群仍然缓慢地移动着，现在他能看清牧羊人穿着黑棉袄黑棉裤，头上戴着一顶军帽，而那群羊，一共九头羊，它们像九朵棉花一样在海滩上漂浮。

你说要看海，带你来了你在看什么？莫名其妙，捡瓶子用得着坐火车到海滨来吗，看羊用得着到海边来看吗？工程师面有怒色，脑子里的某种联想使他忍不住发出一声冷笑，莫名其妙，你跟你母亲一样，总是莫名其妙。

男孩不再顶嘴，他的明亮的眼睛却突然暗淡了。他低下头，用双脚轮流刨着海滩上的沙子，刨出了一个小坑，然后他猛地蹲了下来，把手里的瓶子放进了坑内。男孩用沙子一点一点地把瓶子盖起来，埋瓶子的时候他的动作有点迟缓，他的脑袋不安地转来转去，目光执著地寻找着什么。工程师挡着儿子的视线，但男孩从父亲的双腿之间找到了他的目标，那个牧羊人和那群羊，令人惊奇的主要是那群羊，男孩想羊群走路为什么这样慢呢，它们走起路来比老人还要艰难，它们走路的样子就像犯了什么罪，人们都说羊是最胆小的动物，这话一点也不错，那群羊在牧羊人身后无声地走着，没有一只羊离群，也没有一只羊敢跟人一样在海滨东张西望。

整个下午工程师和他的同事都在疗养院里打桥牌，男孩曾经到牌桌旁观看了一会儿，他一进去大人们就都盯着他看，他能从那些眼神里觉察出某种同情和怜悯，自从父母离婚以后他便熟悉了这种眼神，男孩讨厌这种眼神，他虎着脸在每一个人身边站了几秒钟，用挑衅的目光瞪着大人们，在这种目光之下大人脸上的笑意渐渐凝结了，他们不再关心男孩的存在，只顾研究各自手里的牌。有一个老头说，怎么样，要我教你打牌吗？他好像在对他的牌说话，好像在教他的牌打牌。大人们这样无视他的存在，男孩同样也不高兴，他绕着牌桌气势汹汹地走了一圈，突然从那个老头手里抽出一张牌扔在桌上，然后一溜烟地跑了。他听见了父亲恼怒的叫声，别在这儿捣乱，给我回去睡觉。男孩就回头说，你还说我呢，你到海边来是来打牌的？

男孩从走廊的这一头奔向另一头，一只海鸥嗖地从他脚下飞起来，吓了他一跳。他不知道海鸥是怎么飞到走廊里来的，地上有半块被扔弃的馒头，男孩想了想就明白了，他把一只饥饿的海鸥赶跑了，他知道海鸥以捕食小鱼小虾为生，它现在飞来啄食又冷又硬的馒头，一定是饿得没办法了。

那只饥饿的海鸥召唤着男孩，是一只海鸥，而不是后面所说的羊群，请记住这一点。男孩后来找到了两只冷馒头，他把馒头掖在口袋里，偷偷跑出了疗养院。你知道男孩是去给海鸥喂食的，但当他来到海滩上，看见的却是那个牧羊人和他的那群羊。

牧羊人坐在一条废弃的舢板上，那群羊就在舢板旁边呆呆地站着，就像一群萎靡不振的罪人，窥望着主人手里的鞭子。奇怪的还是那群羊，它们现在看来不是雪白洁净的，每只羊的皮毛都显得肮脏不堪，灰茸茸的羊毛扭结着，根本不像什么棉花。更让男孩惊奇的是九只绵羊现在变成了七只，他明明记得数出的是九只，可现在数来数去却只有七只羊。

孩子，你喜欢羊呢，牧羊人跳下舢板，走到男孩身后说，我看出来了，你喜欢羊呢。

牧羊人的脸是那种讨好人的笑脸，一笑就露出了嘴里的黑牙，那张脸枯黑粗糙，眼角上结着一颗硕大的眼屎，男孩闻到他的棉袄上有一股浓烈的腥臭味。你身上有臭味，男孩嚷嚷着后退了一步，他的视线绕开牧羊人，在羊群里又巡视了一圈，你这人真糊涂，丢了羊都不知道，男孩说，你原来有九头羊，现在只剩下七头了，你不知道你丢了两头羊？

没丢，羊才不会走丢呢，牧羊人说，那两头羊是卖了，刚刚卖掉的。

卖了？你到这儿来卖羊？男孩瞪大了眼睛，你为什么要卖羊？

不卖羊不行，不卖羊就没盘缠了。牧羊人说。

什么叫盘缠，不卖羊怎么就没盘缠了？

盘缠就是赶路的钱呗，牧羊人又露出黑牙笑起来，他用羊鞭挠着脖子上的一块癣痕，说，没钱了，没钱就赶不了路，人就心慌呢。

你赶路去哪儿，去北京吗？

去北京？做梦去吧。牧羊人自嘲地拍了拍脑袋，他的脸上出现了一种腼腆不安的表情，你这孩子嘴碎，什么都问，他咯咯地咳了一会儿，吐了一口痰在沙滩上，突然笑着说，告诉你也不丢人，我找我女人呢，我女人上月跑出来啦，她家里人说是上海边找活儿干来了。孩子，我正想问你呢，你有没有见过一个女的，穿花棉袄扎绿头巾的，大大的眼睛，宽宽的嘴巴，你有没有见过？

没见过，男孩想了想说，现在是冬天呀，冬天是旅游淡季，谁上这儿来？没人上这儿来的。

她可不会旅游，她是出来找活儿干的，孩子，你知道这附近有什么厂子吗？

没有工厂，这儿是旅游区呀，怎么会有工厂呢？

还真是的，连个烟囱也不见，牧羊人手搭前额朝四处张望着，说，这地方就只有海，这么大的水，看着人心慌。

那女的就是你爱人吧，她出门不告诉你？男孩咬住手指想了一会儿，突然眼睛一亮，他说，你们肯定是离婚了吧，要不她上哪儿怎么会不告诉你呢？

你这孩子长的什么嘴？牧羊人勃然翻脸，怒视着男孩说，离婚？离的什么婚，她要敢跟我离婚我打断她的腿，她还怎么往外跑？牧羊人气咻咻地坐了下去，那条舢板嘎喳响了一下，牧羊人又笨拙地翻了个身，面对大海，嘴里呼呼地喘着气，过了一会儿他好像平静了，这海水真大呀，他指着海面说，没见过海还就是想不出海有多大，说起来我们村离海也就八十里地，可隔着三重山，山挡着你，什么也看不见，我这辈子还是第一次看海呢。

男孩不知道牧羊人为什么生气，他的注意力很快就被那群羊吸引过去了。男孩蹲下来摸了摸一头绵羊的耳朵，就是那头羊的颈脖上套着一圈铃铛，他先是摸了摸铃铛，而后开始摸绵羊的背脊，他能感觉到它像一个人一样颤索着，你别怕，男孩说，我不是来买你的，他的脑子里突然又闪过一个念头，羊的心脏是不是也像人一样跳动呢，于是男孩就把耳朵轻轻地贴在羊的肚子上，虽然一股腥膻味使他下意识地捂住了鼻子，但男孩却清晰地听见了羊的心跳，它与人的心跳几乎有着同样的节奏和音色。

我看你喜欢羊，你是真的喜欢羊呢，牧羊人的脸上堆满了笑，他说，孩子，你也买两头羊吧，很便宜的。

你说什么？男孩受惊似的跳了起来，你要把羊卖给我，你要把羊全卖光？

不卖没办法嘛，自己养的羊，能卖几个钱就是几个钱。牧羊人挤了挤眼睛说，买两头羊吧，去跟大人要二十块钱，给你一头公的，一头母的，以后还能生小羊呢，就二十块钱，这价钱不昧良心的，你知道，养大一头羊也不容易呢。

我不买羊，男孩说，我买羊干什么？

干什么不行？牧羊人说，我这是良种羊，宰了能吃，剪了毛能纺线，剥了皮能做皮衣皮帽，你们城里人现在不是时兴穿皮衣吗？

我不穿皮衣，大人才穿皮衣呢，我也不买羊，男孩迟疑了一会儿，又说，我也没有钱，没钱不能买羊。

去跟大人要呀，牧羊人用一种热切的目光盯着男孩，他说，要是嫌贵八块钱也行，两个八是十六，去要十六块钱吧，要来了你就能牵两头羊走啦。

我爸爸不会给我钱买羊的，男孩摇了摇头说，我也不要牵你的羊，我们楼里不让养羊的。

男孩从羊群身边走开了，似乎是为了洗刷他与羊群的关系，他站在离羊群七八米远的地方，若无其事地向两侧摇晃着身子，羊都好好的，为什么要卖掉它们呢，他说，卖掉它们你忍心吗？

羊再好也是羊，变不了人。牧羊人回头环顾着羊群，眼光突然迟滞而凝重起来，他叹了一口气说，你这孩子的嘴呀，怎么像锥子一样扎人？一天天喂大的牲畜，谁忍心卖掉呢，可它们现在成了我的累赘啦，不卖也没草喂它们，卖了还能换几个盘缠呢。

男孩没说话，他看见牧羊人的脸上浮现出一丝悲凉之色。不知怎么男孩觉得牧羊人有点可怜，但当他转脸看见那群羊时，对牧羊人的同情便消失了，羊不会说话，羊什么也不说，男孩想羊比牧羊人可怜多了。

我知道我女人心高着呢，她肯定是跑到城里去了，她就是跑到天边我也要找到她的，我就是扔不下这群羊，它们成了大累赘了。牧羊人这时突然向男孩伸出一只手，用一种近乎乞求的眼神瞪着男孩，你是个好心眼的孩子，发发善心吧，去跟大人要五块钱，不，要十块钱，牵两头羊走吧。

男孩又后退了几步，他满面惊恐地看着牧羊人那只粗大而肮脏的手，猛地扭身跑了。男孩从来没有遇见过这样的人，又可怜又古怪，还有点令人恐惧，男孩在沙滩上跑着，口袋里的两只馒头就掉了出来，也正是这时候他才想起了那只海鸥，他站住了寻找那只海鸥，但他很快意识到所有的海鸥长得都一样，成百上千的海鸥在沙滩上飞来飞去，他根本认不出哪只是走廊上遇到的海鸥。

后来男孩就坐在海滩上给海鸥喂食。他撕下一块馒头屑扔进海里，立刻有几只海鸥从空中冲向海面，争抢仅有的那点食物，男孩快乐地拍起手来，他又扔了几块馒头屑在沙滩上，这次是一大群海鸥咕咕狂叫着飞了下来，几乎遮蔽了男孩头顶上的天空。男孩感到一种说不出的快乐，他不知道牧羊人是什么时候站在他身后的，牧羊人弯着腰站在他身后，他的鼻息像蒸汽一样喷到了他的脸上。

那是白馒头。牧羊人说。

是冷馒头，男孩惘然地说，我在喂海鸥，你也想喂吗？

你用白馒头喂那些鸟？牧羊人说。

那是海鸥，它们饿了也吃馒头，看见了吗，它们很喜欢吃馒头。男孩说。

牧羊人仍然满脸堆笑，他对男孩慢慢地摇着头，两只手来回搓弄着。男孩不知道他想干什么，只看见他的脸涨成了猪肝色，尖突的喉结上下耸动着，右手食指僵硬地指着男孩手里的馒头，男孩不知道他想说什么，只听见他嘿嘿傻笑着，鼻孔里喘着粗气，过了一会儿他咽下一口唾沫，说，这么好的白馒头，喂鸟多可惜，让我吃了吧。

男孩恍然大悟，男孩说，你不能吃这馒头，这是我在地上捡的，又硬又脏，这馒头只能喂海鸥。

也不是我吃，牧羊人的眼珠骨碌碌地转着，他说，我想拿它喂羊呢。

你骗人，羊吃草，羊才不吃馒头呢，男孩说，你要馒头不能自己去捡吗，就是那儿的疗养院，你自己去捡吧。

牧羊人朝男孩手指的方向张望了一会儿，那都是干部住的房吧，我可不去那儿丢人现眼，他说，再说他们也不会让我进去的。

男孩不再理睬他，他又扔了一块馒头屑出去，紧接着他的手腕就被牧羊人抓住了，别扔了，别再扔了，牧羊人用一种悲愤的眼神盯着男孩，他说，我用一头羊换你的馒头，那总行了吧？

男孩不知所措，但从他脸上可以看出他有点心动了。

两个馒头换一头羊，孩子，你占大便宜啦，牧羊人夺下男孩手里的馒头，然后把他往羊群那儿推了一下，我说话算数，牧羊人说，去，去牵一头羊吧。

男孩观察着他的表情，牧羊人说话好像是认真的，男孩犹豫了一会儿，终于鼓足勇气朝羊群走去，边走边说，是你自己要我牵羊的，你可别反悔。

我不反悔，快点牵，牵了就走，牧羊人背对着男孩说，回去记着喂它，羊命贱，给它一把草一堆菜叶，它就能活着。

男孩挑选了那只脖颈上有铃铛的绵羊，他牵着羊跑了几步，心怦怦地跳了起来，回头偷偷地一看，牧羊人已经躺在舢板上了，那顶旧军帽遮住了他的大半张脸。剩下的六头羊仍然安静地守着它们的主人，对于失去一个伙伴似乎无动于衷，远远的男孩能看见牧羊人的下颌，他的下颌一直在动，男孩不能肯定那是睡眠时的抽搐还是吃馒头的咀嚼。

我们知道男孩最后并没有把羊牵回到疗养院，走到半路上他就听见了工程师的呼唤，工程师的声音很焦灼也很愤怒，男孩下意识地松开了那只羊，他丢下羊朝旁侧跑了一段路，又朝前飞奔了一百米，最后站在工程师面前呼呼地喘着气，我去看海了，男孩对他父亲说，我没看羊，我在看海。

晚餐时分疗养院里弥漫着食物和菜肴的香味，工程师发现儿子心神不定，他闪烁的眼睛里明显藏着什么秘密。男孩草草地吃完饭，开始在每张饭桌间穿梭往来，他带着一种神秘的表情拉着大人们的手，你要买一头羊吗，男孩压低嗓门说，五块钱一头羊，很便宜的，你要买的话我带你去。别告诉我爸爸就行。

但工程师很快就知道了儿子的秘密，他对儿子的表现非常恼火，拽着儿子匆匆离开了餐厅。你气死我了，竟然做起羊贩子来了，工程师厉声说，你还说谎，下午你根本没看海，你是在看羊。

看羊就是看海，羊在海滩上，男孩理直气壮地为自己辩解道，看了海才看见羊，羊就在海滩上呀。

你还狡辩？工程师忍住笑说，你才九岁，就学会狡辩了。你跟你母亲一样，做什么事都有理由。

男孩的脸突然涨红了，你放屁，男孩怒吼了一句，猛地撞开他父亲夺路而走。对于这个随意的比拟，儿子如临大敌，这是工程师未曾预料到的。工程师讪讪地跟着儿子，心里有点后悔，他想，他们母子间的感情或许超出了他的想象，以后在儿子面前说话还是小心为妙。

到达海滨的第一个夜晚窗外起了大风，大风吹响了疗养院里的每一棵树木每一块石棉瓦，哪个房间里的音乐声被风声一点点地吞没，最后消失了。室内的人们可以听见远处海滩上飞沙呼啸，海浪以凶猛的节奏一次次拍打沙滩，发出动人心魄的巨响。男孩站在窗前，入夜以后他一直站在那里观望着远处的海滩，男孩手里抓住一把牙刷，他用牙刷笃笃地敲着窗台，应和海浪的节奏，那种噪音破坏了工程师的阅读，工程师盯着儿子的背影看了一会，干脆放下书，与儿子一起站在了窗前。

看见海浪了吗？工程师说，我告诉过你，大海是随时会起变化的，你看现在的海浪有多高有多猛，这才是你想象中的大海吧。

我没有看海，我在看月亮。

看见月亮有没有想起什么，那首诗，海上生明月，千里，千里怎么着？有没有想起这首诗？

我没有想诗，我就在看月亮。

你肯定忘了那首诗了，你五岁我就教你这首诗，现在都忘了？

我没忘，我就是不想背诗，我要看月亮。

那你就看月亮吧，看看月亮像什么，像不像一把镰刀，不，像不像一只银盆，许多文学作品里就是这样描写的，说月亮像一只银盆。

男孩沉默地站在窗边，他一直眺望的其实不是月亮，而是月光下的那片海滩，海滩与水在夜色中黑白分明，海水是黑蓝色的，沙滩上则漾满了灰白色的月光，他听见了风中的飞沙之声，但飞沙无从捕捉，只看见一阵阵白浪像巨兽扑向海滩，男孩一直眺望着的其实也不是海浪，而是海滩上的那群羊，还有那个古怪的牧羊人，这个秘密他不会告诉父亲。男孩守望着海滩，他的智慧告诉他，牧羊人赶着六头羊离开了海滩，这么冷的夜晚，这么大的北风，他们不会留在海滩上的，男孩的眼睛却告诉他，他看见的那些白色的影子就是一群羊，一群羊正滞留在海浪飞沙之间，月光一片昏暝，男孩突然看见一头羊走进了海水中，像一朵棉花被风吹入了海里，然后便是第二头羊和第三头羊尾随着走进海水之中。男孩几乎大叫起来，他不敢相信自己的眼睛，他用牙刷柄顶住自己的眼睛，可他看见的还是那群羊，那群在月光下泅水而去的羊，它们在夜色中显得如此醒目，每一头羊遍体闪烁着比棉花更白的光亮。男孩不相信自己的眼睛，但他看见的就是一群投奔大海的羊，它们被牧羊人遗弃在海边，现在它们朝海上走了，它们漂浮在暗黑色的大海上，漂浮在汹涌的波浪之间，远远望过去就像六朵棉花在海面上行走。

男孩终于呜呜大哭起来，男孩的哭声使工程师感到震惊，你怎么回事？工程师慌忙抱着儿子，他说，你在想什么，你看见了什么？

男孩把牙刷塞进嘴里，他想用牙刷堵住自己的哭声，但他的哭声仍然从牙刷的缝隙里漏出来，羊群下海了，它们会被淹死的，男孩边哭边说，谁也不要那群羊，它们会被海水淹死的。

你在说些什么，海上哪来的羊群？工程师伏在窗台上，迷惑地眺望着远处的海面，过了一会儿他嗤地笑了，你在说海面上的月光吧，工程师爱怜地抚摸着儿子的头发，他说，这有什么可哭的呢，月光落在海面上，看上去确实很像羊群，我也觉得像一群羊呢。

我们知道工程师无法安慰他的儿子，男孩没有把秘密告诉他。事实上男孩最挂念的是那头脖颈上挂铃铛的绵羊，是他扔下了那头羊，他不知道它是否与羊群在一起，他不知道那头羊最后去了什么地方。

（1997 年）

开往瓷厂的班车

瓷厂的班车在早晨七点左右途经花庄，散居在城北地带的瓷厂工人都在花庄等候厂里的班车。大约有七八个人，都是中年男女，穿着瓷厂统一的蓝色工装，手里提着装有饭盒和搪瓷茶杯的尼龙丝网袋。七八个工人，先后从公路的北边、南面或者水稻田的小路上匆匆地跑向站牌下面，一般来说人到齐了班车也来了。那辆天蓝色的大客车已经很陈旧，它在公路上慢慢行驶，车身摇摇晃晃的，总是有什么东西在车厢内部响亮地震动，七八个工人的脑袋一齐向右转，其中一个女工捂住了耳朵，她的这个动作很快被证明是合理正常的，当大客车在站牌下艰难地停下时，那刹车的声音听来酷似某种禽鸟尖厉的叫声，极其刺耳。

司机摘下手套擦拭着挡风玻璃上的水汽，是他首先发现了那两个陌生的青年。两个年轻人突然从公路后面的土坡上冲下来，他们一边奔跑一边向汽车挥手，等一下，等等我们！司机回头问后面的工人，说，是什么人？谁认识他们？工人们都站起来看那两个年轻人，不是我们厂的，他们说，大概是花庄的人，又是拦车送病人上医院吧？司机说，不像花庄的人，你看他们的穿戴，哪像农民？可能想搭便车，不给他们上！

他们跑得那么快，司机刚想把门关上，高个子已经将身子挤上了车，他站在车门口舒了一口气，对后面的矮个子说，快点快点，你跑步还不如一只母鸡快！

然后矮个子也上来了，两个人站在车门口，向车上的人又挥了一下手，算是尽了礼数。工人们用好奇或者厌恶的目光打量着他们，不容置疑的是这两个人来路不明，他们都穿着吊在腰上的短式牛仔夹克，白色高腰运动鞋，两个人的脖子上都系着时髦的风格相仿的丝绸围巾。

你们干什么的？司机过来做出驱赶的动作，他说，这是厂车，不是公共汽车，不给搭车。

高个子已经挑了个临窗的座位坐下了，他说，我知道是厂车，不是瓷厂的厂车吗？高个子看着司机，嘴角上的微笑使他看上去很沉着，是瓷厂的厂车，那就对了，他在座位上欠了欠身子，说，我们去瓷厂上班。

矮个子挤到了高个子身边，他的模样显得有点不可一世，他说，你还不相信？嘿，这有什么不相信的？我们是新招的工人，不信你去问劳资科。

司机没有再说什么，他向后面的工人看了一眼，大概是想让他们证实这件事情。供应科的老徐突然想起了什么，他说，今年厂里是招了几个工人，窑上缺工人。老徐的话在车上明显带有一定的权威性，包括司机在内，车上的人都露出一种如释重负的表情。他们看见那个矮个子向老徐竖起大拇指晃了晃，这种手势引起了工人普遍的反感，但是他们也没有过多地计较，他们对司机说，那就快开车吧。

瓷厂的厂车在公路上行驶。它的行驶路线多年来一直没有变化。从花庄出发后途经农田、刑场、砖瓦厂、国营林场、农田、养鸭场、农田、特种油品厂、农田，大约行驶半个小时后就来到了瓷厂。

蒙蒙细雨中，他们看见厂车从桥上响亮地冲下来，与厂车一齐下桥的还有那两个年轻人，高个子撒腿奔跑，好像是与汽车竞赛，矮个子打着一把雨伞拼命追赶，他们发现矮个子一直努力地把雨伞向前伸，他想为高个子打伞，这种过于谦恭的举动使站牌下的工人们觉得很滑稽。

一群人湿漉漉地上了班车，他们看见矮个子抢先一步，占住了车门旁边的座位，他收起雨伞，对高个子说，来，坐这里看得最清楚！

他们不知道矮个子想看清楚的是什么，每个工人都讨厌这个矮个子。老徐说，你，你姓什么？我看你别姓你们家的姓，你姓他家的姓算了，你就像他的忠实走狗嘛。矮个子对老徐的敌意不以为然，他说，放你妈的狗屁。他这么草草骂了一句就回过头去和高个子说话，高个子得意地笑着，说，听见没有？人家说你跟我姓算了，人家说你是我的忠实走狗！矮个子用雨伞尖在高个子腿上戳了一下，说，放你妈的狗屁。我跟你说正经的呢，今天要枪毙三个人，七点钟，等会儿我指给你看！

他们都听见了矮个子的胡言乱语，他们认为这个青年人满嘴胡言乱语。厂车天天从刑场经过，但他们从来没有见过一次枪决，他们知道那曾经是一个刑场，但现在它已经被弃之不用了，自古以来杀人的地方总要避人耳目，而花庄附近的刑场离城市越来越近，不合适了。

七点钟。枪决三个人。矮个子带来的这个荒唐的消息还是令人莫名地躁动起来。七点零五分，班车驶过刑场，车上的所有人都向一侧的车窗玻璃靠拢，透过蒙蒙细雨和一片杂树林，他们看见了那个凹陷的乱石丛生的地方，有几只鸟从那里突然飞向空中，除此之外，他们什么也没有看见，什么也没有。正如工人们所预料的，刑场仍然徒有虚名，没有执行的人，也没有五花大绑的死刑犯。

老徐鼻孔里发出一声冷笑，他说，那块地方早不是刑场啦。老徐话音未落，其他工人已经纷纷回到座位上坐下了，他们的表情看上去有点窘迫，大概后悔不该轻信一个小青年的信口雌黄，他们坐在那儿，好像从来没有站起来过，一个女工说，这种天气，怎么会枪毙人呢，子弹会受潮的。

班车在公路上继续行驶着，车厢里很安静。工人们听见矮个子突然说，错过了，时间错过了，七点钟执行枪决，他们不会等的。高个子捏着自己的鼻子，捏紧，松开，又捏紧，发出一串怪声，然后他突然嘿地一笑，我看见了，我看得很清楚啊，三个人，五花大绑地跪在那里，三发子弹，三个人立刻变成三条死狗！矮个子扭过脸，用眼角的余光扫了后面的工人一眼，他说，他们在等车的时候应该听见枪声的，他们肯定没有留心。我没瞎说，今天七点钟枪毙三个人，就在那里，枪毙三个人。

老徐向别的工人挤了挤眼睛，意思是说你们听听这个小青年嘴里在胡说些什么，事实摆在面前，他还在圆谎呢！工人们都会意地微笑，他们示意老徐不要急于戳穿他，且看那小青年怎么继续圆他的谎。

矮个子说，枪声其实不怎么太响，机关枪的枪声就像家里炒蚕豆，也就比炒蚕豆的声音稍微响一点，枪毙人用自动步枪，自动步枪的声音原来很脆，不过法警要是装了消音器，声音就闷了。

高个子说，你他妈的厉害，什么枪都用过？导弹和火箭炮有没有用过？

矮个子说，我没骗你，那三个人已经毙了，只不过他们没有听见，他们的耳朵比聋子好不了多少。

老徐在后面忍无可忍，他说，谁是聋子？你这个小青年怎么说话的？你说话给我注意点！

快到养鸭场的时候矮个子从座位上突然冲到车门前，他对司机说，停车，快停车，我带他去刑场，很简单的事，到底有没有枪毙人，看看有没有血迹就知道了！

司机说，不给停车，你们两个人搞什么名堂，你们是哪个车间的？

高个子仍然坐在原处，他有点得意地看着他的同伴，你是哪个车间的？啊？他说，从窗子里跳出去，你跳我也跳，我不跳是小狗。我要是不跳，你骑在我的身上，我在公路上爬一圈。

工人们看着矮个子。矮个子嘴里骂骂咧咧的，但他终于回到了座位上。两个年轻人仍然挤坐在一起，矮个子向前探着身子，朝窗外张望，他突然叫起来，操他妈的，这么多鸭子啊！

他们发现这两个新工人有点奇怪。老徐有一次看见他们坐在仓库前面，坐在废品堆里抽烟，等他走过去两个人却不见了，只有地上的一堆烟头提醒他，他们在这里坐了很长时间。老徐纳闷，窑上怎么招了这么两个年轻人进厂？怎么没有人管他们呢？

老徐觉得两个年轻人很奇怪。到了第五天他们在花庄上车后老徐就向他们提了一大堆问题，让他扫兴的是他们不愿意与他交谈，而且他们一点也不尊重他。

下班回家你们怎么走的？怎么不见你们搭回家的厂车？

我们跑步回家。高个子说，我们比赛，等我跑到花庄，他还没到化肥厂。他跑得还没老母鸡快。

你们在窑上干什么？老徐的语气多少带有一点盘问的味道，他说，窑上的主任是谁？

你是谁？矮个子向老徐斜着眼睛，他说，你是吕贵生啊？什么都管，你管得比长江还宽。

老徐听他提及吕贵生的名字就不再问什么了，那是瓷厂的厂长。老徐想万一他们真的和吕贵生有什么关系，那自己就确实有点管得宽了。老徐看着一高一矮两个年轻人的背影，忍不住又拍了拍矮个子的肩膀。他说，哎，小伙子，你叫什么名字？

矮个子的肩膀敏捷地向旁边一闪，躲开了老徐的那只手，他说，喂，喂，不要动手动脚的行不行？

老徐缩回了他的手，他不无尴尬地对同事说，他说我动手动脚？我问问他的名字，他说我动手动脚！

矮个子仍然不看老徐，他说，问什么问？你是户籍警啊？什么名字不名字的，我没有名字。

老徐对同事讪讪笑着，他说，没有名字，你们听听，他说他没有名字。

高个子这时回过头来向老徐做了个鬼脸，他说，他骗你，他有名字，他叫一片红，他姓一，名字叫片红。

高个子说完自己咯咯笑起来，一边笑一边用拳头捶矮个子。矮个子还击了两拳，然后指着高个子对老徐说，他姓烂，名字叫黄鱼，烂黄鱼，你记住了吧？

车厢里有人发出了笑声，老徐却笑不出来，他说，这怎么是名字呢，这是你们的绰号吧？

高个子回过头，用一种戏弄的眼光看了看老徐，然后他说，名字就是绰号，绰号就是名字。

他们不记得那是第几天的事了，只记得那天厂车在养鸭场突然抛锚，大客车只好停在公路边。司机钻到车下去修车前让车上的人不要动，他说一会儿就修好了，工人们已经有了对付这种意外的经验，两个女工从包里拿出了毛线活，老徐则利用这段时间出去，在路边方便了一下。他看见两个年轻人尾随他跳下了车。

车上的工人们记得两个年轻人起初站在路边，高个子叉着腰，矮个子有点滑稽地用双手转动自己的脑袋，工人们在看他们，他们在看池塘里的鸭子。天气很好，秋天早晨的太阳映照着水边的池塘、草棚和成群的鸭子，养鸭人在远处，手执鸭哨向公路这边张望。工人们对这种景色无动于衷，他们安静地坐在车上等待着班车重新开动。大约过了十分钟，司机满脸油污地回到车上，车上有人问，又是油嘴堵了？司机说，是油嘴，老毛病。

班车开出去一段路了，老徐突然叫起来，把他们拉下了！车上的人很快意识到他们把两个年轻人拉下了。司机刹住车，他说，八个人，我习惯了数八个人，又把他们给忘了。车上的人回首向鸭场那里眺望，隔着一大片树林，一大片农田，一大片池塘，他们远远地看见那两个年轻人的身影，一高一矮两个人影，在早晨的光线中向养鸭人那里移动。司机纳闷地说，他们去干什么？车上的人说，谁知道？这两个小伙子！司机又征求大家的意见，要不要回去叫他们？车上的人迟疑了几秒钟后，几乎异口同声地说，不管他们，随他们去！

现在瓷厂的班车上还是原来那七八个工人，瓷厂的班车向瓷厂摇摇晃晃地驶去，他们谁也没料到以后的日子里那两个年轻人再也没有上这辆班车。以后的日子里，班车曾经在花庄多停了三五分钟，但是两个年轻人再也没到花庄来搭车。所有的人都充满疑虑，多年来他们平静而辛劳地往返于遥远的瓷厂，这么奇怪的插曲是罕见的。

是老徐首先开始怀疑那两个年轻人的身份。世界上怕就怕认真二字，形迹可疑的人怕就怕有心人。老徐后来奔波于瓷厂的许多科室和车间，他终于把那两个人的身份弄清楚了，说起来你不会相信，那一高一矮两个年轻人，他们根本不是瓷厂的新工人，他们不知道是什么人！当老徐把这个调查结果告诉同事们时，所有的人都觉得这件事情不可思议，他们都问老徐，那他们天天起早搭车到瓷厂去，到底要干什么？老徐对此也说不出个所以然，他说，谁知道？他们想干什么，要问他们自己了。

瓷厂的班车现在仍然行驶在环城公路上。你可以从那辆崭新的气度不凡的大丰田判断出瓷厂的效益不错，你也可以从班车上急剧膨胀的人数判断出瓷厂人丁兴旺，效益一定不错，这很不容易。瓷厂班车的行车路线没有改变，但是沿途的地名、风貌甚至自然景色都有了根本性的改变。现在花庄一带盖起了无数高楼，花庄前方新建了一座立交桥，人来车往的，显得非常繁华，而花庄在公交车的站牌上也已经更名为花庄新寓。瓷厂的班车从花庄出发，途经新世界游乐场、绿原森林公园、金帆日化集团、日化新村、淡水养殖场、美丽华大饭店，到达瓷厂，当然瓷厂也在两年前更名为瓷光股份公司了。瓷厂的四十座客车每天大约有三十人搭乘，除了老徐偶尔会提起以前的刑场、农田、养鸭场什么的，没有人对这样的记忆感兴趣。

说的是老徐办退休手续那天的事情。也是个秋阳高照的好日子，老徐从瓷厂出来，突然意识到这是个特殊的日子，他不能等下午的班车了。老徐穿过马路来到中巴车的停靠站，他想搭中巴回家，但是路上车子那么多，就是不见去花庄的中巴。老徐等得不耐烦，心想今天是个特殊的日子，叫出租车回家并不为过，再说叫出租车回家又花得了多少钱，老徐把手伸出去，伸出去没有三秒钟，一辆红色的夏利车就停在他面前了。

这个结局在我们大家的意料之中，老徐碰到了一个人，是当年那两个年轻人中的一个，是那个高个子，是那个叫烂黄鱼的人。老徐虽然年纪大了，眼光却仍然犀利，他一眼就发现出租车司机就是那个什么烂黄鱼。他一眼就认出了烂黄鱼，烂黄鱼却贵人多忘事的样子，一脸的茫然。老徐就耐心地提示他，烂黄鱼终于想起那些往事了，想起那些他显得很不自在，他摆摆手说，咳，那时候瞎混，瞎混。老徐对这个回答不满意，他说，你们为什么天天搭我们的厂车去瓷厂？多远的路啊，再说瓷厂也没什么可玩的。烂黄鱼想了想，说，我也不知道为什么去瓷厂，就是没事干嘛。老徐还是一脸狐疑的表情，烂黄鱼嗤地一笑，你不相信？不相信我也没办法，我们就是玩，没有什么目的。老徐还是摇头，说，不会吧，你们又不是小孩了，怎么会坐车玩？烂黄鱼看上去有点不耐烦了，信不信由你，他的语气也变得像吵架一样，他说，我们没偷你们没抢你们吧？我们在车上没做什么坏事吧？

出租车比厂车快，老徐还有一些事情想问烂黄鱼，花庄的那些高楼已经不识时务地出现在车窗外了。老徐抓紧时间问了他最关心的问题，他说，你那个朋友呢，那个矮个子？他现在干什么？老徐看见对方脸上掠过一丝很古怪的微笑，他说，你笑什么？他在干什么？他也开出租？烂黄鱼眼睛专注地看着前方路面，他重重地吐出一口气，咧嘴一笑，说，毙了。一片红给毙了。

老徐嘴里发出了一种惊叹的声音。他的身子莫名地从座位上弹起来，他说，到了，停车！老徐从红色夏利车中慌慌张张地钻出来，他不知道自己为什么如此慌张。烂黄鱼盯着他，一只手摇下了车窗，老徐意识到自己还没付钱，他赶紧在口袋里掏，掏钱的时候他恢复了常态，他向车子里问，他干什么了？干了什么给毙了？烂黄鱼照数收了钱，他拿了一块口香糖塞在嘴里咬着，反问老徐道，你说呢？你说他干什么了？老徐一时愣在那里，看见烂黄鱼在踩油门，老徐下意识地去抓反光镜，可是红色夏利已经从他身边窜了出去，老徐什么也没抓到。老徐来不及说什么，就冲着车子大声喊道，那个一片红，他对你很好啊！

（1997 年）

白沙

这些人不是我们通常所说的旅游者，夏天前往海滨度假的人们往往对目的地按图索骥，他们指点着旅游地图上标有红星的地方，结果汽车就把他们拉到那些地方去，那些所谓的旅游胜地总是让人倒尽胃口，每一粒沙子都沾有痰迹和细菌，浴场的海水里漂满了塑料垃圾，岸上饭馆的菜肴又贵又难吃，人们总是一边诅咒着一边留恋着这样的地方，夏天有多长前往海滨的人流就有多长，那些缺乏品位的旅游者一批批地到海滨车站，就像一批批货物一样被卸下来，汇集到海滩上的人群中，你可以想象他们和先期到达的人是怎样堆在一起，争夺那些污秽的海水、沙滩和空气的。

这些人去了金寨，一个荒凉的小渔村，三男二女结伴而行，不仅因为他们是熟悉的朋友，更重要的是他们是一个摄影学习班的成员，他们需要完成一批以大海为主题的作品，准备参加秋季举办的一个摄影展览，除了指导教师老毕和小林外，其他几个人都从来没见过海，所以你也可以想象出他们第一次见到大海时那种亢奋的心情，每个人都端着相机对准了自己心目中的成像点，但指导教师老毕用手一一挡着学生们的镜头，他说，别在这儿浪费胶卷，不是任何地方都能得到好照片的。

这些人从来不愿作随波逐流的旅行，他们总是喜欢去那些处女地，所以他们后来就离开那些著名的人满为患的海滩，朝人烟稀少的地方走，先是步行，尔后搭乘一条捞海带的小船横渡海湾，到达了金寨。

我说过金寨是一个荒凉的小渔村，更准确地说它是一个缺乏任何旅游设施的小渔村，他们到达金寨时暮色初降，正是海水流金渔船归港的美好一刻，他们坐在一只倒扣的木船上面对此情此景发出形形色色的赞叹，每个人都觉得这次独特的旅行将带来意想不到的收获。

老毕带来的消息却是令人不快的，他说金寨的渔民并不像你们想象中那样好客，他们不肯留陌生人在家里住宿，这种局面他们事先有所防备，小林带来了简易帐篷，但是谁也没想到有两个人已经先他们来到金寨，那两人已经在西边的沙滩上搭起了帐篷，这意味着金寨也不是真正的处女地了。

他们顺老毕手指的方向极目西望，果然看见了一座彩色的帐篷，帐篷好像是用许多布块缀补而成的，上面零乱地涂写着一些词语，海洋、自由、爱、生命之类的词语，小林当即就笑起来，说，我认为那是一顶哗众取宠的帐篷。

后来他们认识了帐篷里的那对情侣，所谓金寨海滩的故事其实就是那对情侣的故事，我认识的这群朋友后来谈到金寨就必然谈到这对情侣。

两个人似乎都来自四川，也许一个是四川人，一个是湖南人，我们这里人常常分不清四川话和湖南话的区别，老毕虽然去过四川，也去过湖南，但他在语言方面缺乏才能，因此当那对情侣对自己的家乡秘而不宣时，他们的家乡便真的成了一个秘密。

你们管我是哪里人呢，那个名叫豆豆的女孩用一种轻蔑的眼神看着这群摄影爱好者，她说，你们都有一个幸福的家，我们没有，我们是流浪歌手，流浪，你们知道什么叫流浪吗？

摄影爱好者们对于别人的故乡其实并不感兴趣，他们最想知道的还是关于那对情侣的现实，也就是说，他们为什么来到金寨，他们到金寨来干什么？

那对情侣，男的脸色苍白，若有所思地沉默着，女的对这群摄影爱好者横眉冷对，不时咬住嘴唇，似乎随时准备出语伤人，看得出来，他们不欢迎后来的闯入者。两队人马在沙滩上奇怪地对峙着，一方急于交流，另一方却怀有敌意，结局是可想而知的。老毕作为一方的领袖先尴尬地干笑起来，小林则恶作剧地放了一个屁，也就在这时豆豆莞尔一笑，虽然她马上捂住了嘴，但是她的少女情怀却在一刹那暴露无遗，奇怪的是豆豆的男友，那个名叫雪莱的人，他像是置身事外，双眼盯着远处的海面，脸上是一种类似梦游的神情，摄影爱好者们与他们邂逅的第一天，只听见他说过一句话，他说，大海又涨潮了，天又黑了。

老毕他们在金寨遇到的第一个问题就是饮食无着，几户渔民无一例外地拒绝了他们搭伙的请求。天渐渐黑了，他们的情绪也因为饥饿而渐渐低落，是小林第一个想到了那对情侣，看我给你们弄吃的来，小林说着就朝海滩上的花帐篷跑过去了。

你知道小林这人自以为最善于与女孩打交道，凡是这类事他总是冲在前面的，其他人便半信半疑地跟着他走，但他们突然听见小林在帐篷外发出一声嚎叫，原来帐篷里突然伸出一只手，那只手是从一个隐蔽的窗子里伸出来的，它牢牢地揪住小林的耳朵，小林的姿态因此显得非常滑稽。他们都猜到那是豆豆的手，那只手似乎立志要把小林的耳朵拧下来，老毕他们看见小林的身子痛苦地蜷缩着。遇到豆豆这样的女孩，小林明显手足无措，竟然一反常态地骂起脏话。也许就是小林的脏话使他的同伴们不能旁观，他们忍住笑拥上去帮助小林，推推搡搡了一会儿，小林终于跌坐在地上，而帐篷里响起了女孩子特有的那种清脆而放肆的笑声。

你这只下流的耳朵，拧下来喂狗最合适，她说，你以为能听到什么？

在我们这里你只能听见诗歌的声音，说完女孩就在帐篷里大声朗诵了一首诗歌，老毕他们在旁边都听到了，是一首歌颂海洋的充满激情的诗。

你能想象那种让人忍俊不禁的场景，同时也使当事人感到窘迫，你想想白雪遭遇污泥的对比关系吧，他们当时就觉得小林像污泥，幸好小林脸皮很厚，他一边揉着耳朵一边对他的同伴说，这是什么破诗？我用左手也能写，还朗诵呢，她说的普通话像越南话。

从帐篷里钻出那对情侣，先是豆豆，她的头上戴着一个柳枝圈，双手叉腰，做出一种很凶恶的样子瞪着他们，尔后是面色苍白的雪莱，他倚门而立，双手托举着一支蜡烛，在烛光的映照下他的脸上有一种梦幻似的忧伤。

你们误会了，老毕说，我们没有恶意，我们只想打听在岛上怎么吃饭。

吃饭？豆豆轻蔑地扫视着老毕他们，忽然嘻地一笑，你们这些娇生惯养的老爷小姐，饿死你们活该，肚子饿了？饿了就去吃沙子，渴了就去喝海水！

小林这时候再次大失风度，他恼羞成怒地对豆豆骂道，放你妈的狗屁！人们都以为豆豆会更凶恶地还击小林，出乎意料的是她这次只是诡秘地看了他一眼，谁放屁？你才喜欢放屁呢。女孩说完就弯下腰格格地疯笑起来，女孩笑得停不下来，老毕他们先是面面相觑，很快他们受到了笑声的感染，也莫名地笑开了。

只有两个人不笑，一个是小林，小林愤怒地瞪着他的同伴，另一个就是雪莱，雪莱一转身进了帐篷，帐篷里响起了玻璃碰撞的声音，紧接着就发生了奇迹，雪莱钻出帐篷，双手举着两瓶酒，老毕他们不敢相信自己的眼睛，他们眼中的那个怪人现在高举着酒瓶，眼眸里燃烧着一种虚无而热烈的火焰。怪人突然大叫起来，进帐篷来喝酒吧！

他们看见雪莱的双手分别抓着一瓶白酒和一瓶葡萄酒，你们在吵什么？世界末日已经来临了吗？雪莱一边喊叫着一边用一只酒瓶撞击另一只酒瓶，他就这么走到老毕身边，吸紧鼻子在老毕的脸上嗅着，你身上一点酒味也没有，那怎么行？雪莱推了老毕一下，他说，来喝酒吧，男的喝白酒，女的喝葡萄酒，你们这些人真可怜，你们是不是还有一点勇气，一点忧伤？你们需要面对的不是你们的肚子，是这个荒凉的世界，这个世界即将毁灭，难道你们一点都不知道吗？

疯子，小林朝老毕眨了眨眼睛，但谁都能看得出来老毕对雪莱是饶有兴趣的，老毕用异常崇敬的目光望着雪莱，不停地点着头，说得对，世界总有一天会毁灭，老毕说，喝酒当然好，喝完了酒又怎么样呢？我们主要是想吃点馒头米饭什么的。

喝完了酒下海去游泳，雪莱挥着酒瓶说：我们每天都在月光下游泳。

我们不要游泳，我们要馒头，小林在一旁嚷起来。

游完泳再回到帐篷，我们大家来朗诵诗歌，雪莱用酒瓶指着我们每一个人，用一种庄严的声音说，你们别无选择，只有诗才能拯救你们大家了！

现在想起来那真是一个疯狂的夜晚，摄影爱好者们被雪莱身上的某种神秘的魅力所吸引，纷纷拥进那座狭小的帐篷，包括满腹怨气的小林。帐篷里显得杂乱而充满诗意，诗意主要来自满地的野花和挂在墙上的两把吉他，由于饥饿的缘故，客人们忽略了诗意而把目光投向角落里的一堆罐头，小林第一个动手打开了一听午餐肉罐头，小林一边狼吞虎咽一边说，这种东西换了平时送给我也不吃。豆豆狠狠地瞪了小林一眼，小林又说，你们每天就吃这种东西？每天吃这东西还能活着，这简直是奇迹。豆豆便一把夺下小林手里的罐头，递给一个女孩，然后她用一种高傲的蔑视一切的声音说，像你这样的庸人无法理解我们，我们就是创造奇迹的人。

只有老毕在别人的帐篷里保持了应有的礼仪和风度，他强忍饥渴与雪莱侃侃而谈，雪莱瘦削的面部轮廓和梦幻者的表情使他想到某张照片中的人物，他想不到那是一张什么照片，也许那只是构思中的一幅作品，因此老毕注视雪莱的目光充满了好奇与探求的意味。老毕向雪莱提出了他所关心的一系列问题，但他很快发现雪莱不在听他的问题，雪莱沉浸在他自己的思绪里，他用一种非常悲伤的音调谈到死亡，同时对老毕和他的朋友发出直言不讳的抨击，你们的脸上洋溢着快乐，但这种快乐只能暴露你们的愚昧，你们容易感到饥饿，那不是健康的标志，那只能说明你们是一群胃口很好的行尸走肉，雪莱的眼睛里闪烁着锐利的光芒，他说，我与你们不一样，我从八岁开始思考死亡，从十岁开始拒绝世俗的生长，你可能想象不出，我十岁那年就走上流浪之路，风餐露宿，浪迹天涯。十二岁那年我学会了弹吉他，学会唱歌作曲，十八岁那年我迷上了诗歌。你别误会，我不是你们认为的那类诗人，我所有的诗歌都写在山坡上，荒原中，还有这些沙滩上，它们从不发表。到了二十岁我开始在太阳和月光下思考，我思考了整整七年，你猜我得出了什么结论？说出来你会吓一跳的，我厌倦了生命，我想结束自己的生命。

不知怎么老毕在雪莱面前有点自惭形秽，况且老毕当时再也无法忍受强烈的饥饿感，他的脑袋开始追逐着别人嘴里的食物转来转去，当雪莱在谈他的死亡计划时，老毕竟然听而未闻，他接过了小林递过来的一块炸凤尾鱼，这条罐头鱼几乎成为他一生中吃过的最美味的鱼，老毕吃鱼的时候终于忘记了应有的礼仪，吃得啧啧有声，因此忽略了雪莱哀伤的眼神和他的那声沉重的叹息。

那确实是一个疯狂的夜晚，老毕后来也这么对我说，他说那个夜晚有一种神秘的魔力在推动他们，女孩豆豆在海滩上吹响了海螺，在海螺的呜咽声中他们像一群鱼扑向大海，纷纷跳进了冰凉的海水之中，所有的人，包括两个女孩，都向着夜空和海洋发出了青春的呐喊，后来一个女孩先对着月亮哭泣起来，另一个女孩接着也号啕大哭。女孩们突如其来的哭声受到了小林他们的嘲笑，但是他们的笑声没有持续多久，夜海中就响起了男人特有的粗哑低沉的哭泣声，老毕坦率地承认，那天夜里他也哭了，他不知道自己为什么哭，老毕强调说那天夜里金寨海滩上存在着一种神秘的魔力。

那是雪莱事件发生前的夜晚，当一群摄影爱好者从海水中爬上沙滩时，他们意外地发现那对情侣没有下海，他们在夜色中紧紧地依偎在一起，饮酒过度的雪莱已经睡着了，他们看见豆豆把雪莱的脑袋抱在怀里，她的神态让人想起怀抱耶稣的圣母。

是小林首先提出了大家的疑问，他对豆豆说，他让我们去拥抱大海，自己怎么不去拥抱，他怎么在这儿睡着了？

豆豆朝老毕竖起一根手指，示意他放低声音。雪莱他不会游泳，十岁那年他差点淹死在黄河里，豆豆抓起一把黄沙盖住雪莱光裸的双脚，她仰起头环顾着摄影爱好者们，其实雪莱很害怕水，你们不会懂得那样的恐惧，他害怕水。

老毕他们一时都愣在海滩上，他们突然发现雪莱是金寨海滩上唯一一个不游泳的人，这个发现使他们更加关注雪莱，他们凑近了去审视雪莱的睡态，那张苍白而安详的脸使人怦然心动，只有饶舌的小林说了一句非常刻薄的话，他怕水还到海边来？小林说，真正的诗人雪莱死于海滩，难道这位假雪莱也要步他后尘吗？

小林的话无疑是过于刻薄了，豆豆像是被什么刺了一下，她转过脸来用一种古怪的目光盯着小林，你们这些人，自以为在海水里扑腾了几下就拥抱了大海，他与你们不一样，豆豆的手指温柔地滑过雪莱的眉峰，最后停留在他光洁的前额上，这里面装着多少思想呀，她说，你我都身在海边，可是只有他懂得大海的意义。

小林嘻地一笑，说，你能给我解释一下吗，大海的意义到底是什么？

你这样的庸俗之辈永远也不会理解的，豆豆的脸上掠过一种居高临下的微笑，她说，告诉你也不会相信的，雪莱将在他的生日走向大海，他与你们不一样，他一去不回，一去不回，你懂了吗？

还是不懂，小林摇着脑袋说，就是我那样的好水性，游上几里远也得回岸，他是秤砣子，怎么可能不回岸呢？

老毕当时对小林的玩世不恭很恼火，他隐隐地觉察到了什么，但未及批评小林，女孩豆豆的眼泪已经夺眶而出。豆豆用一双泪眼注视着海滩上的每一个人，现在我可以告诉你们了，我们不是到这儿来旅游的，她说，雪莱选择了金寨作为他的归宿，再过三天就是他的生日，他将在自己的生日海葬，海葬活人，这回你们该懂了吧？

摄影爱好者们目瞪口呆，很明显他们遇到了一件闻所未闻、石破天惊的事情，所有人脑子里同时浮出一个问号，为什么，为什么要这样？但是不知出于什么原因，谁都不愿提出自己的问题，似乎每个人都意识到，面对这对情侣许多问题便显得浅薄而庸俗，他们恰恰是一群反对浅薄和庸俗的人。据小林后来的描述，他们五个人一齐俯下身弯着腰凝视雪莱的睡容，雪莱醉眠不醒，他脸上忧伤而凝重的表情看上去就像圣洁的耶稣，所有人都清楚地预感到这个人必将载入史册，因此他们的目光就像原始人初见火种的目光，有点恐惧，有点狂喜，有点茫然，也有点贪婪，他们谁也不敢去取自己的尼康相机、美能达相机，他们就用各自的眼睛记录一个传奇人物的形象，他的苍白失血的脸庞，他的瘦削修长的四肢，他的柔软蓬乱的长发，还有他长发间那些细碎发亮的沙子。

荒凉的金寨海滩充满了一种奇谲的气氛，两顶帐篷像两个怪物盘踞在空旷的海滩上，而在两顶帐篷间来回走动的青年引起了本地渔民的注意，几天来那群青年总是在海滩上无所事事地闲坐着，聚集在榕树下补网的渔妇们有时停下手里的梭针，朝他们指指点点的，渔妇们在观察海滩上的人，而海滩上的人都在观察雪莱，他们在观察一个人一生中最后的生活，那样的目光不免有点躲躲闪闪的，而且多少透露了一种等待的心情，不用掩饰地说，五个摄影爱好者，不管是男是女，他们都在等待雪莱海葬的日子。

老毕是他们中间最年长最成熟的人，在等待海葬的最后一天，他曾经试图说服雪莱放弃海葬的计划，老毕站在雪莱七八米远的地方对他说，你不能用死亡换取诗意，有什么东西比生命更可贵呢？

你错了，诗意有时与生命并存，有时却与死亡并存，雪莱说，现在我要创造的是死亡的诗意，而不是生命。

你舍得抛下豆豆？她那么爱你，老毕不甘心地说，难道爱情也不能让你留恋吗？……

老毕觉得他的语言在雪莱面前总是如此乏力，老毕斟酌再三，决定说服豆豆，让她劝阻雪莱无疑是更有效的，但是当老毕带着他的学员走进帐篷时，看见豆豆正在烛光下做针线，她的手中抓着一块白布，她的眼泪像珍珠一样无声地落在白布上。从女孩忧伤的眼神和坚毅的表情中，老毕敏感地意识到在她面前所有的劝说都将是徒劳无用的。

我知道你们来干什么，请你们不用说了，豆豆说，我只希望你们保持安静，这种时候，我们只需要安静。

你在缝什么？一个女孩怯生生地问豆豆。

缝一件白袍，这是我能想到的最圣洁的衣服，豆豆说，到时候我要亲手给雪莱穿上。

我们可以帮你一起缝吗？另一个女孩问豆豆。

不，你们不可以，豆豆坚决地摇了摇头，她说，我必须亲自给他缝制这件白袍。

豆豆的决绝使老毕他们怏怏不快，他们走出帐篷，一个女孩带着哭腔先嚷起来，她凭什么像个女皇一样对我们说话？那么傲慢，那么居高临下，好像要海葬的不是雪莱，而是她自己。另一个女孩则恶狠狠地说，她不是女皇，是女巫！

老毕觉得两个女学员的反应过分了，无论如何，他相信豆豆脸上的眼泪是由爱情与痛苦酿制的，她们无权指责豆豆，见死不救在金寨不是错误，而是一种默契或者说是一种配合，这是一件不可理喻的事情，但是这件事情是他们无力挽回的。老毕搓着手沉吟了一会儿，最后对他的学员说，算了，我们就保持沉默吧。

他们回到海滩上便看见了雪莱为自己做的奇妙的祭礼。他们看见雪莱在沙滩上挖了二十七个坑，是小林一个一个数出来的，一共二十七坑。他们看见雪莱一次次来往于海水沙滩之间，掬起二十七捧海水洒在每个小坑里，有人小声地说，二十七岁，他今年二十七岁，这种解释也许是简洁合理的，他们每个人都想亲耳听到雪莱对祭礼的解释，但你想想当时海滩上那种可怕的气氛吧，谁敢轻易地破坏那样的肃穆，谁敢轻易地破坏那样深沉的诗意呢？

八月的一个凉爽的夜晚，在金寨海滩上发生了后来流传一时的海葬事件，亲眼目睹者寥寥无几，除了死者的女友豆豆，还有我那帮搞摄影的朋友，小林和老毕都曾向我详细描述了海葬事件的全部过程，他们不约而同地强调了当时的那种寂静。

他们静静地坐在海滩上观望那个传奇人物走向大海，因为寂静，海浪的声音就像天界万圣咏唱的弥撒；因为寂静，他们听见了月光落在海面上的溅击之声；因为寂静，他们听见豆豆用沙哑而柔美的音色唱起一支陌生的歌谣，他们知道那是雪莱在以前的流浪途中自弹自唱的歌谣；因为寂静，他们能分辨雪莱左腿和右腿蹚过海水的声音的落差，夜色暗蓝，远处的灯塔之光在他们看来仿佛来自另一个世界，他们看见黑绸似的海水一点点地侵蚀了入海者的白袍；因为寂静，他们所有人都被雪莱最后的呼喊吓了一跳。

喂，你们这些迷途的羔羊，你们跟我来吧！

海滩上的人们鸦雀无声，而豆豆终于开始跪在沙滩上大声呜咽，两个女孩上去握住了她的手，正好每人握一只手，她们一边揉搓着那两只颤抖的手，一边柔声安慰着她，小林后来告诉我，正是豆豆的呜咽声使他们放松了绷紧的神经，他与老毕对视了一眼，他说，怎么样，你跟他去吗？老毕瞪了他一眼，压低声音说，这是什么时候，你还开玩笑？小林又去看另两个同伴，他说，你们准备跟他去吗？那两个同伴却说，你怎么不跟他去？你去我们也去。于是他们又安静下来，他们看见夜色中的大海像一只巨兽吞咽着入海者的白袍，一排巨浪打来，像排刷涂没了那个白色的人影，人影消失了。他们等待着人影的再次出现，但是雪莱白色的身影已经完全消失了，他们清楚地意识到，神奇的海葬仪式已经完成，整个过程比他们预想的要简单得多，也比他们预想的更加平常更加短促。

海滩上的人们鸦雀无声，不知过了多久，某种犯罪感轻轻地攫住了他们的心，这种感觉使他们呼吸急促面色灰白。一个女孩突然开始指责在场的所有男性，你们怎么可以见死不救？因为过于激动和恐惧，那个女孩有点语无伦次，她说，你们还算男人吗？难道要我们女孩下海救人吗？冷血动物，你们简直是一群冷血动物。男人们没有作任何辩驳，他们都死死地盯着老毕，但老毕始终保持沉默，老毕只是发出了一声幽幽的叹息，然后他从沙滩上拿起一件什么东西塞在怀里，匆匆地离开了海滩，当时小林他们谁也没在意，老毕塞在怀里的是他的尼康相机。他们只是真诚地关心着豆豆，他们担心悲伤过度的豆豆会昏厥过去，所幸他们担心的事情没有发生。大约是半个小时以后，他们看见豆豆用她的裙子兜着一堆野花走到海滩上，在雪莱入海的地方，豆豆一共向海里抛了二十七朵野花。

目击者们直到很久以后还在回味海葬的细节，有一个细节引起了他们的争论，雪莱入海的时候曾经有几秒钟的后退，海水浸没他的肩部时雪莱曾经后退，这是不争的事实，他们每个人都注意到了。他们记得雪莱突然回过头眺望海滩上的人，由于夜色和距离的阻隔，他们看不见雪莱的面部表情，引起争论的就是雪莱的面部表情。两个女孩子坚持说他是在寻找豆豆，但小林认为那只是女孩子常有的浪漫的想象，小林用一种不容置疑的口气说，他其实是犹豫了，小林认为那是死亡逼近时人的自然反应，雪莱肯定是犹豫了，当时只要有人下去强行把他拉回到岸上，所谓的海葬也许就中止了。小林的说法听上去合情合理，却遭到了同伴们一致的愤怒抨击，他们一针见血地批评了小林以小人之心度君子之腹的性格缺陷，如此猜测对于死者是一种莫大的伤害。一贯温和敦厚的老毕这次忍无可忍，他怒目圆睁逼视着小林，牙齿咬得格格直响，老毕说，你这个王八蛋，说来说去全是废话，你也在场，你为什么不下去救他？

小林无言以对，小林虽然还嘿嘿地笑着，但他的脸上已是一片绯红，那当然不是什么腼腆害羞的表现，用小林自己的话说，他当时愧疚至极，就像一个杀人犯见到了自己的罪证。

那群搞摄影的朋友我都认识，据我所知他们从金寨回来之后关系就变得有点别扭，互相之间都觉得无话可说，不仅如此，他们还从昔日旅伴的言行中感觉到一种交流的障碍，这种障碍模糊不清，却是难以清理的，谁也说不清问题出在哪里，谁也无心修补昔日的友情，随着摄影学习班的结业，我的那帮朋友就各奔东西了。

我曾经在小林那里见到过传奇人物雪莱的一张照片，那是海葬前一天小林偷拍的作品，我在照片上见到了遥远的金寨海滩，见到了一个伫立在海边的青年，从照片上看，雪莱正像他们所描述的那样，苍白而清秀，眉宇间凝结着深深的忧伤，他的形象也完全符合我的想象。

但是一张更精彩的照片出现在秋季举行的摄影展览上，我也在展览会上见到了那张题名为《海葬》的作品，有了这幅作品，我才得以见识了海葬的真实画面。我看见了海中的雪莱，看见了他的白袍，也看见了那夜的月光是如何柔美地洒在雪莱的白袍上，看见了墨色的海水与那件白袍惊人的明暗对比关系，画面上的一切浑然天成，不露一丝雕琢的痕迹。正如作品下的表述文字所说，面对这幅作品的时候，你不仅会想到死亡，也会想到新生，这就是摄影艺术的魅力。

也许你也已经猜到，《海葬》这幅作品出自我的朋友老毕之手，事实上也只有老毕才能拍出这样不同凡响的照片，老毕总是在各种展览上频频获奖，老毕毕竟是老毕，他摄影的手段也不同凡响。小林后来告诉我，海葬那天他们谁也没发现老毕的相机，不知道老毕是把相机藏在哪儿的，小林说海葬那天金寨海滩上一片死寂，可他们几个竟然没有听见老毕按动快门的声音。

（1997 年）

天使的粮食

暴风雨过后河两岸的土地还在呻吟，被大风连根拔除的玉米苗成堆地漂浮在河水里，它们像一块新生的土壤漂浮在河水里，上面停息着一只死去的母鸡或者猪崽。通往村庄的土路泥泞不堪，一条浑黄色的溪流从土坡那里奔泻而下，在水洼处突然消隐，但它没有完全消失，几条泥浆流从水洼里挤出来，蜿蜒地爬行着，一直爬到村里人家的台阶下。暴风雨过后村里人纷纷走出茅屋，许多人注意到台阶下的积水里浮满了金黄色的稻谷，他们从水中捞起稻谷，捻去糠皮放进嘴里嚼着，是很新很香的稻谷，他们觉得这件事情很奇怪，现在不是收获季节，这些稻谷是从哪儿漂到村里来的呢？

天使的牛车终于出现在村外的土坡上，第一个发现天使的是牧鹅少年全子，全子看见一个身披蓑衣的男人拉着那辆牛车上了坡，那男人边走边唱，嘴里哼着奇怪的小调。全子不认识那个人，他赶着鹅群过一片河滩地，堵住了陌生人的路。

你从哪里来？全子用柳枝在泥地上划了一道线，充满戒意地盯着那个人，他说，我们村死了好几口人，不准外人进村。

我不是外人，那个人说，我是天使。

谁管你姓天还是姓地呢，反正你是外人。全子注意到天使的牛车用芦席覆盖着，几粒金黄色的稻谷正从芦席缝隙中泻落下来，全子的声音因此亢奋起来，你车上装的什么？是稻谷吗？

是稻谷。天使微笑着回过头，他走到牛车边掀开芦席一角。看，多么饱满的稻谷，天使说，可惜天气不好，路上难走，撒了好多谷子。

全子跑过去把脑袋埋在车上，使劲嗅了嗅，他说，你是来卖粮食的吗？现在来卖粮食肯定赚死人。

我是天使，天使不做买卖。天使拉着牛车小心翼翼地下了坡，边走边眺望着村子，没有炊烟，真的没有炊烟，他若有所思地说，人间的消息总是来迟一步，可惜我来迟了。

全子不知道什么是天使，也不懂他说的话。全子赶着鹅群跟在牛车后面，他看见那个自称天使的人脚步疲惫，赤裸的双腿沾满了泥浆，他的蓑衣上不时有晶莹的水珠滚落下来。天使的牛车越过了地上的横线，全子不再阻拦它，因为他知道一车稻谷可以填满许多空空的肚子，有了粮食，许多人就能熬过这个春天。全子记得他已经吃了好多天的野菜树皮，没想到天使的牛车来了，牛车上的稻谷散发着如此诱人的芳香，饥饿的牧鹅少年忍不住把手伸到车上，偷偷地抓了一大把谷子。

村民们聚集在村长家的院子外面，面黄肌瘦的男女老少，每个人手里拿着一只粗布米袋，伸长脖颈望着村长家的门板。挤在前面的人扒着门上了院墙，这样他们看见了那个自称天使的人，看见了天使的牛车，一车金黄色的稻谷奇迹般地出现在村长家的院子里。墙上的人便狂喜地叫喊起来，全子没骗人，真的是一车谷子，真的来了一个大善人！

村长终于打开了门，村长满面红光，头上肩上都落满了谷糠。一个一个地进去，每人分五斤米，谁也不准多舀一粒米。村长高声大嗓地说，李家媳妇，王家婆娘，你们别在那里嘀咕，你们要是疑心我多吃多占就昧了良心啦，我要是多吃多占就是乌龟王八蛋！

那是哪儿来的大善人？村民中有人问。

我也闹不清楚。村长说，说是个天使，我也闹不清楚天使是干什么的。

天使在天上飞的呀，怎么会跑这里来？人群中的私塾先生惊叫起来，他瞪大眼睛说，天使都长着两个翅膀，那个人身上长着翅膀吗？

你胡说八道些什么？村长怒视着私塾先生骂道，你个不知好歹的东西，饿死你活该，人家好心送粮食来，你却诬赖人家长翅膀，他又不是鸟，怎么会长翅膀？

村长的话博得了大家的同感。你别来拿人家的粮食，他们一哄而起，干脆把私塾先生推出了队伍，孩子们平时对他又恨又怕，这时乘机朝他的后背吐唾沫，牧鹅少年全子则冲到私塾先生面前愤愤地说，他是好人，他不是鸟，我第一个看见他的，是我把他领到村长家的，你这么诬赖人家，为什么还来拿他的谷子？

人群乱了一阵，挤在前面的人已经进了院子，后面的人便都急，一窝蜂地往前拥。有个妇人被挤到别人的脚下，扯着嗓子尖叫起来。村长拼命用双手撑住摇摇欲坠的门框，嘴里斥骂着村民们，吃个白食就猴急成这样？这辈子没见过粮食？再这样没出息，我就让天使把粮食拉回去！

村长发了火，人群稍稍安静下来，很明显谁也不想失去救命的粮食。又有人突然问，这粮食真是白拿吗？不会秋后算账吧？

闭上你们的臭嘴，村长不耐烦地说，让你们拿你们就拿，什么事都有我顶着呢，你们吃上饭记着我村长的好，那我就满意啦。

现在领取粮食的村民都看见了天使，天使就站在牛车的后面，他有着一张年轻而枯槁的脸，神情肃穆而安详，让人们感到奇怪的是天使的手和手里的东西，那双手像两朵雪白的莲花洁白无瑕，那双手轻盈地托住一只黑陶坛子，合抱在胸前。黑陶坛子吸引了更多的目光，有人提着米袋挤过去，好奇地朝坛子里张望，他们发现坛子是空的。天使手中的坛子使人们感到迷惑，他们不敢贸然向天使打听，退出去后就争论起来。有人认为那只坛子是装粮食用的，说天使没有米袋，所以就用坛子装米。又有人说，有钱的大善人才不稀罕那五斤米，一个人假如把他的房子送了人，绝不会再去揭房顶上的一片瓦，坛子肯定有别的用途，说不定是夜里起夜的便器呢。

牧鹅少年全子领到粮食后一直站在天使的身边，好像天使是他家的亲戚，全子不仅凑着坛子朝里面看，还把手放上去乱摸一气，摸过了就对别人说，什么也没有，空的。

天使没有责怪全子，天使的眼睛睃巡着每一个村民的眼睛，他的安详的表情渐渐显得有点哀伤。人们不知道他在想什么，也许他后悔把粮食白白送人了吧，也许他等着别人的什么回报？人们突然就有点心虚，扛着米袋往外面退。全子却不走，他朝天使的坛子里又看了一眼，忍不住嚷嚷起来，你怎么不说话？你成哑巴啦？我问你呢，你想往坛子里装什么？人群倏地安静下来，几乎所有人都眼巴巴地望着天使，所有的人都竖起耳朵等待着天使的回答。

天使疲惫干瘦的脸上掠过一丝微笑，他低下头，轻柔地将手中的坛子转了一圈，然后他说，这是一只圣坛，我将用它装满人间的眼泪。

村民们面面相觑，他们盯着天使手中的坛子看了一会儿，脸上不约而同地显露出一种惊悸之色，有些人拎着米袋慌慌张张逃了出去，不知是谁在院子外面怪叫了一声，捏着嗓子喊道，他是疯子，是个疯子！

几天来村里充满节日般的气氛，这个贫穷的村子曾经因为饥饿而奄奄一息，但天使带来的粮食使人们再次焕发出生命的活力。孩子们又在村头追逐玩耍了，河滩上又响起了女人们捣衣舂米的声音，而男人们又聚集在大槐树下，抽起已经发霉的旱烟，互相开起粗鄙下流的玩笑。

牧鹅少年全子看见天使坐在祠堂的台阶上，天使似睡非睡，他的双手仍然紧紧抱着那只黑陶坛子。一只蜜蜂围绕着天使嗡嗡地飞了一会儿，落在天使的蓑衣上。全子怕蜜蜂欺生叮他，就用细竹竿赶走了蜜蜂。天使仍然闭着眼睛，他的脸上有一种神秘的金黄色的光。全子端详着天使的脸，突然想起私塾先生说过的话：天使都有两只翅膀，村里有些人是相信他的话的，全子很想知道天使是否真的长着翅膀，他忍不住地把竹竿伸向天使，他想挑开天使身上的蓑衣，但就在这时天使醒了，天使的眼睛突然睁开了，他说，孩子，你还饿吗？

不饿啦，我刚喝了三碗粥。全子撩起衣服让天使看他的浑圆的肚子，全子说，怎么没见你喝粥，你在村长家吃干饭了吧？

孩子，你忘了我是天使，他说，我是天使，天使不吃五谷杂粮。

村里人都说你是疯子，他们的良心让狗吃了，我知道你是个大好人，只有你这样的大好人才会把粮食送给别人，自己却饿着肚子。

我不是疯子，也不是大好人。天使说，我是天使，可惜你们以前从来没见过天使。

我知道你是天使，可天使也有家吧，你家住哪儿呀？全子说，天使你怎么还不回家？

天使这时候露出了苦涩的微笑，他朝全子晃了晃手里的黑陶坛子。坛子是空的，天使说，我不能回去，我不能带着一只空坛子回家。

你真的要用这坛子盛眼泪吗？全子扑哧一笑，但天使投来的目光使他忍住了喉咙里的笑声，全子就捂着嘴说，可是，可是，你上哪儿去弄那么多眼泪呢？

我以为这是个有许多眼泪的村庄，也许我错了，天使凝望着远处大槐树下的那群男人，他说，真奇怪，这里没有人哭泣，你听，他们正在那儿笑呢。

他们没事就坐在那里聊，一聊开就会笑。全子说，婴儿才喜欢哭呢，可是村里好几个婴儿都死了，死了就不哭了。

死了这么多人，为什么听不到哭声呢？天使说，这真奇怪，他们不为自己的亲人哭泣吗？

刚开始死人时有人哭的，后来死人多了，他们就不哭了。全子说，我奶奶饿死了，我爹我娘都没哭，我也没哭。

为什么不哭，你奶奶不疼你吗？

奶奶疼我，可她死了呀。全子说，我爹说死人不能复生，哭有什么用？怎么哭也不能把她闹醒的。

我不相信你们会没有悲伤。天使说，我不相信，这么多灾多难的村庄却没有眼泪。

我们没有眼泪，不骗你，我们真的没有眼泪！

我以为你们的眼泪流成了河，可是我已经等了三天了，坛子里还是空的。天使把坛子轻轻地放在地上，突然想起了什么，孩子我问你，我进村以前有人哭吗？当你们饿得没办法时有人哭吗？

没有，全子摇了摇头说，饿急了就没力气哭啦，也有人躺在床上哼哼，他们光是哼哼，没有眼泪。

孩子我再问你，当你们分到稻谷后有人哭吗？天使又问，有没有人因为感激而掉下眼泪呢？

没有，全子更坚决地摇了摇头，他说，分到粮食就更不会哭了，有了吃的还哭，那不是傻瓜吗？

这时候，天使沉默了一会儿，他注视着全子，眼睛里充满了忧伤。

你这人真奇怪，为什么要让别人哭呢？

天使忧伤的目光眺望着黄昏的村庄，他看见那些茅屋顶上又升起了炊烟，而大槐树下那群男人的声音清晰地传了过来，你听，他们在说些什么，天使的脸上浮现出痛苦的表情。他说，我不敢相信，他们用铁锹打妇人的脚，用铲子拍妇人的手，那些可怜的妇人，她们正在河边为他们洗衣服呢，那些挨打的妇人也不哭吗？

有的妇人会哭，可她们光是干嚎，一滴眼泪也没有。别说这些了，老说这些有什么意思？全子不耐烦了，他看见一只鹅出了群，就追上去打它的屁股，一只鹅蛋恰好落到地上，鹅生蛋啦！全子惊喜地叫了一声，这是今年第一只蛋！全子高高地举着鹅蛋，送到天使面前，给你，他说，你送给我们那么多粮食，我该把这鹅蛋送给你，拿着蛋回家吧，别在这里等眼泪了，再等下去每个人都会把你当疯子，他们会把你捆起来扔到河里去的！

我是天使，天使不怕捆绑，不怕水火。天使摇了摇头，伸出一只手在全子的头顶上轻轻按了一下，他说，孩子，只有你让我感到安慰，你的眼睛里藏着许多眼泪，总有一天它会流出来的。

天使冰凉的手从牧鹅少年的头顶上轻轻滑落，当那只手快碰到全子的眼睛时，全子莫名地打了个冷战，凭着某种本能甩掉了天使的手，他看见天使惊愕的表情和目光，看见天使的蓑衣猛地向两侧滑落，像一只打开的河蚌，然后全子便发出了那声刺耳的尖叫。

翅膀

他有翅膀

翅膀

牧鹅少年全子朝大槐树下狂奔而去，一路上不停地尖叫着。几乎每一个村里人都听见了他的叫声。人们闻声跑出屋子，恰好看见祠堂周围突然升起一片淡黄色的烟霭，隐约可见天使站在烟霭之中，岿然不动。他们当时还看不见天使的翅膀，只是看见天使手中的黑陶坛子，它在烟霭之中放出一种神奇的金色的光芒。

村民们是在第三天夜里开始驱逐天使的。村长带着一群人来到天使寄居的祠堂，他们手里的火把把祠堂附近的天空照得如同白昼。

火把之光也映红了天使的脸。天使似乎预感到了村民们的来意，我知道你们会来，只是没想到是在今天夜里，天使的脸上除了忧伤又添了焦灼之色，他的双手也急迫地捧出黑陶坛子，呈送到每个人面前，你们知道我只想要眼泪，他说，三天了，你们仍然没有眼泪吗？

你别说疯话了。村长无所畏惧地推开了天使的坛子，他说，我们以为你是个大善人，谁知道你是个怪物，早知道你是怪物，我们情愿饿死也不吃你的粮食。

我不是怪物，你们知道我是天使，天使说，我的粮食赐给每一个饥饿的人，收下的只是你们的泪水。

我们从来不哭，你休想得到我们的眼泪。村长瞪着天使身上的蓑衣，凶狠地说，你怎么还不走，难道想让我们扯开你的蓑衣吗？我们才不管你是天使还是地使呢，长着翅膀的人就是怪物，是怪物就不准呆在我们村子里。

翅膀不是怪物的标志，是天使的荣耀，可惜你们还不知道什么是荣耀，什么是耻辱。天使的眼睛悲哀地注视着村民们，他把圣坛紧紧地抱在胸前发出了一声长叹，他说，我猜到你们会使用暴力，假如暴力会使你们后悔，假如后悔会使你们流泪，我会留在这里，任凭你们撕碎我的蓑衣，折断我的翅膀，可是请你们告诉我吧，你们会流泪吗？

住嘴。我们就是把你扔进火堆也不会流泪！村长跺着脚高声大吼起来，你以为一车谷子就能让我们跟你一起发疯？快走吧，快点离开我们的村子，你要再说疯话我们就要动手了！

天使站在火把的光焰下沉思了一会儿，他的脸现在看上去洁白如雪，他的眼睛里有一滴泪水慢慢流出来，像一颗珍珠挂在他的面颊上。村民们突然都后退了一步，他们看着天使抱着圣坛慢慢走出人群，脚步迟缓而疲惫，祠堂附近的空气一下子变得湿润而黏稠起来，许多人感到脸上有水，胸口喘不过气来，天使走到村口，回头朝这个村庄望了最后一眼，许多人看见了他脸上的第二滴第三滴泪水，那些泪水像珍珠雨一样泻落在圣坛里，朗朗有声，天使就那样一边哭泣一边对村民们说，你们永远不会哭泣了，现在让我为你们哭泣吧，让我为你们大声哭泣吧！

然后村民们便听见了天使的哭泣，天使的哭泣犹如一串春雷，震荡了方圆一百里的土地和村庄，甚至夜空中的月亮和星星都摇晃起来了，后来村民们回忆起天使的哭泣时，耳朵仍然有刺痛的感觉，他们说天使的哭泣比人要响亮一百倍，天使的眼泪也比人的眼泪要晶莹一百倍，令人遗憾的是没有人看见天使的飞翔，有人说那是因为黑夜的缘故，你在夜里看不见飞翔的鸟，所以你也看不见飞翔的天使。

凡是天使降临的地方必然留下他的痕迹，牧鹅少年全子有一天在河滩上发现了那只黑陶坛子，他认出那是天使遗留下来的圣坛，圣坛卡在卵石和淤泥之间，坛子里积满了水，全子知道那不是河水，他用一根手指蘸了蘸坛子里的水，放进嘴里品尝着，就像他所预料的那样，圣坛之水果然有一种苦涩而清凉的味道。

牧鹅少年知道那是天使自己的眼泪。

（1996 年）

霍乱

一个卖鱼的女人把雀庄闹瘟疫的消息带到了城里。这种不幸的消息跑起来比骏马还要快，三月里小城的人都听说二十里地以外的雀庄去不得了，那儿流行霍乱病，许多人满面赤红地昏迷在床上，头发像枯草一样往床下掉，人们说是死神每天夜里来抓那些人的头发，抓去一把头发就割去一个年庚，等到他们的头发被抓光了，那些可怜的人也就咽气了。

城里冷清的棺材铺生意突然火爆起来，店主让伙计们用大车把一口口棺材拖到雀庄，又把雀庄的木料运回来，不知是哪家棺材铺把瘟疫的细菌带回了城里，细菌们像蚊群一样在城里飞来飞去，不知怎么就飞到了药店的女佣邹嫂身上。

女佣邹嫂有一天去集市买鸡，她挑了一只老母鸡准备回去给女主人炖汤，拎着鸡检查屁股的时候她就觉得一阵恶心，恰巧那鸡屙了一摊屎在邹嫂手上，邹嫂突然撑不住了，手一松，鸡从眼皮底下逃命而去，邹嫂想去追那只鸡，但她只是朝它挥了挥手就跪在地上了，人们听见她在集市上发出惊雷般的呕吐声，吐着吐着就歪倒在一堆鸡笼上了。

有人急忙跑到药店报信。那个报信的人口齿不清，纪太太的脸被他说得一点一点地发白，她抱着小手炉在柜台里愣怔，眼睛忽明忽暗的。店员们也都在柜台内外茫然地站着。纪太太扫了店员们一眼，头脑突然清醒起来，她抢过老王手里的鸡毛掸子在柜台上敲了一下，你们还愣在这里干什么？还不快去找她？

店员老王朝其他人挥挥手说，走，我们去把邹嫂接回来。老王话音未落就知道自己错了，他看见纪太太的鸡毛掸子在柜台上敲了第二下。

你们怎么这样笨？你们猜不出来她得了什么病？纪太太含怒睨视着每一个店员。她说，霍乱、霍乱，是霍乱呀！

是霍乱？老王怯怯地说，那就不能把她接回药店吧？那就该送她去医院吧？

那还用问？纪太太仍然怒气冲冲的，她说，你们这么多人拥出去干什么？又不是去喝喜酒，去两个人就行了，去两个人送她上医院。

店员们一下都站在门口不动了，很明显他们现在意识到了某种危险，老王开始往柜台里挪步，一边挪着一边嘀咕，我手上这帖药还没抓完呢。

纪太太把鸡毛掸子横过来，挡住了老王的路，纪太太说，也别怕成这样呀，你把她扔在那儿不管，别人不说药店的闲话？虽说霍乱会传染，也没你们想得那么可怕，去两个人，送走她就去澡堂好好泡一下，泡一下就把细菌烫死了。

后来还是老王领着一个伙计去了，他们把邹嫂架到一辆板车上，扭着脸推车去医院，路上遇见许多药店的常客，认识老王也认识邹嫂的，他们都问，老王你把邹嫂往哪儿送？老王扭着脸说，送医院。那些人立刻躲开了板车，闪得远远地追问，邹嫂染上霍乱啦？老王不敢向旁人透露实情，他急中生智地说，哪是什么霍乱？邹嫂让蛇咬了一口！

不用纪太太关照，老王也知道对邹嫂的病要守口如瓶，这事要传出去谁敢来药店抓药呢？老王用蛇咬的幌子搪塞了一些人。快到医院时迎面撞上了开诊所的金医生，金医生朝着板车端详邹嫂紫白色的脸，他说，邹嫂染上霍乱啦？药店的小伙计学着老王说，哪是霍乱？她让毒蛇咬了一口，她让眼镜蛇咬啦！金医生朝他们诡秘地看了几眼，忽然嘿嘿一笑，他说，蛇咬了？你们十味堂的蛇药不是很灵验的吗？老王知道金医生那种人是不好骗的，老王想遇到这种场合也只有他老王能应付了，他就把小伙计推到一边去，说，你小孩家懂什么蛇咬狗咬的？不要说出去，邹嫂她，她，她是小产啦！

老王依稀记得板车上的女人这时突然睁开了眼睛，他想她还活着呢，那病看来也没有别人说得那么可怕。老王当时根本没有发现邹嫂眼睛里的怒火，更没有想到邹嫂病得那么厉害，眼睛里还会喷出什么、什么怒火。

后来染坊的束太太就领着九女到药店来了。

束太太也不知道是从哪儿知道药店急需女佣的消息的，她把九女推到纪太太面前，口口声声说九女要比邹嫂能干十倍。纪太太对于任何人的热情都是抱有戒心的，她闪烁其词地提到邹嫂的病：邹嫂在我这儿干了好多年了，这一病你就让我把她踢走，等邹嫂回来了你让我怎么见她？纪太太这么说着一边观察着对方的表情，当她看见束太太脸上的一抹微笑心就凉了，她知道邹嫂的病对于街坊邻居们已经不是什么秘密了。

你就别瞒我啦，束太太说，我也没说邹嫂不好，邹嫂也好，可就怕她回不来啦，你反正也要用人的，用人就用九女，是我表侄女，你用她就像用我一样放心。

纪太太沉吟了一会儿才开始打量九女，她看见一个粗壮的面若红桃的乡下姑娘，眼睛不停地眨巴着，手里的包裹不停地从左手换到右手，又从右手换到左手。纪太太注意到九女的手骨节粗大，皮肤黑糙，那肯定是一双勤劳的手，九女的身板看上去也是年轻而健壮的，唯一美中不足的是九女的眼神，纪太太发现九女始终眨巴着眼睛，九女也在打量她自己。

纪太太问九女，你是哪儿人呀？

束太太说，花庄人，娘死了，她爹又娶了后妈，要不怎么跑城里找活干呢？

纪太太皱了皱眉头，花庄在哪儿？是不是就靠着雀庄呀？

束太太急忙说，花庄离雀庄远着呢，隔三十里地。纪太太你想到哪去了？是花庄不是雀庄！

纪太太不理睬束太太，她仍然盯着九女的脸，我在问你呢，纪太太对九女说，你自己不会说话？你不会是个哑巴吧？

九女终于说话了，九女说话时反而低下了头，她说，我不是哑巴，我怎么不会说话？九女把一条又黑又粗的长辫甩到胸前，揪着辫梢忸怩了一会儿，又说，我从来不生病，我可没染上霍乱病。

九女的这番表白使纪太太相信那是一个老实人，老实肯吃苦，纪太太多年来一直以此标准挑选下人的。纪太太后来与束太太相视一笑，她说，这女孩儿也够实在的，谁说你染上霍乱了？你又不是从雀庄来的！

就这样九女在药店里开始了她的女佣生涯，从前的女佣邹嫂是睡在存放药材的阁楼上的，她用过的所有东西都被伙计们用草席卷了扔在房顶上。纪太太让九女用开水把阁楼里外擦洗了三遍，擦到第三遍的时候九女说，我不怕脏，这已经够干净的了。纪太太说，让你擦你就擦吧，听我的没错，开水可消毒的。

九女不知道消毒是什么意思，但她知道女佣的意思就是主人让干什么你就干什么。九女擦地板的时候看见一只银手镯从瓷罐堆上掉下来，她刚想伸手去捡就被纪太太制止了，别这么捡，纪太太从旗袍上扯下条手帕，递给九女说，用手帕包着，小心别碰镯子。九女就用手帕垫着手拾起镯子，她想把镯子递给纪太太，没想到纪太太惊叫起来，别给我，从窗口扔出去！九女惊讶地张大了嘴，九女说，这是银镯，银镯呀，太太让我扔出去？纪太太跺着脚说，让你扔你就扔，那是邹嫂的东西，有病菌的！

九女也不知道病菌是什么意思，她拿着手镯往窗边走时心怦怦地跳着，她把镯子扔到窗外去了，但九女别有用心地让它落在一口积满污水的大缸里。

那天夜里纪太太听见荒废的后院里有人的脚步，她拿了手电筒在楼上照，一照就照到了九女，九女伏在大缸上搅着缸内的水，纪太太叫了起来，九女你干什么？九女慌慌张张地跳起来，说，我要解手。说完就解开裤子蹲在大缸上。纪太太说，解手上马桶，怎么能在缸里呢？纪太太一边说话一边用手电筒细细地照九女的全身，没有发现什么，但纪太太的心里已经生出一个难解的疙瘩。

几天后纪太太在戏院门口遇见束太太，寒暄几句就说起了九女，纪太太意味深长地说，我看九女也不见得多么老实，她心里有鬼。束太太反问道，有什么鬼？纪太太一时答不上来就说，反正我觉得她心里有鬼。

药店的店员们私下里认为九女作为一个女佣比邹嫂更卖命，虽然她睡觉时会打呼噜，但那些呼噜声也恰恰证明九女干活不惜力气。店员们觉得纪太太对九女的评价缺乏公允，老王有一次向九女作了一番粉饰太平的劝谕，他说，你别看纪太太对你冷言冷语的，她心里对你很亲的，她说你比邹嫂还能干呢。九女咯咯一笑，她挥起棒槌敲打着一堆脏衣服，你把我当傻子骗呀？我又不是傻子，九女说，她把我当贼防着呢，迟早有一天她会把我撵走的。

店员老王没想到九女对她短暂的女佣生涯作出了一个精确的预测。事情很快就发生了。有一天纪太太去理发店烫头发，碰到了束太太的妯娌小束太太，小束太太一见她就用一种悲天悯人的语气说，纪太太，这阵子没什么人去你店里抓药吧？纪太太知道她话里有话，没等她追问，小東太太就主动向她爆出一个晴天霹雳似的秘密，你让我们家那狐狸精卖啦！小束太太说，你以为九女是从哪儿冒出来的？九女是从雀庄来的，一家十几口人都得霍乱死了，就剩下她一个啦！

纪太太头发烫了一半就冲出了理发店，纪太太的怒火使她的脸红了，恐惧又使她的脸泛出惨白色，因此纪太太在街上疾走时表情显得很奇特。纪太太起初往染坊那里跑，她想去找東太太算账，但跑了一程她就折回药店了，纪太太跑进药店正好看见九女端了一盆水下楼。

你这骗子！纪太太冲着九女啐了一口。

九女很茫然地放下了那盆水，九女说，辫子？纪太太你在说我的辫子？

你还装蒜，什么辫子不辫子的，谁稀罕你的辫子？纪太太拍着膝盖叫道，你的辫子里面都是霍乱细菌呀！

我的辫子很干净，没有霍乱，昨天才洗过的。九女的声音里也已经充满了愤怒。

店员们都围了过来，他们看看纪太太，又看看九女的辫子，说，什么辫子？辫子怎么啦？

纪太太又气又急，她尖叫起来，不是辫子，是霍乱呀。她不是什么花庄人，她是从雀庄逃出来的！

店员们面面相觑，突然就从九女身边散开了，老王说，这倒滑稽，药店成了霍乱窝了，刚走了一个，又来一个，怪不得最近没人来抓药呢。

我没有霍乱。九女抓着老王的胳膊说。

别抓我！老王像被什么咬了一下跳起来。

从雀庄来的人都有霍乱！纪太太说。

他们都有霍乱，可我没有霍乱。九女说。

你没有霍乱也有病菌。纪太太这时候冷静了许多，她抓过鸡毛掸子防止九女挨近，纪太太说，事到如今我也不怪你了，要怪就得怪束太太，她也太歹毒了，怎么能把你领到药店来？

我没有霍乱，我要有霍乱早就死了。九女说，我要有霍乱你们也早死了。

你有没有霍乱我也不管你了，纪太太叹了口气，她朝柜台那儿瞟了一眼，说，我不能留你在这儿了，坏了药店生意是小，谁要是再染上病我就担待不起了。

纪太太到钱箱里摸出几元钱放在地上，她说，九女，别怨我狠心，拿上钱赶紧走吧。

九女站在楼梯口喘着粗气，药店的店员们都以为她会哭，但九女最后一滴眼泪也没掉。她像猫一样地爬到阁楼上，躲在黑暗中俯视着药店里的人们，过了一会儿人们看见她拎着包裹下来了，她的手腕上有什么东西闪闪发亮。纪太太一眼就认出那是邹嫂遗留的银手镯。

不是偷的，九女把手举高了伸到纪太太面前，让她看那只镯子，九女说，你别把我当贼，那是我捡来的。

纪太太屏住呼吸扭过脸去，她说，邹嫂的东西也只有你捡了，走吧，赶紧走吧。

令人愕然的还是九女，九女走到药店门口，突然回过头说，谁怕霍乱谁就得霍乱，你们这药店的人迟早都会得上霍乱！

药店的人一时都被九女咒得发呆，过了好一会儿，纪太太说，你听她那张嘴有多毒辣，我说她不老实，你们偏偏说她老实。店员老王却突然想起了医院里的邹嫂，老王说，她把邹嫂的镯子拿走了？邹嫂万一活着回来怎么办？纪太太立即拿鸡毛掸子捅老王的嘴，闭上你的臭嘴，纪太太横眉竖目地说，你还嫌药店不够倒霉吗？从今往后，谁也不许提邹嫂，不许提九女，霍乱不关我们的事，我们店里没有霍乱！

店员们平素对纪太太都惧怕三分，他们不想拂逆女主人的旨意，便都鹦鹉学舌地说，本来就是嘛，我们店里没有霍乱！

多日来药店生意冷清，店员们守着柜台，目光都朝街对面的棺材店和纸扎铺张望，那里人来人往出出进进的，虽然人都哭丧着脸，但毕竟是热闹的，有人看得出神了，嘴里就漏出一句话，早知道有这场瘟疫，不如开棺材店，那就赚大钱啦。

有一天下午来了一个裹头巾的女人，好几个店员抢着去接药方。女人却没有药方，她把头巾一圈一圈地解开，露出一张灰白浮肿的脸，店员们都失声大叫起来，原来是邹嫂，邹嫂来了！店员们顾不上多想什么，七嘴八舌地问，你的病治好了吗？治好啦？怎么治好的？

邹嫂冷笑了一声，说，没治好，也没死，还剩一口气呢。

邹嫂的眼睛只盯住老王一个人，她的愤怒仇恨的眼神使老王倒吸了一口凉气。

你怎么这样看着我？老王说，你的病又不是我传染给你的，那天你倒在菜市上没人管你，是我把你送去医院的。

邹嫂仍然冷笑着，她说，老王我问你一句话，我是寡妇不是？我是不是寡妇？

老王说，你当然是寡妇，老邹死了好多年了嘛。

邹嫂说，那我再问你，你看见我跟哪个男人睡了？我怎么就小产了？嗯，跟谁小产了？

老王笑起来说，哪有这种事？你没听街坊邻居都夸你守得住贞节吗？

寡妇小产还讲什么贞节？邹嫂突然狂叫一声爬到柜台上，她抓住老王又是撞又是咬，老王挡住了她的手却挡不住她的唾沫，邹嫂一边吐一边说，我憋着这口气不死，就是要找你算账，我要不把霍乱传给你，死不瞑目！

老王以为旁人会上来拉架，但没有一个人敢去碰邹嫂，老王慌乱之中抓过一只秤盘夺门而逃，他看见街上的人都朝药店门口拥来，老王就朝他们喊，把邹嫂拉住，她疯了，她是霍乱病人！人群闻声呼啦一下就散开了，恰好给邹嫂留出一条通道，老王知道自己喊错了，改口已经来不及，老王就撒开腿往澡堂方向跑去。去澡堂后来被证明是一个正确的选择，寡妇邹嫂一生崇尚贞操妇德，尽管复仇之火烧红了她的眼睛，在男澡堂的门口她还是止步了。

那天纪太太从亲戚家回来，看见药店门口聚集了一堆人，一堆人不去抓药，只是站在那儿交头接耳的，纪太太当时就有了某种不祥的预感。后来一个店员向她详细叙述了邹嫂卷起的风波，纪太太听着听着心就沉下去了。她没说什么，默然走进店堂，纪太太且怨且恨地望着药店的每一只箱屉和每一个店员，最后她说，打烊三天，把店里所有东西擦洗三遍，用开水擦洗三遍。纪太太拖着沉重的脚步往楼上走，突然又想起什么，回过头对店员们说，人也得好好地洗，这三天里你们天天都得去澡堂，去澡堂好好泡一下。

十味堂药店连续三天闭门打烊，第四天药店恢复营业，过往行人都注意到了药店门口的一张红纸告示，告示上的一排大字引起了许多人的兴趣。

本店没有霍乱

有人站在告示下朗朗地念出了声音，念完了探头朝药店店堂里望了望；店堂里窗明几净，数不清的草药丸药的清香扑鼻而来，女主人纪太太穿着一件充满喜气的红锦缎旗袍，正用药剪小心地剪碎一枝枝桔梗，几个店员则捧着白纸把桔梗末归拢了，归拢了放进一只抽屉。

药店的早晨给人以美好繁荣的印象。后来来了一个满面尘土的乡下姑娘，挤进人群看那张告示，她说，我不认识字，那红纸上写的什么呀？有人又大声地把那排字念了一遍：本店没有霍乱。

这不是不打自招吗？姑娘咯咯笑起来，她说，这家店里肯定是有霍乱了，我在他们店里做过佣人，我知道他们的药也染上了霍乱！

姑娘说完就像一阵风似的跑了，人们都惊异于她对药店如此大胆的诽谤，有人说，这疯姑娘好面熟！却想不起来她是谁。

十味堂的衰落就是从那时候开始的。在瘟疫蔓延的季节，死亡近在咫尺，所有的人都已经乱了方寸。十味堂的女主人纪太太后来在药店旁边也开了间棺材铺，但霍乱病菌慢慢飞离了小城，死人少了，棺材生意便做不下去，纪太太一气之下关了棺材铺的门，几口质地上好的棺木都廉价地卖给别人做了寿材。这笔蚀本买卖使纪太太大伤元气。秋天的时候有个东北人背着一袋人参来药店，竟然被纪太太推出了药店的门。那东北人不明就里，他说，纪太太你在生谁的气呢？我的参是最好的长白山干参，你不要拉倒，凭什么推我呀？纪太太说，谁生你的气了？我是在生霍乱的气！

纪太太说了一句实在话，没有什么比霍乱更令人忌恨的了。死人暂且不说，活人的生计也被它搅得乌烟瘴气的。到了秋天，小城复归平安，但街头巷尾甚至空气中都充溢着一种长吁短叹的声音，有人说那是死人的魂灵与活人在一起叹气，死人和活人都在生霍乱的气。

（1995 年）

吹手向西

到了后来，我再也想不起子韬的脸了。据其他同学回忆，子韬的容貌一般，或者说没有什么特色。他的左脚踝关节处长着一块酱色的疮疤，仅此而已。就是这块疮疤后来渐渐溃烂发炎，直至把他送到射鹿县的麻风病院。

那辆白色救护车停在操场上，大概是午后三点钟光景，子韬站在足球场上，看见三个男人从救护车里跳下来。子韬把足球踢给别人，低着头站着，双脚轮流蹭打地上的草皮。子韬穿着田径裤和蓝白相间的长统线袜，他站在那里，抬头看了看天空，然后弯下腰把线袜拉下来，匆忙地朝自己的踝部扫了一眼，他的脸色立刻苍白起来。当三个男人走近子韬把他凌空架走时，子韬进行了顽强的抵抗。他蹬踢着那些人的脸，同时发出愤怒的狂叫。

我不是

我不去

操场上的人听见了子韬的叫声，他们看见子韬脚上的运动鞋在挣扎中掉下来了，而他的袜子也快剥落，露出踝部一大块酱色的疮疤。

还有一个女人戴着口罩从救护车里下来，她提着一架喷射器沿着足球场走，在每个地方都喷下了一种难闻的药水。她对围观的人说，你们快走，我在喷消毒药水。三天内足球场停止使用。

我所供职的报社收到一封读者来信。信中称他是从射鹿麻风病医院逃出来的唯一幸存者，他亲眼目睹了焚烧医院和病人的残酷事实。一百一十三名麻风病人被活活烧死，尸骸埋在公路边的麦田里。

我注意了一下来信，信纸是从小学生作文簿上撕下来的，信封是那种到处出售的印有花卉图案的普通信封。我洗了洗手，用铁夹把信夹着又仔细看了一遍，信尾没有署名，只有三个遒劲有力的大字：幸存者。幸好邮戳还算清晰，邮戳上盖的是射鹿湖里。

这封读者来信被套上了一个塑料袋，在我的同事中间传阅。第二天，我的上司就通知我到射鹿县去调查此事。

射鹿一带河汊纵横，空气清新湿润。公路总是傍着水面向前延伸，路的两侧是起伏均匀的洼地，长满茂密的芦苇和散淡的矢车菊。秋天水位涨高，河汊里的水时而漫过公路路面，汽车有时就从水中驶过，溅起无数水花。开往射鹿的长途汽车因此常常需要紧闭车窗。时间一长，窗外的秋野景色变得单调无味，而车内浑浊的空气又使我昏昏欲睡。

在一个水坝上，汽车莫名其妙地停住了。我随几个人下车探个究竟，看见司机和一个奇怪的男人对峙着。那个男人光着脚，身上裹一件肮脏油腻的军用大衣。他的脸被什么东西涂得又黑又稠，一手高举着一块牛粪状的东西，一手朝司机摊开，嘴里含糊地咕噜着。我问司机，他要干什么？司机笑了笑，说，拦路的泼皮，要两块钱。我凭什么给他两块钱？那个男人突然清晰地狂叫起来，不给钱不让走！司机无可奈何地说，好吧，我上车拿给你。说着眨了眨眼睛。司机把车下的乘客都赶上车，然后他坐到驾驶座上，猛地点火发动，汽车趔趄了一下后往前冲去。我看见那个男人惶乱地跳起来，摔在路坡上，朝木闸那儿滚动了五六米远。最后他趴伏在陡坡上，远看就像一只巨大的蜥蜴。

汽车在受到意外的惊扰后越开越快。我回头看见那个裹着军用大衣的男人已经重新站在水坝上，他现在变得很小，隐隐地传来他愤怒的骂声。根据动作判断，他好像徒劳地朝我们的汽车砸着那团牛粪。

射鹿这地方给我的最初印象很坏，这也影响了我后来的调查。

我在射鹿城里住了一天，发现这个小城没有任何趣味可言，唯一让我惊奇的是城里有几家棺材店，从窄小的门洞望进去，可以看见那些棺材在幽暗中闪着隐晦的红光。我所栖身的招待所房间、床单和枕头上都洒上了劣质花露水，香得让人透不过气来。一切都是刚洗净换上的，但是我无意中发现枕巾上有一块硬斑，不知以前擦过什么东西，头发碰在上面就嗞嗞地响。陪同我的县委宣传部副部长说，小地方条件差，请你多多包涵了。

我把那封信交给副部长看，他匆匆看了一遍就递还给我，说又是这个疯子，他又出动了。我说，他是谁？副部长苦笑说，要知道他是谁就好办了。这个人每年都要写信给报纸，说我们把麻风病医院烧了，把麻风病人都烧死了，纯属造谣惑众，在你之前已经有许多记者上过他的当了。我把信重新收起来放进包里，我说，射鹿好像是有一个麻风病院。副部长说，有过，但是五年前就迁往别处了。病人也随医院迁走了。我说，医院旧址还在吗？他说，当然在，那么好的房子怎么舍得拆？现在那里是禽蛋加工厂。每年为县里创收三十万元。他暧昧地对我笑笑，又说，你想去那里看看吗？去吃鸡，厂里有的是鸡，我陪你去吃百鸡宴。我点了点头，我说我最喜欢吃鸡了。

第二天我随副部长驱车前往射鹿湖边的麻风病医院旧址。旧址濒临浩渺的射鹿湖，远远地就看见一片白墙红瓦掩映在石榴树林里，空气中隐隐飘来鸡粪的腥臭。吉普车在狭窄的乡间公路上左冲右突，冲进了一片高高的颓散的铁丝网包围圈里。副部长说，这就是以前医院的地盘了，以前还有两圈铁丝网，后来被拉断了，麻风病很危险，隔离措施不严密不行，曾经有病人想逃，结果就被电网电死了，这也是没有办法的事情。

在禽蛋加工厂我参观了宰鸡车间，看见一种奇妙的宰鸡流水线，一只活鸡倒挂在电动铁钩上，慢慢送进宰割机中修饰加工，最后就从一个大喇叭口里晕头晕脑地飞出来，已经是光溜溜的开肠破肚一毛不剩了。我面对无数鸡腿鸡翅瞠目结舌。许多宰鸡工人在流水线上安静地操作，我逐个观察他们的皮肤，他们个个红润健康，脸上、手上、脖颈上没有任何可疑的疮疤，很明显，他们不是昔日的麻风病人。

午宴上果然都是鸡，加工厂的厂长热情好客，他竭力劝我把各种鸡都尝一下，并说明哪种鸡是出口的，哪种鸡获得部优称号，但我还是偏爱油炸鸡腿，一连吃了五只。我记得吃到第六只的时候我有点神思恍惚了，我看见第六只鸡腿的踝关节上有一块酱色的疮疤，于是我看见昔日的同学子韬站在足球场上，他慢慢地把线袜往下剥，露出一块酱色的溃烂发炎的疮痂。这时候我感到一阵恶心，捂住了嘴，我飞快地跑到外面，面对一只巨大的塑料鸡笼呕吐起来，吐得很厉害，我几乎把吃进去的鸡全部吐出来了。

副部长和禽蛋加工厂厂长都站在一边看我吐，等我吐完了他们上来扶住我。副部长说，我知道你为什么吐，其实习惯了就会好的。厂长则解释说，这些鸡都是很干净的，卫生检查完全合格，国内国外市场上都很畅销。我为自己的失态而窘迫不安，我说，这跟卫生无关，只是我的胃有问题。

关于麻风病医院旧址的情况，我无法再详细描述了。我沿着业已锈蚀的铁丝网，搜寻某些特殊的痕迹。这里的石榴树长得异乎寻常的高大茁壮，但很少有结果的。树下可以看见几张歪斜的石桌石凳，有一只木质羽毛球拍和袜子、手套之类的杂物在草丛里静静地腐烂。我不能判断它们是何时遗弃在这里的，也许它们同那座迁移了的医院没有关联。

在射鹿城逗留的那些日子里，我时常有一些谵妄的阴暗的念头。一切都是那封群众来信生发的效果，我对所有的触摸保持高度警惕。除了自由流动的空气，我避免任何东西对皮肤的接触。我不跟人握手。我和衣而睡。我用自己的饭盒和匙子去餐厅吃饭。但即使这样，我在睡眠状态下仍然感到身上处处发痒，尤其是左脚踝关节处，那里奇痒难忍，我在睡梦中仍然记着对麻风病症状的验证办法，我狠狠地掐拧左脚踝关节处。那样的深夜，我听见远远的射鹿湖的潮声和第一声鸡啼，对左脚的疼痛又高兴又惶恐。

走在射鹿城枯燥单调的街道上，对旧友子韬的回忆突然会变得清晰起来，我会发现街上的某个行人很像子韬，我的视线下意识地扫向他们的左脚踝关节，什么也看不见。现在是秋天了，射鹿的男人大多穿着化纤长裤和黑色皮鞋。所以，在大街上寻找一个人常常会一无所获。

你知道一个叫黄子韬的人吗？我问副部长。

他是射鹿人？副部长说，说详细点，射鹿的人我都认识。

不，他是一个麻风病人。

我不认识麻风病人，我怎么会认识他们？

随便问问。我说，他是我的中学同学。

你如果想打听麻风病人的情况，可以去找邓大夫，副部长说，他以前是医院的主治大夫，退休后就留在射鹿了。

后来我真的按地址找到了邓大夫。那是个干瘪苍老的老头，独居在一个潮湿的种满花草的小院里。我是一个人去的，事实上调查至此已经纯属私人性质。我有点胆怯地推开一扇长满青苔的木门，看见台阶上站着那个老头，他背对着我，往墙上挂一只蝴蝶标本。当他回过头时，我猛地看见一只巨大的白纱口罩。那只大口罩把邓大夫的脸全部蒙住，只露出一双敏捷的鹰鹫般的眼睛。

你是谁？我现在不看病了，你要是有病请到县医院皮肤科去，那里有特别门诊。邓大夫在口罩后面发出的声音嗡嗡的。

我意识到发生了一场难堪的误会。我的心情立刻变得很坏。我提高声音说，我不是麻风病人。我来向你打听一个人。

谁？邓大夫依然在挂蝴蝶标本，墙上几乎挂满了五颜六色的蝴蝶标本。他说，他们都跟着医院迁走了。

你知道一个叫黄子韬的病人吗？

黄子韬？邓大夫猛然回过头，口罩外面的眼睛亮了一下，你是他的什么人？你是他兄弟？

没有什么特殊关系，我和他是中学同学。

如果是这样，告诉你也不要紧。邓大夫走下台阶，在距离我两米远的地方站住，他说，黄子韬死了，他逃，让电网电死了。

我一时无言。在满院的茑萝和美人蕉的阴影里，我看见一只白色线袜渐渐剥落，露出一块模糊的疮疤。除此以外，没有其他感觉。

他为什么要逃？我说。

他不相信自己是麻风病人，怎么也不相信。他逃了七次，我们对他毫无办法。

明知有电网，为什么让他逃呢？

医生只管治疗他的皮肤，管不住他的头脑。他不相信自己有病，他要逃，你有什么办法？

确实没有什么办法。我想了想说，转身轻轻地离开小院。我把那扇木门按原样虚掩上，然后从门缝里最后张望了一眼邓大夫，我看见的还是那只巨大的白纱口罩。邓大夫自始至终没有摘下那只口罩。一些茑萝精致的叶子在他的头顶飘拂，让我联想起死亡所具有的诗情画意。

我在射鹿县的调查显然是劳而无功的。新闻就是这样，当一方提供的事实真实可信时，有关的另一方必须隐去，或者说，必须忽略不计。那个写匿名信的幸存者无疑属于后者。况且，在射鹿县的五十万人口中寻找写信人不啻海底捞针。

最后那天，我搭便车去了湖里。湖里是一个乡，在射鹿湖的西岸。我想湖里大概是射鹿县景色最优美的地方了，我独自在水边的乡间公路上走，拍下了一些典型的风光照片。我甚至在一片水洼地边拍到了野生天鹅的照片，那只天鹅风姿绰约，独饮清泉，它也可以替代那篇无法完成的惊人新闻登上报纸头版。我怀着一种愉悦的心情跟着那只天鹅穿越了乡间公路。天鹅步态轻盈欲飞欲走，它在一个大草垛上停留了片刻后，飒飒地飞离地面。我不知道它会飞到哪里去，我是无法测定天鹅的行踪的。

关键是那个大草垛，我突然注意到草垛上用石灰水刷写的几个大字：吹手向西。我觉得这个路标的语意很奇怪，在空寂的乡间公路上，它指点人们向西寻找吹手，吹手是凭借乐器送死者升天的行当，那么在荒凉无人的湖里地带，吹手能等到他的雇主吗？

我极目西望，方圆几里看不见一座村庄。在公路的西面，在一片瓜地中央，有一座低矮的窝棚。我似乎还看见一件白色的衬衫在两棵树之间随风飘动。我朝西走去，路标告诉我，吹手就坐在窝棚里等待。

我弯腰钻进窝棚，看见一个满面络腮胡子的男人坐在一张草席上，他在吃一只熟透了的西瓜。窝棚里光线暗淡，看不清吹手的脸，我只觉得他的牙齿很白而他手里的西瓜很红。

你家有丧事？吹手把瓜往地上一扔，朝墙上摘着什么。

不，我只是看看。

是你父亲还是妻子，还是孩子？

不，都不是，我有个同学死了。

我只吹唢呐。吹手将一只发亮的唢呐朝我晃晃，你如果要请吹箫人、打鼓的，还要往西走，再走三里地。

我往窝棚的门口挪了挪，坐下来。我闻见窝棚里有一种植物或者生肉腐烂的气味。我转过脸看了看挂在两棵树之间的白衬衫。我说，我有个同学死了。

同学是什么？吹手问，是亲戚吗？

吹手挨近我，他的一条腿懒散地斜伸着，伸到我的面前。阳光投射到窝棚的门口，照亮吹手光裸的粗壮的小腿，我差点叫出声来，因为我看见吹手的左腿踝关节处有一块酱色的疮疤。

我跳起来，离开了窝棚。我站着大口地喘气，四周是空旷的湖里野地，风从湖上来，拂动吹手晾晒的白衬衫，这个时刻，世界对于我变得虚幻不定。

我听见窝棚里传来了沉闷的唢呐声，戛然而止，好像呜咽，接着唢呐大概被吹手悬挂了起来，发出清脆的金属碰撞声。

喂，到底是谁死了？吹手在窝棚里问。

我没有说话。我的眼前固执地重复着一个画面：我看见子韬的白线袜渐渐地从腿上褪落下来，他单腿站在足球场上，沉重地抬起左脚，他的左脚踝关节处结着酱色的疮痂，它在阳光的照射下溃烂发炎。

你如果要请吹笛的、拉琴的，还要往西走。往西再走三里地。吹手在窝棚里说。

从射鹿回来的第二天，我发现我的左脚踝部开始发痒，细细一看，还有一块隐隐的红斑。我到医院的皮肤科挂了急诊，我怀着异样焦灼的心情观察医生对那块红斑的检查。但是我不能从医生漠然没有表情的脸上得出任何结论。

会不会是？当我的左脚被医生抓住时我欲言又止。

是什么？医生已经推开了那只脚，她说，什么也不是，你不过是被跳蚤咬了一口。

（1991 年）

仪式的完成

民俗学家到达八棵松村是去年冬天的事。他提着一只枕形旅行包跳下乡村公共汽车，朝西北方向走。公路上积着薄薄的绒雪，远看是淡蓝色的，逶迤而过的高压线和电线杆把公路割成均匀的方格，偶有鸟群飞掠过赶路人的头顶，很突然又很有秩序。民俗学家朝八棵松走着，实际上他也成了我记忆中的风景。

锔缸老人这时候坐在村口的大陶缸前，他的担子就在缸的另一侧放着，熔锡的那头燃着小小的火苗，暗红的一团，锡条被熔化的气味蔓延在雪后清冽的空气中。老人用火钳夹起了一枚锡钉，他蹲下去寻找缸上的裂纹时听见一阵踩雪声。老人回头看见一个陌生人朝八棵松村走过来，他没有在意。他朝大缸的裂纹处吐了口唾沫，然后使劲把锡钉压进去。锡钉先是贴在缸上，很快地又掉下来了。老人皱了皱眉头，他发现陌生人站在身后，陌生人正饶有兴味地盯着那口大缸看。

“烧嫩了，钻不进去。”锔缸老人说。

“是哪个年代的?”民俗学家说。

“你说什么?”锔缸老人说。

“我说这缸。”民俗学家用食指勾起来朝缸壁弹了一下，缸内发出清脆的回声，“是清朝的龙凤缸。”

锔缸老人这时夹起了第二根锡钉，这回他很顺利地把锡钉焊到了裂纹上。他朝民俗学家笑了笑，说：“就这样，我锔缸锔了五十年了。在这一带转悠了五十年。你从哪里来?”

“省城。这是八棵松吗?”

“差不多。你干什么来了?”

“我收集民间故事。”民俗学家迟疑了一会回答道，他想一个乡村老人是不明白民俗的含义的。

“故事要人讲，你想找谁讲呢?”

“不知道。我还不认识他们呢。”

“你去找五林吧。”老人又笑了笑，他俯下身去吹了吹火，又说，“去找五林吧。他肚子里故事最多。”

民俗学家手扶着大缸，四下了望着冬日的八棵松村。太阳淡淡地照着半涸的水田，有点发白。树木稀疏地散落在土沟和坟坡上，都落叶了，并没有想象中的松树。四周最醒目的是水田里孤零零的稻草人，稻草人的颜色已经发黑，头上有顶草帽，帽檐上的洞不知是被哪种大胆的鸟类啄破的。

据说民俗学家住在八棵松小学的教室里。八棵松没有小旅店，外来的人都被安排在教室的课桌上过夜，不收一文，但必须在小学敲上课钟前离开教室。那些清晨，民俗学家背着包从小学校那里走过来，走进村里的许多门洞，然后走出来。他脸色苍白，唇上的胡须刮得干干净净；他的米色风衣和枕形旅行包都给人留下很深的印象。

好多八棵松老人对民俗学家讲了这一带残存的风俗，民俗学家都作了笔录。他们坐在小酒馆的炉火前，喝酒吃肉，民俗学家掏钱请客，每次都有收获。有一回他突然想起进村前碰到的锔缸老人，想起五林这个名字，就问他们，谁是五林？奇怪的是八棵松的老人都不知道五林是谁。后来有个老人惊叫起来，他说我想起来了，五林，五林是个鬼，他死了快六十年啦，他拈到了人鬼！

于是，民俗学家听说了八棵松早年间拈人鬼的风俗，他预感到那是调查中最有价值的部分，他请老人慢慢地讲，但老人年逾八旬，说话很含糊，他只能记下一些断断续续的话。

记　录

八棵松拈人鬼的习俗从上古一直延续至民国十三年。拈人鬼者，即从活人中抓阄拈出鬼祭奠族人先祖的亡灵。每三年行一次仪式，适时所有村人汇至祠堂，在供桌上拈取一只锡箔元宝行至长者处拆开，其中必有一只画有鬼符，拈此元宝者即为人鬼。人鬼者白衣裹身，置于龙凤大缸内，乱棍打死。

民俗学家记下这些后还不太满足，实际上在他的研究生涯中这种骇人听闻的风俗是头一次碰到。在小酒馆的炉火前他浑身发热，思维极其活跃。后来他想到了一个最理想的记录方法，就是再现昔日拈人鬼的场景。他抓住白发老人的手说，你还记得那时候怎么拈人鬼的吗？白发老人说，清清楚楚，怎么也忘不了。民俗学家说，那好，咱们就来拈一次人鬼感受一下吧。白发老人朗声笑起来，不行，现在不能拈人鬼了。民俗学家又去买了几瓶酒几盘肉端到老人们面前，他说，没关系的，只当是游戏，只当帮我的忙吧。据说八棵松的老人们很快就答应了他的要求，他们约定冬至日这天在小学校里再现拈人鬼的仪式。这是八棵松老人们的意思，他们说从前拈人鬼就是在冬至日，而小学校就是由从前的祠堂改建的。

冬至前的气候湿润而寒冷，地上的薄雪化成了黑泥，八棵松乡村恢复了纯粹的旧貌，有农人在雪后赤脚走进水田，拾起秋天掉落的干稻，匆匆归家。而稻草人依然站着，守望无边的冻土。

民俗学家在村口又看见那口大缸，缸略略倾斜着，里面积起了一寸深的水。他想那肯定是雪水。他弯下腰摸了摸缸上凸现的龙凤图案，敲了敲，对自己说，“就是这口龙凤大缸。”紧接着他发现缸上的裂纹已经补好，一只只锡钉像牙齿般坚实地咬在缸缝上。民俗学家的手指被锡钉烫了一下，他四处环视，发现那个锔缸老人挑着担子走过一座坟丘，渐渐隐没了。

“五林。”民俗学家想起五林是六十年前的人鬼，禁不住哑然失笑。他又绕着大缸走了一圈，他觉得他绕着八棵松的昔日生活走了一圈，埋葬死者的缸就在脚边随他旋转，民俗学家想象着八棵松神奇的风俗仪式，心中充满激情。

“五林。”民俗学家将手伸进缸内，他摸到了五林的虚幻中的头盖，血肉模糊的，像海蜇向上吸浮。他甩了甩手，甩掉的只是空气，缸里只有一寸深的雪水，雪水下结着灰褐色的青苔。别的什么也没有。其实也没有幻觉。民俗学家想锔缸老人是怎么回事，他让他去找一个死人讲故事，这种玩笑对民俗研究是无益有害的。民俗学家又看看刚才伸进缸里的手指，手指上也没有什么，五根手指苍白失血，主要跟天气和他的贫血症有关。

八棵松在冬至这一天重演了拈人鬼的仪式，参加者有一些是自发前来的老人们，而民俗学家通过村委会找来了更多的八棵松村民，他要求仪式具有逼真的效果，他说若能回到六十年前则更好。

祭桌是用学校的课桌拼起来的，在土场上摆了一长条，桌上点了许多蜡烛，还有几盘鱼肉干果供品。比较麻烦的是那些锡箔元宝。八棵松村有三百多人，意味着桌上要堆三百多个锡箔元宝，所以冬至这一天民俗学家帮着老人们一起摞了好多元宝。最后他用红墨水在其中一张锡箔上画好了鬼符，交给德高望重的白发老人。他看着白发老人把那张鬼符摞成最普通的元宝，摔进元宝堆里，然后由四个人背对元宝堆，同时搅动银光闪闪的元宝堆。最后民俗学家看见三百多只元宝排成了龙阵，从祭桌的一端蜿蜒至另一端，它们肃默地与人群对峙着。

拈人鬼的队列也是一条龙阵，他们缓缓地向祭桌移动，每人抓起一只元宝，交给白发老人。老人拆开元宝，把它摊在手心上，这个过程显得庄严漫长。八棵松人注视着白发老人，等待他把某一纸锡箔举过头顶，等待他说出一句话：鬼，鬼在这里。

民俗学家排在队伍的靠末端，他一边随人流向祭桌移动，一边观察着前面的动静。一个又一个八棵松人顺利地通过白发老人的手臂，人鬼迟迟未出现。民俗学家脑子里闪现过某个念头，但他想这种结局未免太戏剧化了。民俗学家摇了摇头，慢慢地走到祭桌前面，他像所有八棵松人一样，信手拈起一只元宝。剩下的元宝已经不多了，但他必须信手拈起一只。他朝白发老人走过来，看见老人的长髯上散着星星点点的雪光。老人的手伸出来迎向他，那只手上也沾着银白色的光亮。民俗学家莫名地打了个寒噤，他把元宝交给老人，他想这不可能，这未免太戏剧化了。他发现白发老人的眼睛里也出现了那种光亮。老人打开那只元宝后开始慢慢地朝上举，紧接着他清晰地听见老人的声音，充满灼热的激情的声音。

鬼。

鬼在这里。

民俗学家笑了一下，他有点晕眩，他觉得他没有理由晕眩，于是他笑着转向四周喧闹的人群说，真有意思，我是鬼。这时候从白发老人身后跳出来四个男人，他们拖着一块巨大的白幔跑上来，将民俗学家从头到脚裹起来，然后他们把他抬起来，朝土场外面跑。被白布裹满了的民俗学家开始还镇静地配合，但当他抬起来听到八棵松人震耳的狂呼声时，他感到了某种恐怖，他拼命喊，“去哪儿？你们抬我去哪儿？”抬鬼的人说，“去龙凤大缸，你怎么忘了？这是你让我们干的。”民俗学家再次镇静下来，透过那块白幔看见无数八棵松人跟着他狂奔，黑压压的一片。有人在喊，“鬼！鬼！”他被抬着在八棵松腾空飞行，突然就想起锔缸老人和五林这个名字，这使他一阵心悸。而抬鬼人的速度逐渐加快，他们抬着他朝龙凤大缸疾走如飞，民俗学家恍惚看见了那口大缸，缸上的裂纹和锡钉，还有一寸深的雪水和青苔。民俗学家猛地尖叫一声，不，放下我，快放下我！

送鬼的人群终于止住，他们把民俗学家放下地，给他解开层层包裹的白幔。民俗学家的脸露了出来，他的脸色苍白得可怕。他站起来踢掉那匹白幔，双手拍打着衣服、裤子，还有头发。他对白发老人说，这是摹拟，这是假的，我是研究民俗的，我可不是人鬼。

“这当然是假的。”白发老人说，“真的可不是这样，真的拈人鬼到这里还没完呢。”

“我有点闷，透不过气来。”

“没有完呢。”白发老人说，“要把你塞在缸里，每个八棵松人打你一棍，你要被乱棍打死。”

“到这儿就够了，已经够逼真的了。”

民俗学家舒了口气，他坐到那口大缸上看着木然的八棵松人。人群渐渐散了，民俗学家感到非常虚弱，他坐在那儿直到月亮升到远处土砖窑的烟囱上。人群渐渐远离了他，唯有水田的稻草人在风中簌簌地呜咽，稻草人的帽子不见了，不知谁在混乱中摘走了那顶破草帽。

这是怎么回事？民俗学家摸了摸他的喉管处，从被裹进白幔后他的喉管就像被堵住似的，呼吸艰难。他拍了拍缸沿，站起来。他想他竟然在八棵松做了一回鬼，这未免有点晦气，不过他的调查无疑是最出色的一次了。

我听说事情发生在民俗学家离开八棵松的那一天。

民俗学家背着他的枕形旅行包离开学校，他走过村巷的时候，许多八棵松人在阴暗潮湿的屋子里和他道别。他听不清他们的声音，但知道是道别。民俗学家有一种怅然若失的感觉。他沿着结满冰碴的土路，朝乡村公路走去。那天风很大，民俗学家把风衣领子竖起来，侧着身子走。经过村口的时候，他注意了一下那口龙凤大缸，缸里的水在一夜之间已经结满了冰，微微发蓝。这时候他闻到了空气里那股锡条被融化的气味，它在大缸四周凝结着，熏他的脸和行李。民俗学家举目环顾，他发现锔缸老人已经走过去好远了。

锔缸老人走在乡村公路上，他的担子闪着一点火光在公路上飘浮，好像一只萤火虫。锔缸老人的出现使民俗学家意识到某种神秘的循环。他想追上去。他想弄清这种循环的实质。民俗学家加快了步子，很快地踩上乡村公路的碎石路面。根据他的目测，锔缸老人距他最多有三百米之远，按照他的步幅和速度，他在五分钟内就可以追上锔缸老人。

后来民俗学家几乎是在公路上小跑，他发现他与锔缸老人间的距离并没有缩短，还是那么远，三百米左右。他不知道这是怎么回事。民俗学家跑着跑着，额上开始出汗脚也开始发软。他被疑虑和焦灼所困，很像一匹老马无望地奔驰着。而且他听见公路上响起了一个隐隐约约的呼唤声，呼唤声在他看不见的地方隐隐约约回荡着：

五林　五林　五林

民俗学家站在公路上前后左右地找寻，除了前面锔缸老人的那一点火，到处是冬天荒弃的田野，乡村是空空荡荡的。民俗学家狂躁起来，他突然转过身朝天空大喊了一声，“五林!”他听见自己的喊声在乡村发出了巨大的回荡。紧接着他感到身后有一股强劲的气流压过来，气流很快又变成坚实的钝器把他撞飞了，他在空中飞行了一小段距离，然后就仆倒在地上了。

驾驶大卡车的是一个年轻的小司机。小司机记得他在很远的地方就开始按喇叭了，那个人呆立在公路上一动不动，小司机以为他是搭车客，他不想让人搭车就直开过去，大凡搭车客最后总是躲开的。但那个人出了毛病，他被卡车的车头撞飞了起来，形状酷似一只惊飞的大鸟。小司机当时很害怕，他没有停车，而是加大马力逃离了出事地点。但当他把卡车开到县城繁华嘈杂的人流中时，负罪感压倒了他。后来他把卡车停在县公安局的门口，跳下驾驶室走了进去。

察看车祸现场的人在乡村公路上走，肇事的小司机走在前面，他们都低着头寻找血迹。公路上暮色初降，碎石路面泛着干净的白光，没有血迹和尸体。小司机对警察说，这就怪了，我明明是在这一段撞了他的，怎么没有了呢？有人说会不会让村里人抬走了呢，我们进村去看看吧。

他们拐上了狭窄的土路，朝八棵松村走。走到村口的时候小司机突然喊了起来，“旅行包，他的旅行包在那儿。”他们看见一只深棕色的枕形旅行包放在一口大缸边，他们跑过去，然后就看见一个人的两只脚，那两只脚跷在那口大缸的缸沿上，死者蜷缩着身子躺在大缸里。

死者的眼睛睁开着，从服饰外貌很容易判断他的学者身份，他的脸像冰块一样苍白寒冷，眉宇间凝聚着迷茫的神情。

“在缸里？”小司机说，“他怎么跑到这缸里来了？”

富有经验的警察们打开了死者遗留的旅行包，包里除了衣物、毛巾、牙刷、牙膏和茶杯外，有一个塑料封皮的笔记本，本子上写满了密密麻麻的字，最让人注目的是从笔记本中掉出来的一张锡箔纸，那上面的锡箔已经磨损得斑斑驳驳，纸的背面画着一个鬼符，还有用红墨水写的一个大大的鬼字。

“鬼？”小司机说，“他是一个鬼？”

我认识那位民俗学家。民俗学家之死在我看来充满神秘因素。在他的追悼会上，我听见另一位民俗学家像在自言自语地说，这只是仪式的完成。

（1989 年）

我的棉花，我的家园

水里的棉花在风中发出了类似呜咽的声音。坐在竹筏上的人打捞着水面上的每一朵棉铃，它们湿漉漉地堆在箩筐里，在波动中不断改变形状，远看就像一些垂死的牲灵。那么辽阔的棉田，那么多的人，在洪水过后丰收的梦想已烟消云散。竹筏上的人们神情凄惶，他们手里的棉花是最后的一种收获。

书来远离乡亲站在水中，他注视着水中棉花纵横交错的绿影，他的焦黄疲倦的脸浮现其中，成为一片枯叶。已经没有时间等待了，书来把被包挎到肩上，慢慢地涉水而过。漂浮的棉铃看时像鱼一样触及膝盖，书来低下头，看见一群棉铃随他移向旱地，他随手捞了一朵抓在手中，手中的棉花清凉而柔软，在午后的阳光中呈现出一种淡淡的红色。书来想棉花的颜色有时是很奇怪的，它会变化。

旱地上聚集着更多的人，他们来自周围受灾的村庄。迁徙的棉农们挤在几辆马车上等待出发，妇女和孩子尖声地咒骂或者哭泣着，书来觉得所有的人都变成了一片枯叶，他们将在唯一通往异乡的土路上飘浮，寻找干燥的肥沃的生息之地。有人在马车上看见了书来，“书来，你也走?”书来爬上了马车，说：“走，干吗不走?”那人又问：“书来你去哪里?”书来想了想说：“我去马桥镇投奔叔叔，他是个铁匠，可是我不知道他现在还在不在那里。”

马车经过白茫茫的水地，七月的空气潮湿而浑浊。在很久以后他们看见了真正的土地、房屋和庄稼。落日下放牛的孩子睁大眼睛，惊恐地注视着那些从灾区来的棉农。书来就是这时候跳下了马车，他没有说什么，人们以为他是去路沟里解手的。书来下了路沟，他的头部在茅草间闪了闪，后来就不见了。马车继续朝前走，马车上的人想去一个远离灾荒和穷困的地方，他们的路途非常艰辛。走了很久以后他们发现书来不见了，书来干枯的头发在茅草间闪了闪，后来就不见了。

路沟里躺着一个男人。书来先是看见许多青玉米的苞壳堆在那儿，然后就看见那个男人的手从玉米堆里伸出来，书来恍惚地以为那也是一片树叶，他没有在意。书来站在那里对着玉米堆撒尿，这时候他看见那只手颤动起来，它慢慢举起来，肮脏粗糙的手掌摊开来，像是在索讨着什么。那个男人土黄色的脸庞也从地上抬起来，他的眼睛黯淡无光，干枯的嘴唇翕动着。“给我水，我渴死了。”他说。书来惊得跳了起来，他朝后退了几步，一边系裤带一边匆匆地审视这个干渴的男人。“这么多的水，水快把我们淹死了，你为什么还要水?”书来不相信眼前的事实。他看见那个男人朝前爬了一点，他的脸无力地贴在泥地上，然后书来听见一种吸吮的声音，男人的苍白的舌尖像一条蚂蟥伸出来，急切舔着书来的尿水。书来喊叫了一声，随后他就沿着路沟狂奔起来，他感到害怕。那个男人身上已经散发出某种死亡的腥味，正是这种气味令书来感到深深的恐惧。

跑出路沟是一片长满杂草的河谷地，书来蹲下来喘着气，他突然意识到路沟里的男人肯定是老家的人，他很面熟。书来想他会不会就是马桥镇做铁匠的叔叔，他离家已经多年，给书来留下的印象已经非常模糊。书来想走回去仔细看看那个人，但是很快就打消了这个念头。如果他真的是叔叔，如果叔叔现在躺在路沟里等待死期，书来就没有必要再去找他了。

书来上了大路，他回头看了看下面的路沟，有一群牛蝇聚集在一起嗡嗡地盘旋着，牛蝇总是最先靠拢那些垂死的人，也许它们已经咬破了叔叔的血管。叔叔快要死了。书来想这个季节到处水流漫漫，这么多的水，淹掉了茫茫的棉花地，淹死了人和牲畜，而这个叔叔却在路沟里舔人尿，也许他病得很重，也许他就要活活地渴死了。书来觉得这件事情有点蹊跷。

这是一个陌生的村庄。站在堤坝上眺望，那些低矮的房屋像狗粪一样稀疏地匍匐在暮色中。村巷中没有一个人，也没有狗和家畜。书来走下堤坝，看见地里有几架废弃的水车，还有一些大大小小的木桶。书来在一架风车的叶片上发现一件破破烂烂的小褂子，他拿下来放在鼻子下嗅了嗅，褂子上有很浓的太阳与盐的气味。书来把它套在身上朝村巷里走，所到之处有许多被丢弃的物品，书来尽量把它们捡起来，以防流浪途中的种种不测。

百里之外就是另外一个世界。这里饱受干旱之苦，书来在村巷里转悠了半天，每家都是空无一人，水缸只只见底。书来又饥又渴，他希望能在哪家的墙角找到一点吃的，找到半碗水，但是这些逃荒的人带走了所有的食物。书来只在某家的屋檐下找到两只晒干的红辣椒，他很快地把辣椒吞下了肚。然后就是一阵更加猛烈的焦渴的感觉，书来用棍子敲碎了他看见的最后一口水缸。这个村子竟然没有一滴水。书来悲哀地走出了最后那户人家，他坐在一只石磨上，仇恨地扫视着这个干涸无人的地方。路沟里那个垂死的人从眼前真切地一闪而过，那只枯叶般摊开来的手，书来至此理解了那只手的含义。书来现在懂得干旱与大水同样可以置人于死地，它们同样地令人恐惧。

书来走过晒场时看见一只鸡食钵，两只老鼠趴在那里。鸡食钵里留下了这个村庄唯一一点水，书来犹豫了几秒钟后果断地冲上去，赶走了老鼠。那些浑浊发苦的水使书来的头脑清醒了许多。他想他必须离开此地朝前走了，如果走得快，说不定能在第二天赶上乡亲们的马车。

在堤坝上书来遇到一个逃荒的家庭，枯瘦的男人和女人拖着枯瘦的孩子朝平原上走去。男人的身上背着许多玻璃瓶，女人的身上背着一袋干粮。书来默默地跟着他们走，其实是跟着食物和水走。那个男人对书来怀有明显的戒备，他猛然站住，对书来说："走吧，别跟着我们。"书来说："我不知道该朝哪里走。"男人说："到有水的地方去，朝西走吧。"书来苦笑着缩起了肩膀，他说："我就是从大水中逃出来的，西面发大水，把棉花地都淹掉了。"男人怀疑地看了看书来的脸："那我可管不着，你别跟着我们动什么鬼点子，我让你别跟着我们，否则我就把你宰了。"书来下意识地后退了两步，他摇着头说："我不相信，都这么饿，这么渴，你还有劲杀我？"那个男人说："就是因为又饿又渴，才想杀人越货，这个道理你不懂？你这个傻瓜看来迟早会饿死渴死。"书来嗫嚅着说："也许会的，我看我还是在你们前面走吧，这样我就不会抢你们的水和干粮了。"

书来后来就在那家人的前面走。远处的天空一点点地黑下来，远处的路也在一点点地模糊起来。书来突然想起家乡漫漫无际的大水，想起无数雪白的棉铃在水上漂泛；这么多的人从灾荒中逃离，就像水淹的棉铃盲目地漂泛在途中。这么多的人，满怀着迷惘和仇恨的情绪，离乡背井，他们到底要去哪里？

朝南部平原走，路上随处可见逃荒的人。但是马车上的乡亲们早已消失不见了，书来难以猜测他们的去向，他也倦于这种无谓的寻找，这样的年月谁也救不了谁，只有靠自己了。书来想。不管怎么说，在人群中书来不再感到孤独，书来跟随着人流朝南部平原走。

南部平原在这年夏季免受了水患和干旱之灾。到了这里灾民们总是能从地里和沿路人家弄到吃的。让人不安的是平原上的枪声，从早晨到夜晚，枪声在远远的地方不断炸响。书来难以计算枪声的距离，他只是觉得路途上仍然埋伏着可怕的灾难。虽然摆脱了饥渴，书来仍然心事重重。

人们谈论着平原上的战争。战争的双方经常是变化着的，令人难以捉摸。有时候是国民党的军队打日本人的军队，有时候是日本人的军队打共产党的军队，有时候却是共产党的军队打国民党的军队。书来经常看见远处硝烟弥漫的村庄，从那些村庄里逃出来的女人和孩子凄厉地哭叫着，汇入逃荒的人流。书来还看到过一个奇怪的男人，剃着光头，拖着一条血淋淋的断腿，一蹦一跳地跟在人流的后面，那个人不停地咒骂着什么，朝别人的背袋里挖干粮吃。有人告诉书来，那是一个逃兵，还说他迟早会被枪毙。书来回头望望伤兵那条血淋淋的断腿，书来说，为什么要枪毙他呢？他都断了一条腿了，他已经不能打仗了。书来正说着就听见背后一声枪响，再回头时那个伤兵已经卧在血泊之中。伤兵手里的一块馒头滚落在书来的脚边。人群顿时被惊散了，书来却被近在咫尺的枪声吓愣了。他站在那里，看见两个骑马的士兵从野地里飞速而来，他们把中弹的伤兵拖上了马。书来睁大惊恐的眼睛僵立着，他看见伤兵的一条断腿像被风折断的树枝，在马背上无力地摇晃着，新鲜的血在土路上滴成一条不均匀的红线。他们真的把他枪毙了。书来浑身战栗地抱住一棵大树。书来被亲眼目睹的场面吓呆了，一个人好好地走着路，突然就死了。

“太可怕了。”书来后来经常对别人说起这件事，“打仗比大水可怕，比干旱可怕，再也没有什么比子弹更可怕了。我亲眼看见他们枪毙了一个人，你不知道那个人已经断了一条腿，他已经够可怜的了。”书来又说他不明白那两个士兵为什么要枪毙那个断了腿的人呢？有人回答说，因为他逃跑，书来仍然不明白，他说：“他当然要逃的，谁都怕死，眼看着要死了，他怎么会不逃呢？”

书来带着满腹的疑问露宿在一片槐树林里，林子里有一间小棚屋，已经挤满了人。书来迟了一步，他只好睡在露天了。书来把麻袋铺在地上，摊开湿漉漉的棉被，然后脱下鞋子做枕头，书来就这样睡了。逃难的路上总是这样过夜的。异乡的空气有异乡的特点，甚至漆黑的夜空和灰白的星星，甚至树木和房屋在夜色中的轮廓，它们都使书来感到陌生。没有到处奔涌的水流，没有到处飘飞的棉花，异乡之夜枯燥而漫长。书来在进入睡梦前依稀看见一朵孤独的棉铃在水上漂浮，是一朵会变化颜色的淡红色棉花，它给书来绝望的心灵带来唯一的抚慰。

午夜时分大路上响起杂沓的马蹄声。槐树林里的人被惊醒了，书来迷迷糊糊地听见有人喊，快跑，抓壮丁的来啦！书来跳起来就跑，他光着脚像野鹿一样飞跑着，听见后面的槐树林里一片骚乱，枪声夹杂着人声，有一颗流弹嗖地掠过书来的头顶。书来拼命地奔跑，直到听不见任何声响，他扑在一堆干草上喘着粗气，庆幸自己又一次脱离了危险。书来说，我才不当兵，我才不会去送死呢。

夜路上只剩下书来一个人了，而且书来把被褥行囊以及沿途收罗的所有东西都丢下了。书来光着脚走在月光地里，心里非常沮丧，他舍不得那些东西，那些属于他的最后一点财产将被另外的逃荒者拾起来，变成他们的东西。而书来现在除了一具疲惫的身体，到处都是空空荡荡。

一个炎热的下午，书来辗转来到马桥镇。这是一个以手工业作坊闻名于南方的集镇，书来以前从没有到过这里。他依稀记得马桥镇离家乡并不遥远，只有七八十里。书来想他在外面流落了整整一个夏季，走了起码五百里路，突然却来到了马桥镇。书来想他肯定在哪儿迷失了方向，原想走得很远，结果离家乡越来越近了。

马桥镇其实是一条小街，街两侧挤满了形形色色的店铺。书来站在一口炸馓子的油锅前，望着在锅里翻滚的馓子。书来对站在锅边的女人说，真香啊，多少钱一个？女人斜眼瞟着他说，你有钱买馓子怎么不买双鞋穿？你看你的脚趾里全夹着狗粪。书来说，是的，我没钱了，我原来还有些夹在棉被里，可我把棉被也弄丢了。女人用筷子拨了拨锅里的馓子，轻轻地叹了口气，这么多逃荒的人，你们要逃到哪里去呢？书来舔了舔嘴唇，他说，只有老天爷知道，他让我逃到哪里我就去哪里。女人说，今年是大灾年，种田的人遭殃，我这小生意也不景气了，没有人来买馓子吃，他们情愿饿死也不肯掏钱买馓子吃。书来觉得女人说的话没有道理，他纠正说，他们一文钱也没有，你让他们怎么掏钱买馓子吃呢？女人抬头瞪了他一眼，突然厉声尖叫，快滚吧，你以为在这里噜苏半天我会给你馓子吃？我情愿把馓子喂狗也不给你这种饿死鬼吃。书来被女人突如其来的暴怒吓了一跳，他说，我没有向你讨馓子吃，你为什么要对我发火呢？书来一气之下就朝油锅里吐了一口痰，吐完就跑，他听见女人在后面用恶毒下流的话骂他，书来只当没听见。书来害怕许多灾难性的事物，但是他不怕别人骂他。

所有的店铺都显得萧条而冷清，书来走过那些半掩的店门，张望着每一个马桥镇上的人的脸，他希望遇见相识的乡亲，他希望叔叔没有死在路沟里，他可以投靠叔叔。沿路所见都是陌生的乞丐和逃难者，他们像苍蝇一样麇集在河岸上，发出嗡嗡的绝望的响声。书来的眼睛一亮，他看见了从老家出来的那辆马车架，马和人都不在，但是榆木车架却平静地停在河岸上。书来走过去，看见一个老人躺在车板上睡着，他不认识他。书来把老人搡醒了问他，这车上的人呢？老人的脚朝书来的小腹踹了一脚，他说，你把我弄醒干什么？我快要睡过去了，我的手已经摸到了阴界，你却把我弄醒了。书来说，这车上的人呢，他们去哪里了？老人闭上眼睛说，死在路上了，都死了，我也快死了。碰上大灾年，该死的人都得死，你也去找个地方躺着等死吧。书来摇了摇头，他从老人身上闻到熟悉的死亡的腥味，他真的快死了。书来匆匆地离开了河岸上的人群，他想那个可恶的老头为什么要咒他死，他还年轻，他还没活够，为什么要死呢？

书来注意到马桥镇上有几家棺材铺，还有更多的是铁匠铺，只有那些店铺里存在着昔日繁荣的景象。书来想这是死人太多的缘故，死者的棺材在这一年密布了南方的土地，它们像巨大的土豆埋在地下，与残存的庄稼争夺着空气和水。而铁匠铺里摆满了各种农具，仍然有人来买去犁耙与锄头，那是最固执坚韧的农民，没有收获的年月仍然勤于耕种。书来目送着买农具的人离去，心里有一种说不出的悲哀。他想起家乡一千亩水淹的棉花，想起去年他在地里耕种的艰苦岁月，如果注定没有收获，人们的耕种也就失去了意义。这么简单的道理为什么没人相信呢？

书来走到了三个铁匠面前，看着他们锻打一块生铁，铁匠们光裸着上身干活，当当的击打声疲软无力，他们始终沉默无语。只要有人需要农具，他们就一直这样淬火，这样打铁。偶尔地淬火的铁匠和书来对视一下，因为火光的缘故，淬火的铁匠眼睛微微发红，他的手和肩膀也跳动着隐隐的红色。

你要买农具吗？

不。我找我叔叔。

谁是你的叔叔。

我不知道，他大概离开这里了，他大概已经死了。

铁匠们告诉书来，他叔叔早就回老家种棉花去了。书来想想这不可能，棉花地都让水淹光了，叔叔该去哪里种植棉花呢？书来情愿相信那个躺在路沟里的人就是叔叔，也许他想回老家，在经过干旱地区时饥渴而死，这样更符合现实。许多人都死于途中，他们回家或者离家，一般都是死于途中。

书来一直站在铁匠铺里看铁匠们打铁，他还看见了里面窗台上的一盆米饭。书来想，这些铁匠也许是世上最后几个吃米饭的人了。书来想着想着就慢慢地跪了下来，他说不出话，只是虔诚地凝望着铁匠和他们身后的那盆米饭。

“你跪着干什么？”

“我不知道。”书来望了望他的膝盖，他说，“我的膝盖自己跪了下来，我想求求你们帮我，你们帮帮我吧。”

“怎么帮你？我们帮了你谁来帮我们？”

“给我米饭，给我活干，让我留在铁匠铺吧。”

三个铁匠对视了一眼，他们短促地笑了笑，然后一齐放下手中的活朝书来走过来。书来感觉到那些滚烫粗糙的手抓疼了他的胳膊和腿，他叫了一声，他像一块石头被铁匠们呼地扔出门外。

“给你饭吃我们就会饿死。”淬火的铁匠最后对书来说。

书来躺在泥地上一动不动，他被扔在地上了。他不想动。视线里是马桥镇的天空。天空很蓝很明净，有许多云朵，书来觉得那些云朵才是真正的棉花，洁白柔软，随风变化，书来想最后的棉花地是属于天空的，乡亲们都被欺骗了许多年，棉花彻底欺骗了他们而使无数人离乡背井，他们耕耘种植，收获的是饥饿和流浪。书来苦笑着爬起来，他对铁匠铺里的三个铁匠说，我不恨你们，我恨棉花，天知道这是怎么回事。

在剩余的夏季里，书来滞留在马桥镇。一九四一年的夏天闷热而绵长，书来想躲过这个夏天以后再继续上路。现在书来又拥有了一只鼓鼓囊囊的麻袋。麻袋里装着玻璃瓶、破布、子弹壳、干馒头等杂物，还有一块棉花，那是从垃圾堆中拣出来的，书来一眼就认出那是家乡出产的棉花，他把它塞进了玻璃瓶，他想也许这是最后的一种纪念了。

马桥镇上的霍乱病菌也就是这个夏季开始流行的。霍乱病菌从逃难者聚集的河滩上突然地滋生，很快地朝四处弥漫。那些患了霍乱的人脸色苍白，上吐下泻或者昏迷不醒，马桥镇的空气充满了一种恶浊的臭气。书来惶然地踯躅于街头，看见那些肮脏的死尸被芦席卷着，扔在河那边的乱坟岗，有的甚至就扔在路边，招来无数苍蝇野狗。他经过了铁匠铺，铁匠铺的炉火已经熄灭多日，墙上挂的地上堆的农具在寂寞中散出微弱的幽光。三个铁匠中只剩下淬火的铁匠，书来看见他正在地上爬，慢慢地朝门边爬过去，他的手里抓着什么东西。

“你要干什么?”书来好奇地看着铁匠。

“铁钉。”最后的铁匠抬起蜡黄的脸，亮出手里的一把铁钉，他说，“这是棺材钉，我昨天为自己打的。”

“你要干什么?”书来盯着他手里的铁钉说。

“我的棺材在隔壁棺材店存着，你能不能为我收尸钉棺，我把这个铁匠铺送给你。”

书来笑了起来。他觉得铁匠的想法幼稚而奇怪，而且它是不合理的。书来说：“不行，我替你收尸谁替我收尸呢？再说，人全死光了铁匠铺还有什么用？我不要铁匠铺，我只要能活下去，总归会找到一个像天堂一样的地方。”

书来听见铁匠手里的棺材钉当地散落在地上，他用脚踢了踢那些钉子，转身离开了铁匠铺。铁匠伏在地上呜咽，这种声音非常熟悉，书来觉得人类垂死的呜咽与水淹的棉花是一模一样的，它们之间并没有区别。

路上仍然是逃难的人，都是拖儿带女背井离乡的人，他们像荒野中的羊群盲目地行走，这种景象在一九四一年的夏季持续不衰。书来混迹其中，他的表情和别人相仿，茫然中带有更多的平静。在一个三岔路口，书来拉住一个老人问：“我该往哪里走？”老人不假思索地说：“往家走，你的家乡在哪里就往哪里走。”书来说：“我的家乡被水淹了，那么大的棉田，那么多的房屋，都让水淹了。”老人愤怒地说：“水淹了也是你的家，给我回家去吧，哪里都没有活路，我们都回家去吧。”

书来站在三岔路口，思考了一会儿。他对老人的话充满怀疑，这样的年代不能轻信任何人的话。书来不想回家，家乡滔天的洪水至今仍然使他恐惧和眩晕。书来决定继续朝南走，有人告诉他，南面有铁路，铁路是一种神奇的物质，人沿着铁路走，可以到达世界上最好的地方，到达一个像天堂一样的地方。

几天后书来终于在平原深处看见了铁路，铁路在阳光下闪烁金子般的光，笔直地穿越整个平原，直到无穷无尽。书来爬上路坡，站在路轨中间四处望，他对世界露出了会心的微笑。

他想，这离他的家乡起码有千里之距，而他面对的世界也发生了质的变化，它远离了水和干旱，远离疾病和死亡，远离了所有的灾难。

铁路的尽头出现了一个黑点。随着轨道的震颤和隆隆的轰鸣，黑点越来越大。书来看见了火车，他拼命地朝火车挥手，停一停，把我带走！火车仍然轰隆隆地跑着，书来急了，他放大嗓门喊着，停一停啊，把我带走！书来看见了火车亮崭崭的车轮和铁管中吐出的蒸汽，火车仍然不肯停下来，书来跺着脚，几乎是发狂地喊着，快停一停啊，把我带走！书来不知道火车为什么不肯停下来，他已经把嗓子喊破了。书来张开双臂像鸟一样飞奔了一段，他想把火车拦下来，紧接着他就彻底绝望了，他感觉到疲惫的身体被火车撞飞了，他像一片枯叶在空中飘着。在丧失所有意识之前，书来看见的是千里之外家乡的洪水，无数雪白的棉花仍然在大水之上漂浮，其色泽从雪白变化为浅红色。

夏季快要过去了，经过铁路的逃荒者看见一只麻袋丢弃在路坡上。他们一次一次地搜寻麻袋中的东西，把有用的捡走。最后的搜寻者只发现了一只装着棉花的玻璃瓶，他把棉花掏出来扔掉，带走了那只玻璃瓶，他不需要棉花。

棉花是最柔软的物质，有时候起风了，棉花会随风飘起来，沿着铁路缓缓飞行。

（1991 年）

飞越我的枫杨树故乡

直到五十年代初，我的老家枫杨树一带还铺满了南方少见的罂粟花地。春天的时候，河两岸的原野被猩红色大肆入侵，层层叠叠，气韵非凡，如一片莽莽苍苍的红波浪鼓荡着偏僻的乡村，鼓荡着我的乡亲们生生死死呼出的血腥气息。我的幺叔还在乡下，都说他像一条野狗神出鬼没于老家的柴草垛、罂粟地、干粪堆和肥胖女人中间，不思归家。我常在一千里地之外想起他，想起他坐在枫杨树老家的大红花朵丛里，一个矮小结实黝黑的乡下汉子，面朝西南城市的方向，小脸膛上是又想睡又想笑又想骂的怪异神气，唱着好多乱七八糟的歌谣，其中有一支是呼唤他心爱的狗的。

狗儿狗儿你钻过来
带我到寒窑亲小娘

祖父住在城里，老态龙钟了，记忆却很鲜亮。每当黄昏降临，家里便尘土般地飘荡起祖父的一声声喟然长叹。他迟迟不肯睡觉，“明天醒过来说不定就是瞎子了。”于是他睁大了眼睛坐在渐渐黑暗的房间里，宁静、苍劲，像一尊古老的青铜鹰。

可以从祖父被回忆放大的瞳孔里看见我的幺叔。祖父把小儿子和一群野狗搅成了一团。从前的幺叔活脱是一个鬼伢子，爱戴顶城里人的遮阳帽，怪模怪样地在罂粟花地里游荡。有一年夏天，他把遮阳帽扔在河里，迷上了一群野狗。于是人们都看见财主家的小少爷终日和野狗厮混在一起，疯疯癫癫，非人非狗，在枫杨树乡村成为稀奇的丑闻。

“那畜生不谙世事，只通狗性。”祖父诅咒幺叔。他说，“别去管他，让他也变成一条狗吧。”想起那鬼伢子我祖父不免黯然神伤。多少个深夜幺叔精神勃发，跟着满地乱窜的野狗，在田埂上跌跌撞撞地跑，他的足迹紧撵着狗的卵石形蹄印，遍布枫杨树乡村的每个角落。有时候幺叔气喘吁吁地闯到乡亲家里去讨水喝，狗便在附近的野地里一声一声地吠着。沿河居住的枫杨树乡亲没有人不认识幺叔的，说起幺叔都觉得他是神鬼投胎，不知他带给枫杨树的是吉是凶。

逢到清明节，家族中人排成一字纵队，浩浩荡荡到祠堂祭祀祖宗时，谁也找不到幺叔的人影。祖父怨气冲天地对祖宗牌位磕头，碰到了一碟供果，他沙哑着喉咙问：“祖宗有灵，到底是野狗勾引了我儿子，还是我儿子勾引了那条野狗?”

祖父绝望地预见幺叔古怪可恶的灵魂将永生野游在外。几十年后祖父昏昏沉沉地坐在城里的屋顶下，把那张枫杨树出产的竹榻磨得油光锃亮，他向家人一遍遍地诉说着那年洪水到来时幺叔的弃失，他说一条白木大船载满了家中四十口人和财产，快起锚的时候，幺叔和那条野狗一前一后到了岸边。幺叔问：“你们要到哪里去?”没有人回答他，但好多双手都去拽他上船，拽半天拽不动，这时发现那鬼伢子的腿上系了圈长绳，和一条大野狗紧紧相连。祖父跳下去解绳子的时候，幺叔鬼喊鬼叫死命挣脱，抓破了他的脸。祖父骂着娘去找大板斧的时候，幺叔惊恐万状地冲那条狗喊了一声，“豹子豹子快逃快逃!”狗果真撒腿跑起来了，一条绳子把幺叔牵绷紧了，那情景像两只小野兽，一前一后冲出了猎人的枪口。祖父仰天悲啸一声，知道那船是该走了，那鬼伢子是该丢了。

“我望得见枫杨树的，只要我的眼睛不瞎，我天天望得见枫杨树。”祖父说，在他寥廓苍凉的心底，足以让红罂粟大片大片地生长，让幺叔和他的狗每时每刻地践踏而过。

幺叔死于一九五六年罂粟花最后的风光岁月里。他的死和一条狗、一个女人还有其他莫名的物事有关。自从幺叔死后，罂粟花在枫杨树乡村绝迹，以后那里的黑土长出了晶莹如珍珠的大米，灿烂如黄金的麦子。

多少次我在梦中飞越遥远的枫杨树故乡。我看见自己每天在迫近一条横贯东西的浊黄色的河流。我涉过河流到左岸去。左岸红波浩荡的罂粟花地卷起龙首大风，挟起我闯入模糊的枫杨树故乡。

有一天枫杨树村里白幡招摇，家屋顶上腾起一片灰蒙蒙的烟霭。有许多人影在烟霭里东跑西窜，哭哭啼啼，空气中笼罩着惶惶不可终日的气氛，仿佛重现了多年前河水淹没村庄的景象。我是否隔着千重山万壑水目睹了那场灾难呢?

那一天是我幺叔的黑字忌日。死者幺叔的灵魂没有找到归宿而继续满村晃荡，把宁静的村子闹腾得鸡犬不宁。我的枫杨树乡亲们在罂粟花的熏风中前去童家老屋奔丧的时候，耳朵里真切地听到一种类似丧钟的共鸣声，他们似乎看见幺叔坐在老屋门前的石磨上，一条腿跷在另一条腿上，此起彼伏的大脚掌沾满灰土、草屑和狗粪，五根脚趾张开来大胆地指向天空。他宽厚温和地微笑着，一双爬满疙瘩肉的手臂却凶恶地拽住了老榆树上的钟绳。

死者幺叔敲着他自己的丧钟，那种声音发自天庭或者地心深处，使乡亲们不寒而栗。他们对幺叔又爱又怕，有许多老人和妇女在忌日里悲恸欲绝，对着日月星辰和山水草木轻轻地喊:“带他去吧，带他去吧。”

从前在我的枫杨树故乡，每个人自出生后便有一枚楠竹削制的灵牌高置在族公屋里。人死后灵牌焚火而亡，化成吉祥鸟驮死者袅袅升天。在听祖父说起灵牌的故事后，我又知道幺叔是个丢了灵牌的倒霉鬼。可是没人能说清那秘密。有传说是幺叔在村里一直浪荡成性，辱没村规，族公在做了一个怪梦后跑到河边，将怀揣的一块灵牌缠绑了石头坠入河底；还有说枫杨树的女疯人穗子有一天潜入族公屋里，偷走了幺叔的灵牌，一个人钻到野地里点起篝火，疯疯癫癫、哭哭笑笑地烧掉了幺叔的灵牌。对这些传说我祖父一概不信，他用黯然神伤的目光注视着天花板，对我说："你幺叔自己拿走了灵牌，他把灵牌卖给怕死的乡亲，捏了钱就去喝酒搞女人，肯定是这样的。他十五六岁就会干好多坏事了。"

但是如果我幺叔的灵牌还凝立在族公的屋里，我将飞临遥远的枫杨树故乡，把幺叔之灵带回他从未到过的城市和亲人中间来。

我这个枫杨树人的后裔将进入童家宗祠，见到九十一岁的族公大人。

老族公的屋子盖在向阳的土墩上，不开窗户，单是一个黑漆漆的门洞就将我吸了进去。在一团霉烂阴暗的空气中，我头晕目眩。下意识地去摸灯绳，手胡乱地沿墙探索，突然抓到一捆灰尘蒙蒙的竹签。竹签沉得可怕，我丢了它继续在屋里撞，终于撞到了族公脸上，很疼，像是撞着一棵百年老树。紧接着眼前升起一缕火焰。我的九十一岁的老族公举起了蜡烛。他的屋里没有电灯。我借着烛光看清了老族公神圣超脱的面貌，他赤裸着干瘪苍老的身体，一丝不挂，古老而苍劲，他的眼睛爆出的是比我更年轻的蓝色的光焰。

你找什么呢?

告诉我幺叔的灵牌在哪里。

不知道什么时候丢啦。灵牌丢了就找不到了。

族公在烛光之上对我慈祥地微笑。而我在竹签堆里不信任地翻来找去。我闻见屋里的罂粟花味越来越浓，看到墙上地上全拥挤着罂粟花晒干后的穗状花串，连老族公自己也幻变成一棵硕大的罂粟花，窒息了宁馨的乡村空气。我找得满头大汗，在竹签堆里看见了所有枫杨树人的名字，其中有祖父和父亲的名字，还有我的，唯独没有幺叔的灵牌。

谁偷了我幺叔的灵牌？

我大声问老族公的时候，看见族公的脸渐渐隐没于黑暗中，他轻轻舒了一口气，把手中的蜡烛吹灭了，赶我出门。我茫茫然走下土墩，我将在枫杨树故乡搜寻幺叔最后的踪迹。我将凭着对幺叔穿过的黑胶鞋的敏感，嗅到他混杂了汗臭酒臭的气息。

黑胶鞋生产于我们城市的工厂。祖父在六十大寿那天看见窗外下起滂沱大雨，他忽然想起什么便冒着雨走到街上买了那双黑胶鞋，那胶鞋用油布包了三层辗转千里寄到了枫杨树幺叔手上，是祖父一辈子给幺叔的唯一礼物。

听说幺叔第一次穿上黑胶鞋是在七月半的鬼节。鬼节在枫杨树一带不知何时衍变成了烧花节。在老家呆过的长辈每回忆起烧花节的往事，都使我如入仙境。他们说幺叔穿着乌黑发亮的黑胶鞋站在一辆牛车旁。牛车堆满了晒干的罂粟，整装待发。牛的浑身上下被涂满喷香的花生油和罂粟花粉，绚丽夺目地缚在车轩上。幺叔举起了竹鞭，他们说那是他在村里最风光的时候，他一蹁腿上了车座，大黑胶鞋温柔地敲打了牛腹两下，一车子大鬼小鬼就跟着幺叔出发了。在晴天碧空下，火捻子燃烧起来，牛车上升腾起一片暗红色的烟雾，在野地里奔驰如流云。在幺叔的身背后，大鬼小鬼在火焰中幻变成花干花蕾花叶，一起亢奋骚动起来，野地里挤满了尖利神奇的鬼的声音。人们听见幺叔开心地笑着，在送鬼的火焰未及舔上他后背的时候，幺叔唱歌、呐喊，快活得有如神仙。

每年都是幺叔充当送鬼人，那似乎是他在枫杨树老家唯一愿意干的事情。他们说后来牛看见黑胶鞋就发出悲鸣。“牛眼看人大”，我幺叔的那两只黑胶鞋像两座灾难之峰压迫着那些牛的神经。他经常对别人说起走过牛栏时听到牛一起诅咒他。幺叔不得好死。枫杨树的牛都是这么说的。

那些送鬼的老牛曾多次出现在我梦中。我看见许多条牛死在幺叔臀下。牲灵们被有毒的花焰熏昏了，被鬼节的气氛刺激而发疯了。有一条公牛最后挣脱了幺叔的羁绊，逃脱花花鬼鬼，最后涉过了枫杨树的河流。我竭力想象那公牛飘飘欲飞的形象，希望它逃脱所有的灾难，我很想让公牛也穿上一双巨大的黑胶鞋。

我祖父曾经预测幺叔会死于牛蹄之下。他心里隐隐觉得送给幺叔的黑胶鞋会变成灾物，招来许多嫉恨。一九五六年传来乡下幺叔的死讯，说他死在老家那条河里。死的时候全身赤裸，脚上留有一双黑胶鞋。

一九五六年我刚刚出世，我是一个美丽而安静的婴孩。可是我的记忆里，清晰地目睹了那个守灵之夜。

月光地里浮起了秋蝉声，老屋的石磨边围着黑压压的守灵人。沉默的人影像山峰般岿然伫立，众多的老人、妇女、孩子和男人们错落有致，围护一颗莲花心——我的死去的幺叔。我听见一个雪白雪白的男孩在敲竹梆，每烧完一炷香就敲六六三十六下，三十六声竹梆渐渐把夜色敲浓了。

我睡在摇篮里，表情欲哭未哭，沉浸在一种纯朴的来自亲情的悲伤中。我第一次看见了溺水而死的幺叔，他浑身发蓝，双目圆睁，躺在老家巨大的石磨旁。灵场离我远隔千里，又似乎设在我的摇篮边上。我小小的生命穿过枫杨树故乡山水人畜的包围之中，颜面潮红，喘息不止。溺死幺叔的河流袒露在我的目光里，河水在月光下嘤嘤作响，左岸望不到边的罂粟花随风起伏摇荡，涌来无限猩红色的欲望。一派生生死死的悲壮气息，弥漫整个世界，我被什么深刻厚重的东西所打动，晃晃悠悠地从摇篮中站起，对着窗外的月亮放声大哭。我祖父和父母兄弟们惊惶地跑来，看见我站在摇篮里哭得如痴如醉，眼睛里有一道纯洁的泪光越来越亮。

我是不是还看见幺叔的精灵从河水中浮起，遍体荧光，从河的左岸漂向右岸？我是不是预见幺叔无法逾越那条湍急浊黄的河流，恐惧地看到了一个死者与世界的和谐统一？

多年来我一直想寻找幺叔溺死时的目击者，疯女人穗子和那条野狗。祖父记得幺叔的水性很好，即使往他脖子上系一块铁砣也不会淹死。那么疯女人穗子有什么本事把鳗鱼般的幺叔折腾而死？据枫杨树乡亲们说，他们没有料到幺叔会被河水淹死，后来见疯女人穗子浑身湿漉漉地往岸上爬，手里举着一只乌黑发亮的黑胶鞋，才知道出了事故。人们都在场院上晒花籽，谁也没注意河里的动静。只有幺叔养的野狗把什么都看清楚了，那狗看见河水里长久地溅着水花和一对男女如鱼类光裸的影子，一声不响。谁也没听见狗的叫声。他们说如果那时我飞临枫杨树故乡，俯视的也将是个寂静无事的正午。可是我依稀觉得幺叔之死是个天地同设的大阴谋。对此我铭记在心。

在枫杨树人为幺叔守灵的三天三夜里，疯女人穗子披麻戴孝地出没于灵场石磨附近。她头发散乱，痴痴呆呆，脸上带着古怪而美丽的神情。她跪在幺叔的遗体旁，温情地凝视死者蓝宝石一样闪亮的面容。穗子的半身埋在满地的纸钱里，一阵夜风突如其来吹散纸线，守灵者看到了她的左脚光着，右脚却穿着我幺叔的黑胶鞋。

另一只黑胶鞋却失踪了。我不知道幺叔脚上那双黑胶鞋是什么时候逃离他的烂泥脚掌各奔东西的。

我听说过疯女人穗子的一些故事。枫杨树一带有不少男人在春天里把穗子挟入罂粟花丛，在野地里半夜媾欢，男人们拍拍穗子丰实的乳房后一溜烟跑回了家，留下穗子独自沉睡于罂粟花的波浪中。清晨下地的人们往往能撞见穗子赤身裸体的睡态。她面朝旭日，双唇微启，身心深处沁入无数晶莹清凉的露珠，远看晨卧罂粟地的穗子，仿佛是一艘无舵之舟在左岸的猩红花浪里漂泊。我听说疯女人穗子每隔两年就要怀孕一次。产期无人知晓，只说她每每在血包破掉以后爬向河边，婴儿掉进水中，向下游漂去。那些婴孩都极其美丽，啼哭声却如老人一样苍凉而沉郁。

在枫杨树河下游的村庄，有好些顺水而来的孩子慢慢长大，仿佛野黍拔节，灌满原始的浆汁。那些黝黑肮脏的孩子面容生动，四肢敏捷，多次出现在我的梦境中。我恍恍惚惚觉得他们酷似我死去的幺叔，他们也许是死者幺叔的精血结晶，随意地播进黑土地生长开花结果。

我将在河边路遇幺叔养的那条野狗。我听见狗的脚步声跟在后面，我闻见它皮毛上的腥臭味越来越浓地扑向我。我把身子蹲下，回头愤怒地注视它。那野狗硕大无比，满脸狡诈，前腿像手一样举起，后脚支起全身分量，做出人的动作。我看见狗的背脊上落满猩红色的罂粟花瓣，连眼睛也被熏烤成两颗玛瑙石。

幺叔生前和野狗亲密无间。狗经常在幺叔沉睡的时候走到他干瘦的肚皮上去引吭高叫。我觉得那条野狗像个淫妇终日厮缠着幺叔，把他拖垮了然后又把他拽入死亡之河。我搬起了一块石头，和那狗对峙了很久，当我把石头高举过头顶，狗的喉咙深处忧伤地发出一阵悲鸣钻入罂粟花地销声匿迹。

幺叔幺叔快快杀狗

杀掉野狗跟我回家

当我沿河追逐那条野狗时真切地记起了八岁时寄赠幺叔的那些诗句。那一天我神色匆忙，在枫杨树老家像一只没头苍蝇胡乱碰撞。我将看见死者幺叔的亡魂射出白光横亘于前方，引我完成不可兑现的老家之行。

一路上我将看见奇异的风景散落在河的两岸。我祖父年轻时踩踏过的桐油水车吱扭扭转个不息，一个男人和一个女人交股而立，站在祖先留下的水车上，水渠里的水滞留不动，犹如坚冰。在田野的尽头一头黑牛拼命逃跑，半空云集了大片胡蜂，嗡嗡地追逐黑牛溃烂的犄角，朝河边渐渐归去。当我走到河的左岸，我亲眼看见披麻戴孝的疯女人穗子。她穿着一只黑胶鞋，一步步朝水里走去。当水没过她丰厚隆起的腹部，穗子美丽的脸朝天仰起又猝然抵住锁骨，将头发垂落至水面。她紧紧地揪住那一绺长发，一遍复一遍地在水中漂洗。涟漪初动的水面上冒起好多红色水泡，渐渐地半条河泛出红色。

一切都将是似曾相识，如同我在城里家中所梦见的一般。唯有我的黝黑结实瘦小落泊的幺叔，他的穿黑胶鞋的亡灵来无影去无踪，他是在微笑还是在哭泣？我的幺叔！

一九五六年农历八月初八，我幺叔落葬的前一天，遥远的枫杨树老家的乡亲都在谈论那个丢了灵牌的死者。没有灵牌死者不入宗墓。乡亲们逡巡了全村的家屋和野地，搜寻了所有和幺叔厮混过的女人的衣襟，那块楠竹灵牌还是不见踪影。村里乱成了一锅粥。故去的幺叔躺在石磨上，忍耐了他一手制造的骚乱。敲竹梆的守灵男孩三更时竹梆突然落地，大哭大叫。他狂呼幺叔死后开眼，眼睛像春天罂粟花的花苞，花苞里开放着一个女人和一条狗。

人们都说钻进幺叔眼膜的是女人与狗。我祖父也这么说。给幺叔守灵的最后一夜，我祖父隔着千里听到了那男孩的叫喊声，当时他埋着头精心削制一块竹签，削得跟族祖家堂屋里的那堆灵牌一模一样，然后用刀子刻上了幺叔的名字。这一切做完后他笑了几声，又哽咽了几声，后来他慢慢地从一架梯子上往我家楼顶爬去。祖父站在屋顶上俯瞰我们的城市，像巫师般疯疯癫癫，胡言乱语，把楼顶折磨得震荡了好久。那天路过我家楼下的行人都说看见了鬼火，鬼火从我家楼顶上飞泻而下，停在街路上，哔剥燃烧，腾起一尺高的蓝色火焰。鬼火清香无比，在水泥路面上肆无忌惮地唱歌跳舞，燃烧了整整一个黄昏。

把幺叔带回家

前年春天我祖父坐在枫杨树老家带来的竹榻上，渐入弥留之际。已故多年的幺叔这时候辗转于老人纷乱的思绪中，祖父欲罢不能，他拼命把我悲痛的脑袋扳至他胸前，悄悄地对我说：

把幺叔带回家

我终将飞越遥远的枫杨树故乡，完成我家三代人的未竟事业。但是从来没有人告诉我，为什么在河的左岸种下这样莽莽苍苍的红罂粟，为什么红罂粟如同人子生生死死，而如今不复存在。当我背负弃世多年的幺叔逃离枫杨树老家，我会重见昔日的罂粟地。那将是个闷热的夜晚，月亮每时每刻地下坠，那是个滚烫沸腾的月亮，差不多能将我们点燃烧焦。故乡暗红的夜流骚动不息，连同罂粟花的夜潮，包围着深夜的逃亡者。我的脚底踩到了多少灰蛙呀，灰蛙们咕咕大叫，狂乱地跟随我们在田埂上奔跑。

我将听见村子里人声鼎沸，灯光瞬间四起，群狗蜂拥而出，乡亲们追赶着我，要夺下生于斯归于斯的幺叔亡魂。幺叔留下的那条老狗正野游在外，它的修炼成仙的眼睛亮晶晶犹如流星划破夜空，朝我们迅速猛扑过来。人声狗声自然之声追逐我，热的月亮往下坠，栖息在死者宁静安详的黑脸膛，我背上驮着的亲人将是一座千年火山。

在我的逃亡之夜里，一个疯女人在远远的地方分娩出又一个婴儿。每个人都将听见那种苍凉沉郁的哭声，哭声中蕴含着枫杨树故乡千年来的人世沧桑。我能在那生命之声中越过左岸狭长的土地越过河流吗？

我们这个城市的屋顶下住着许多从前由农村迁徙而来的家庭。他们每夜鼾声不齐，各人都有自己的心事和梦境。如果你和我一样，从小便会做古怪的梦，你会梦见你的故土、你的家族和亲属。有一条河与生俱来，你仿佛坐在一只竹筏上顺流而下，回首遥望远远的故乡。

（1987 年）

逃

第二天我叔叔就离开了枫杨树村子。那天夜里下雨，他们睡得很沉，没有人听到他开门的声音。我婶子被鸡啼醒后摸摸身边的被窝，是空的，冰凉冰凉的。她朝房后的茅房喊了几声，只听见屋檐水嘀嗒嘀嗒地响。天光淡蓝地挤进南窗，地上竖着我叔叔从城里扛回来的一袋米，而包裹没有了。我婶子就坐在被子上哭了起来，一边哭一边揪自己的头发。我婶子的头发很黑，像黑草一样垂到乳房上。她就这样石破天惊地哭，对爷爷奶奶说："三麦走了，三麦让我赶走了。"

我爷爷说："三麦昨天刚到家，你怎么把三麦给赶走了?"我奶奶说："你个骚娘们还不把奶子给遮上?"

我婶子说："我没让他沾，他在城里染上了脏病。我让他滚走他就真走了。三麦呀呜呜呜……"

地上的米袋让老鼠咬破了，米粒正在沙沙地漏泻，屋里浮起了粮食的清香。我婶子坐在床上哭。我奶奶把地上的米扫进竹箕里。我爷爷走到屋外，看见泥地上还留着三麦的脚印。三麦的脚印像船一样盛起了雨水。三麦不知跑到哪里去了。

这是一九五一年的秋天。说起来已经很陌生啦。我婶子对我说，你想想三麦那狗日的多会闹革命啊。

我叔叔陈三麦在夜雨中疾走。枫杨树村子歪歪斜斜地越来越小了，从泥路上跑过来我家的黑狗，咬住三麦的裤管，狂吠数声。我叔叔蹲下来摸摸狗的湿漉漉的皮毛，他说："小黑别靠我，你没闻到我身上又腥又臭吗?"黑狗咬住三麦的裤管不动，三麦又说："连我自己也闻到臭味了，你还没闻到吗?"三麦回头望望远远的村子呼啦啦抽泣起来，三麦说："我老婆都不要我你来拽我干什么?"三麦说完抡起手中的包裹朝黑狗砸去。蓝底白花的包裹掉在泥地上，黑狗衔着它跑回了家。三麦朝狗吼了一声，跺跺脚就转身走了。

我叔叔陈三麦出走的时候，两手空空。走的那天夜雨奔泻，但天空没有塌下来。

我叔叔是朝北走的。我婶子却朝南追。我婶子带着那只包裹来到陈记竹器铺，打听三麦的消息。竹匠们说三麦不是想老婆才回家的吗？三麦怎么又走了？我婶子说都是你们害的三麦，好端端的三麦却让你们带坏了。他去哪儿了？你们不告诉我就放火烧了你们的铺子。这日子大家都别过啦！

但是我叔叔是朝北走的。没有人看见陈三麦的影子。我婶子在南方小城里找了三天差点急疯了。第四天有人带来了消息，说是在关外看见陈三麦拿着个破碗在讨饭。我婶子就坐上了去关外的火车。那是我头一回坐火车，我婶子说。他们告诉我要在火车上待两天两夜才能到关外，我说就不能快点跑吗我都急死了，他们说那你背上绳子到火车头上去拉好了，我说要是人拉也顶用我真的去拉。那是一九五一年。我婶子说，到处都在抗美援朝保家卫国呢。嘿啦啦啦嘿啦啦啦啦，雄赳赳气昂昂跨过鸭绿江呢。铁路线上都是兵车，男人都穿上新棉袄大饼吃个饱上前线呢。火车开到丹东停了，车厢门一拉，跳下来的全是去前线的。有个小姑娘一见我就要给我戴大红花，我连忙说："我不当兵，我来找我男人的。"车站塞满了当兵的，都是男人。我穿上了件小花袄在人群中窜来窜去的，这么多的人上哪儿去找三麦呀？我就在月台上喊起来了，三麦三麦陈三麦。谁也听不见，丹东太闹了，连我自己也听不清我的声音。有个去打仗的小伙子从车窗里探出头朝我哎了一声，他对我说："我是三麦，你是我小姑吗？"我说："弄错了，我不叫你，我叫我男人。"那小伙子看上去十七八岁，他懊丧地摸摸光脑袋，"这回见不到小姑了。"我看他瘦骨伶仃挺可怜的，就朝他笑了笑说："我就做你的小姑吧，喊我一声。"我从包裹里拿出一张大烙饼扔给他，他接住饼真的喊了我一声，"小姑。"

我婶子一直坐在月台上等待陈三麦的出现。她不知怎么认定陈三麦要去当兵。她想三麦上了绝路肯定去当兵。当兵有饭吃，她想三麦的脸皮那么薄，三麦怎么肯讨饭过日子呢？我婶子一直坐在月台上凝望丹东的风景，天渐渐黑下来，一列火车从月台徐徐驶出时，我婶子看见一张脸闪在气窗后鬼头鬼脑地看着她。我婶子从货仓上弹起来断喝一声，“陈三麦!”摸过去抓那扇车窗。陈三麦头戴军帽身穿军装木然地看着她，面容疲惫委琐。我婶子说三麦三麦你给我下来。陈三麦听不见，我婶子说三麦你傻了吗你给我说句话呀。陈三麦哑着嗓子说我要去死。我婶子听见火车拼命吼了一下，她再也拉不住了。她紧跑了两步，对三麦喊：“你别去死，给我们分了五亩地种粮食啦。”我婶子哭着叫着看火车往朝鲜开走了，她拉也拉不住啊。

从前我叔叔陈三麦是个懦弱害羞的小男人。你从他的一次次逃跑经历中可以得出这个结论。我爷爷说三麦那狗杂种扶不上轿，你让他吃饭他也逃，让他洗澡他也逃，你抓着鞋底揍他他更要逃，三麦长大了给他娶媳妇他还是逃。你就不知道三麦除了想逃还要干什么。三麦真是个狗杂种。

我叔叔娶我婶子时十九岁。我叔叔十九岁时只会踩水车。他的两条腿粗壮有力像两棵树。但他的两双手却像孩子一样羸弱细嫩。我婶子回忆说握着三麦的手就像握住她儿子的手一样很不放心。三麦的手冰凉冰凉的。我婶子回忆她和我叔叔的头一次床笫生活还啼笑皆非。三麦说我不困我还不想睡呢。三麦说你先睡我去上茅房，三麦穿着新衫新裤就跑出去了。你猜他上哪儿去了？他去踩水车了。他把新衫新裤脱下挂在树上，一个人摸黑踩水车。爷爷奶奶找到他都气疯了。你猜三麦怎么说？他说你们先回去睡，这地里的水没灌够哇。我不想睡。

我婶子说，三麦那狗日的，你有金腰带也拴不住他。三麦就是活不安稳。那年秋天三麦去乌桥镇卖红薯秧，碰到城里来收竹子的几位竹匠，他就带着铜板跟人家走啦。我婶子说城里那地方是他陈三麦去得的吗？想想三麦染上一身脏病回来也是罪有应得。狗日的活该呀。

枫杨树村子多么遥远，一九五一年的空气仍然青涩潮湿弥漫了竹笋腐烂的气息。谁也不知道朝鲜战场打得怎么样了。我们家的男人女人吆喝着一头牛耕种五亩地。人要吃饭穿衣就得干活，好好伺弄五亩地，你犯不上为陈三麦牵肠挂肚的。乡政府在我家的老柏木门板上，贴了张红幅，上面写着“保家卫国革命军属”八个字。我爷爷说不知道三麦那狗杂种端起枪来是什么熊样，三麦要是为国捐躯也算死得光荣了。我爷爷摸着红幅说，死就死吧，没什么可伤心的。吃饱肚子去死总比饿着肚子种地轻快多了。

那是一九五一年，说起来已经很陌生啦。我婶子说。我婶子天天夜里在煤油灯下做棉鞋，送到乡上做了妇女标兵。我婶子做的棉鞋结实耐穿，运到朝鲜大受欢迎。我婶子的手被针线磨出了血痂。那么多棉鞋总有一双会穿到我叔叔的脚上。我婶子说她做好三麦牺牲的准备了，她拼命给前线做棉鞋就是为三麦牺牲做准备。我婶子说人死了脚上可不能冻着，脚上应该穿得暖暖和和的。

我叔叔陈三麦第一次出走后的日子就是这样描述的。第二年冬天我叔叔出现在枫杨树时光着两只脚。打击最大的莫过于我婶子了。她跪在地上揉着三麦冻裂肮脏的脚说："棉鞋呢，我做的棉鞋呢?"我叔叔冻得说不出话，光是摇着头。我婶子就哭起来，"他们怎么不给你穿棉鞋，我做了一车厢棉鞋呀!"她扶着我叔叔朝家走，一路上发誓以后再也不给前线做棉鞋了。

我叔叔陈三麦回乡时带了一枚和平勋章。陈三麦的小腹上被朝鲜的炮火弹片刻上了一枚紫色蚯蚓，依我看那也是一条光荣的勋章。遥想一九五二年我叔叔陈三麦是多么意气风发多么受人爱戴。枫杨树村子杀鸡宰羊迎接陈家门庭的英雄。我爷爷在陈三麦的庆功会上一连喝了八碗高粱酒，狂笑不止，笑着睡过去，睡过去就没有醒来。我爷爷是枫杨树第一个因欢乐而死的老人，直到现在人们还记得我爷爷临终前惊蛰雷一般的狂笑声，记得红方帕下他的松弛活泼的面容。你想想一个乡村的老人活了六十一岁，还有怎样的死比我爷爷更欢乐呢?

我叔叔陈三麦回乡后就被我婶子和我奶奶供奉了起来。两个女人养活一个男人是反常规的事情。但这涉及到我们家庭成员的自由问题。谁也无权对我叔叔陈三麦说三道四。你走过我家门前，看见陈三麦穿着土黄色肮脏不堪的军服靠在墙上晒太阳。陈三麦的脸瘦如猕猴，像一块废铜烂铁锈迹斑驳，陈三麦双眉紧锁，布满血丝的眼睛里有一种可怜的无依无靠的神情。好多人都听说陈三麦的右手坏了，没法干农活了。陈三麦用左手抚摸着右手对人说："让大炮震坏了关节，手臂抬不起来了。”别人问：“踩水车还能踩吧?”陈三麦笑笑说：“不能踩了，该干的事情都干不成了。”你看见陈三麦靠在墙上晒太阳，他的姿态表情与从前相比发生了质的变化。陈三麦毕竟是个闯荡过来的人了。

温柔的春天如期来到枫杨树乡村。我叔叔陈三麦开始迷恋风筝的制作。在春耕的季节里陈三麦躲开我家的五亩地迷恋于风筝的制作。墙上房梁上床头挂满各式各样的风筝。风筝点缀了枫杨树宁静的天空，使古老呆板的乡村变得活泼生动起来。陈三麦带着几个孩子在村子四周放风筝，彩色的神鸟盘桓在乡亲们的头顶，那是吉祥的美妙的天国使者，它来自遥远不可知的仙境也来自我叔叔那条被战争折断的手臂。陈三麦抓着风筝在野地里疯跑的时候，他的懒汉嘴脸变得英气勃勃，呜哩哩的喊声中充满智慧和魔力。陈三麦和风筝一起随风飘荡。我真的看见陈三麦和风筝一起随风飘荡，他快要腾空而起飞过春耕的人们头顶啦。

苦命人要是幸福了绝不是好事。我婶子说从一开始她就觉得不安。她看见三麦的风筝越飞越高，她觉得三麦的魂魄也离她越来越远。我婶子说她料定三麦那狗日的有什么事又瞒着她了。谷雨那天我婶子在门前挑种子的时候看见三麦朝家狂奔过来，三麦拽着一只鹰形风筝跌跌撞撞地狂奔过来，把她推进家门。三麦把门插上倚着门大声地喘气，脸都变紫了。

“你怎么啦?”

“他们来了，他们追来了。”

“谁来了?”

“他们追来了。他们抓我回去打仗。”

“是兵吗?你什么时候看见的?”

“我在乱坟岗上放风筝看见他们从坟后站起来了。”

“有几个人?”

“两个。”我叔叔的风筝掉落在地，“他们躲在坟后像鬼一样站起来了。”

“跟他们拼了。”我婶子尖叫起来，“坏了一条手臂还不够还要搭上命吗?”

“他们把我带回去就一枪崩了。我知道他们肯定要把我崩了。他们在朝鲜就专门抓逃兵抓到就一枪崩了。”

“三麦你是逃兵?”我婶子突然顿悟，她一把揪住三麦的衣领摇着他僵立的身子，“三麦你狗日的是逃兵吗?”

陈三麦闭紧眼睛任我婶子摇晃，他像风筝一样飘着突然对我婶子说：“我不愿意死就逃回家了。”

“为什么去了又要逃?”

“我想逃就逃，我为什么不能逃?”

我婶子跌坐在一簸箕谷子上，她哭起来抓起谷子一把把朝陈三麦脸上打过去，陈三麦倚着门一动不动。他用左手遮住脸一动不动。我婶子没有看见三麦流的那滴浑浊的眼泪。大概过了两分钟之久，我叔叔陈三麦飞快地拉开门闩冲了出去。我婶子追出门发现他挟走了那只鹰形风筝。他像羚羊那样跑过村弄，一路上发出喑哑衰弱的吼音：逃——逃——逃——

我叔叔陈三麦就是这样一去不回的。

蹊跷的是没有任何人见过那两个追踪陈三麦的人。那两个人是否在枫杨树乡村出现过呢？这是我们家的古老的话题。我叔叔出逃后的很长一段时间，你经常能在野地里水沟边房舍烟囱上发现陈三麦制作的大大小小的风筝。那都是被风吹断了线的风筝，一如我叔叔变幻莫测的命运。

我婶子发现自己怀孕了。那是我叔叔失踪一个月后的事情。我婶子欲哭无泪。她想告诉陈三麦这个消息却不知道他在哪里。你想想一个女人怀了孩子却不知道她男人在哪里，这对我婶子来说多么悲怆。

“陈三麦狗杂种，我追到天边也要把你千刀万剐把你的心扔给狗吃了把你的皮放锅里炸了。”我婶子一边吐酸水一边对我奶奶说。而我奶奶却埋怨着我婶子：“你个骚娘们你怎么就拴不住三麦的心，说来说去三麦还是让你赶走的。”我婶子就跳起来抓我奶奶的头发，用头撞她。我奶奶仓促应战，顺手操起竹篙钩破了我婶子的衣裳，我婶子的乳房露在外面，我婶子愣了一下，然后裂帛般哭起来，她双手掩着乳房倒在草堆上，一动不动绝食了三天三夜。据说她腹中的婴儿就是这样饿死的，后来发现是个死胎是被我婶子饿死的。一九五二年我婶子如遭五雷击顶，她在这一年丧失了美貌和黑发，从此变成了一个未老先衰的驼背丑女人。我婶子说她想改嫁也嫁不到好男人。她只是想找到陈三麦抱着他一起跳岩上吊投河怎么都行，你说说我还能怎么办呢？我婶子解开盘在头顶上的灰白发髻，用手握住那些苍老的头发给人看，你说说我还能怎么办呢？

在漫长的五十年代里，枫杨树和外面的世界一样发生了轰轰烈烈的革命。我婶子牵着一头牛一条狗，带着陈三麦的那枚勋章和土地证参加了合作社。她后来成了枫杨树名声赫赫的女乡长。这是一种苦难的造化。人们指着女乡长说那就是陈三麦的女人，那就是陈三麦丢下的女人。你可以看到我婶子和我叔叔之间宰割不断的关系，即使我叔叔逃到天边生死未卜，他和我婶子的精神关系仍然是宰割不断的。

我曾经看到过我婶子的一张土地证，那是她参加妇女识字班后第一次写的字，字迹歪歪扭扭，让我惊诧的是她没有先会写自己的名字而是写了我叔叔的名字。

土　地　证

户　　主：陈三麦

土　　地：五　亩

家庭成员：陈三麦

　　　　　我

　　　　　孩子（死了）

可是有谁能告诉我婶子陈三麦逃到哪里去了？他为什么不回家来了？

收到我叔叔的信是在好多年以后，实际上那也不能算信。我婶子说是一九六〇年的秋天，乡邮员送来了那个沉甸甸的信封。信封上署了“东北陈缄”四个字，她拆开来一看里面是一沓黑龙江省粮票，别的什么也没有。我婶子说她一下子就从粮票上闻到三麦手上的味儿。她说她真的闻到了三麦的味儿。陈三麦知道闹粮荒了，他寄了二百斤黑龙江粮票啊。我婶子的手抖个不停说我要黑龙江粮票有什么用我要陈三麦你的心啊。我婶子又哭又笑地辨认信封上的邮戳，邮戳刻的是一个完全陌生的地名：黑龙江伊春。

我婶子第二次坐火车北上就是到伊春去。她对伊春之行的叙述令人肝肠寸断，我有时候怀疑它的真实性而情愿那是我婶子做的一个梦。我永远不会相信遥远的伊春是我叔叔一辈子的归宿，那里到处是森林和冰雪，并不是枫杨树人适宜生存的环境，但按照我婶子的说法，我叔叔就是死于伊春的森林中的，我婶子的说法是千真万确的。

我婶子到达伊春的时候那里在下雪。

在伊春没有人知道陈三麦的名字，有人让我婶子朝北走，说南面来的人都在林子里干，你看见伐木工就仔细认认有没有你男人。我婶子就朝北走，踩着半尺深的雪，一边啃干粮一边打听陈三麦的名字，天傍晚的时候我婶子遇见了一群搬运倒木的工人。他们打量着我婶子，突然说：“你是来领尸的吗?”

“怎么？陈三麦死了吗?”我婶子倒抽了一口凉气。

“还有一口气，快去吧。”

“他到底怎么了?”

“昨天让倒木砸了。喊他闪开他听不见。”

“他在哪儿?”我婶子尖叫起来，“是谁把他骗到这鬼地方的?”

“你朝那只风筝那儿走就找到他了。有什么你去问他吧。”

我婶子看见一只风筝挂在远远的树梢上。我婶子朝那只风筝拼命地跑着闻见陈三麦的气味在伊春的风中拂荡。陈三麦做的风筝像一面旗帜挂在树梢上，你不妨把风筝看成灵魂的召唤。我婶子跑到那座木头房子里已经泪眼蒙，她看见火炕上躺着一个人，全身埋在肮脏的棉被里，白花花的脑袋侧向窗外。

“你还是追来了，我逃到天边也逃不掉了。”

我叔叔在弥留之际只对我婶子说了这一句话。我婶子把他的脑袋转过来摩挲着享受最后的夫妻情爱。她发现我叔叔出走后相貌起了奇特的变化，他的头发虽然斑白，面容却变得清澈而年轻。即使在垂死的时候他的眼睛仍然黑光四射，富于强盛的生命力。我叔叔竭力挣脱婶子的怀抱，把头侧向窗外。我婶子说三麦你到底要等谁。我叔叔摇着头，用手指了指窗外。

窗外是伊春的风雪，无边的森林覆盖着白银，油锯伐树和倒木的声音从寂静中诞生，仿佛是天外传来的诗歌。窗外的一排白桦树上挂着那些断线的风筝，八只风筝静默于风雪之中，纸带在悠悠飘动。我叔叔凝视着八只风筝。你说他在等谁？也许他在等待八只风筝从树上飘落下来。

我婶子在伊春参加了我叔叔陈三麦的葬礼。她按照枫杨树的习俗披麻戴孝跟在棺木后面朝深山里走，抬棺的是素不相识的四个伐木工。他们在一条雪路上走，沿途有人在烧荒，火焰在坡地上燃烧而天上又降大雪。那就是火烧雪的情景，世界是雪白的，火是金黄的，送葬的人是黑色的。我婶子按枫杨树的习俗哭夫十里。但是她说该哭的时候已经没有眼泪了。她看见鹅毛大雪落在火上，看见火燃烧在大雪上真是神奇美丽。她想起陈三麦狗日的已经死了，心里就干干净净再也没有牵挂了。

（1989 年）

祭奠红马

我的父老乡亲，你们已经倦于守望。无论如何，那匹红马是永远消失了。河川里的细流流了这么多年，谷地里摇曳着新鲜的野荞麦和香茅草，早年间呜咽的风变换了声音，回荡在水波之上，唤起你的回忆，但是那匹马永远消失了。

随着红马远去的是一个来自怒山的男孩。他爷爷喊他锁，他的名字也许就叫锁。锁就是传说中那匹红马的小情人。锁出现在故事中时，你注意听我爷爷吹响铜唢呐，声音很像一种啼哭。那就是锁的啼哭的模拟，锁是一个酷爱啼哭的孩子。你要把锁想象成一个满身披挂野藤的裸身男孩，他站在河川里撒尿，抬起头猛然发现红马在远去，一匹美丽异常的红马鬃毛飘扬，四蹄凌空，正在远去。锁把手指头含在嘴里，开始啼哭。你想象锁是很多年前莽莽山野中的孩子，他的哭声惊动了水中的柳条鱼和空中的山雀。有一只羽毛呈现翡翠色的山雀飞抵锁的肩头，和你一样静静地谛听男孩沙哑的哭声。那时候鸟类动物是不怕孩子的。

你看见锁在暮色中面向东南方，东南方横亘着苍茫的山脉和森林。在苍茫的山脉和森林对面就是海了。你根据锁站立的姿势和方向，可以辨别出那匹红马消失在东南方，消失在海洋那边。

这个故事中还必须出现锁的爷爷，那个一天天由强健走向衰亡的怒山老人。他就是枫杨树磨房的主人。他的磨房盖在山上，是石块垒成的。没有一扇窗子。他自称是从很远很远的怒山迁徙来的，那里的山民习惯于黑屋子中的生活，他们从早到晚点着松明灯，把牲畜圈在土坑边，把孩子养在牲畜圈里。他们喜欢养马，喜欢抚养很多很多的孩子。那些马匹长得比人俊逸百倍，膘肥体壮，他们的孩子却瘦骨嶙峋，一代代羸弱下去。就这样怒山人一年年往南方游散，离开了他们的故乡。

怒山马在主人流散的道路上东奔西散，有一匹跟随它的主人来到了我的枫杨树老家。你也可以把这匹怒山马看成这个故事的主人公。

老人在某一天清晨出现在河谷地里。他牵着红马出现在河谷地里。那匹马高大雄壮，美丽绝伦，马脖子上套着一只银色项圈，闪闪发亮。奇怪的是马背上有一座山峰似的草垫包微微颤动着。我爷爷在收玉米的时候第一次看见了那匹马，刹那间他心神迷离，他扔下了怀中的一堆老玉米朝他们奔去。

“那是马吗？客人？”

“马。怒山马。”老人倦怠地回答，勒住了马缰。

“马背上驮了什么？”

“没什么，一卷草垫子。”

老人拍了拍马，神色漠然地朝村里房子密集的地方走。我爷爷站在玉米地边望着他们疲惫的身影，他发现马背上的草垫子自始至终在蠕动，里面似乎藏了什么东西。怒山人牵着马涉水过河时，我爷爷看见了锁，锁的脑袋黑黑的，从那卷草垫子里探出来，缩回去了。锁藏在马背上过了枫杨树的河。

怒山人为什么要把孩子藏好了赶路是一个谜。我爷爷说怒山人把马和孩子作为财产，他们怕强盗。他们相信山外人抢不走马但会抢走孩子，所有的怒山人离开山地时都把孩子包捆好了藏在马背上。我爷爷说他们毕竟是来自遥远的怒山呀。

锁经常骑着那匹红马下山，来到村里房子密集的地方。女人和孩子都从窗口注视神奇的马匹和马背上的孩子。他们发现马和孩子有一些共同之处。他们的脖颈上都套着一只银项圈。锁的一撮乌黑的头发被他爷爷梳理成马鬃的样子，迎风飞拂。锁骑马环顾我们的村庄，精神总是很散淡很忧伤。那匹怒山红马咴咴地嘶鸣不止，它惊醒了所有梦中的乡亲。

女人们都喜欢锁，她们一再地在窗边叫喊：

“锁，下马来，给你吃玉米饼子。”

锁高傲地摇着头。锁是一个沉默寡言的孩子，他喜欢跟马说话，他不喜欢我们。

而枫杨树的女人们仍然在窗边叫喊：

“锁啊，你的鸡儿长大了，你要穿裤子了。”

锁的黑脸上掠过一道愤怒的光。他双腿一夹马腹，红马就越过村巷和晒场，走了。锁是一个裸身男孩。锁的爷爷答应给他缝制一条麂皮裤子，但是多少天过去裤子一直没有缝好，锁的爷爷连针线也没有，他怎么给锁缝麂皮裤子呢?

听我爷爷追忆他跟怒山人的交往：他背着粮食上山去石头小屋做客。他跟那爷孙俩坐在草垫子上喝家酿米酒。那匹红马就站在他们身边嚼咽干草。我爷爷去山上主要是想多看几眼那匹马，他甚至想骑上那匹马走一走，这是一种稚气的愿望，我爷爷一直羞于启口。

我爷爷对怒山老人说："你缺什么就对我说，枫杨树这地方什么都有，什么都能给你找到。"

"什么都不缺。"怒山老人突然压低了嗓门，盯着我爷爷的眼睛，"就缺一个女人，把你妹妹嫁给我吧，她很漂亮，我一来就看上她了。"

"老天，你要我妹妹?"我爷爷先是一惊，然后大笑起来，"可你有七十了吧，我妹妹才十六岁呀!"

"我不知道我多少岁了，我从来不记这个。"怒山老人的神情不快，显然受到了一次伤害。他翻身跳离草垫子，走到一块大石桌前，掀掉上面的坛坛罐罐，他对我爷爷说，"你能把石桌举过头顶吗?"我爷爷估计那石桌起码有二百斤重，他摇了摇头。怒山老人便轻蔑地笑了，他说："你像树干子一样年轻，你举不起石桌，我老了，你看着我把石桌举过头顶吧。"紧接着怒山老人脱下皮袄光着膀子双手拎起了石桌，他将石桌举过头顶的同时对我爷爷喊，"把你妹妹嫁给我吧!"

我爷爷难忘当时的场面。他不知怎么就蒙住了自己的眼睛。他听见红马在身边含蓄地嘶鸣起来。后来他把一袋子玉米面扔在马蹄下就出了石屋。你要知道他承受了一个男人对另一个男人的最致命打击，羞辱和气恼像两只利爪抓破他的心，埋下一颗仇恨的种子。我爷爷从此意识到枫杨树男人的衰弱委琐，从此他开始苦练一身超人的体魄和武力，后来成为枫杨树有名的地头蛇。

我爷爷的妹妹当然就是姑奶奶娴。娴已经仙逝多年。你无法想象娴这个乡村女孩的美貌。她在十六岁时就丰盈饱满如同一朵野石榴花。娴的短促生命里留下一种惊人的浪漫使人回味无穷。

一切都跟怒山的男孩锁有关。你听见我爷爷又一次吹响了铜唢呐，声音像是一个女孩做梦时古怪而内涵强烈的叹息。铜唢呐吹奏的就是娴的爱情。你会感到吃惊。娴在出嫁前八天突然爱上了锁。这种爱情很明显带有晦涩难辨的色彩，不宜张扬却又无法回避。

娴从前不出家门，但是出嫁前八天她穿着一条红草裙到山上去了。她提着一只竹篮抓着一把挖菜刀走过村庄，有人问她去哪里，她说：“天气多好呀，我去山上挖野菜。”娴走过了浅河川，因为她听见锁在谷地里大声啼哭。锁在河边凝视他的红马大声啼哭。许多人把锁的哭泣声幻听成一只杜鹃鸟在枫杨树乡村上空回荡，那是神鸟带来不祥的消息，春天从而浸透了莫名的悲伤。但是你不知道悲伤的河流怎么流到了这里。你不知道锁为什么总在大声啼哭。娴看见谷地里的阳光是鹅黄色的，锁坐在浅水里像一条发亮的小鱼。而那匹怒山红马站在黄槲树下，它昂起修长的脖子，眼睛发出玛瑙的光泽，静静感受着世界的声音。

“锁，你为什么要哭？”

锁听不见女孩的声音。锁在春天的下午就是个牧马神。牧马神在春天的下午需要哭泣。

“锁，你为什么要哭？”娴把剜菜刀扔到篮里，把篮子扔到水里，她跪到水边也坐在锁的身边，拉住他的手，“告诉姐姐，你为什么要哭？”

“马要死了，马活不长了。”

“你别哭了，女孩子才喜欢哭。你看马在吃草，马怎么会死呢？”

“不，马要死了，马一离开怒山就活不成了。”

娴突然格格地笑起来，她充满柔情地摸摸锁的光头顶，然后拎着美丽的红草裙朝马跑过去，“马好着呢，你看我来骑马。”娴拉住马缰时打了个趔趄，那匹马咴咴地嘶鸣不已，后蹄像弓一样绷起来又迅速弹发，差点撕碎了娴的红草裙。锁的吼声同时炸响：

“别靠近马，你不能骑它！”

娴双手叉腰在近距离内打量着那匹怒山红马。她发现了红马的愤怒，她不理解红马的愤怒。

“我不能骑马？因为我是女的吗？”

“因为马不认识你。马不喜欢陌生女人。”

“锁，你也是一匹马，你也不喜欢陌生女人。”

“我爷爷说人都是马变的，人都是马的后代，但是人的良心都坏了，他们现在不喜欢马了。”

“锁，你是一匹小马驹，多可爱。你看我是一匹马吗？”

“你是一匹母马，不，你是一个女人。我爷爷喜欢你，他要你嫁给他。”

“你爷爷？他快一百岁了吧？是男人都想要我。我不嫁你爷爷，再过八天我要嫁给平原上的一个货郎，他送给我八匹小花布。再过八天我就要嫁人了。你懂不懂嫁人是怎么回事？”

“你不嫁给我爷爷他会杀了你。”

“我不怕你爷爷。男人都是发臭的，男人都很脏。锁，只有你干净得像水一样，你知不知道女人都喜欢你，都想搂着你睡觉呀？”

一切都跟春天的下午有关。娴被野地里拂荡的湿润芬芳的风置于绝境，成为一只晕眩的蛱蝶。她在鹅黄色的阳光下发颤，凝视怒山男孩锁的光裸的身子，目光渐近痴迷。你要知道是野地里拂荡的湿润芬芳的风牵动了娴的手，那只手上青春荡漾，抓住锁佩戴的银项圈，像蛇一样在锁赤裸的身子上自由游动。锁沉默不语。你已经知道锁是一个牧马神，牧马神静静地望着娴的手，瞳仁里映出的是红马的影子。你已经知道就是野地里拂荡的湿润芬芳的风牵动了娴的手，娴的一只手充满渴望朝天空摊开，另一只手解开了她的红草裙。娴轻轻地说："锁呀，姐姐也是一匹马，你骑上来吧。"

那个牧马神，那个怒山的男孩骑在我姑奶奶娴的身上，你要相信他是一个纯洁的骑手。你要相信他喜欢所有的马。

我爷爷的故事到这里总是停顿。无论如何这是一段隐秘的家史。让我们在祭奠红马时也给娴的亡灵点上一棵香茅草。娴是一个极其浪漫而又不幸的女人。十个月后她死于难产。她的婴孩生下来从黎明哭到深夜，嘹亮的哭声给母亲送葬。她的婴孩形状像一匹小马驹，让平原上的人们惊诧万分。

告诉你娴出嫁的时候真的抱着八匹五颜六色的小花布。她的披散的长发涂上花粉油挽成妇人的头髻，斜插了一朵紫红色的野芍药花。她的面容美丽绝伦，永远新鲜。娴坐在一顶花轿上离开枫杨树，路过河边谷地。她看见怒山男孩锁跟以往一样，坐在水边对着那匹红马哭泣。娴这时候才懂得了锁哭泣的意义。她从花轿上站起来，朝锁勾起手指做了个神秘的手势：

"锁，你长大了，你该穿裤子啦。"

"红马要走了。"而锁在河边哭泣着回答。锁垂着头，没有向远嫁的娴多看一眼。送嫁的人们都听见了锁的凄凉奇怪的回答。后来他们回忆起来，是锁第一个向娴透露了红马远去的消息。

那天人们在枫杨树的山梁上发现一匹奇怪的马在顺风奔驰。那马活似一个人的形体，它凄凉地呼号着顺风奔驰，四肢拍击岩石的厚土，杂沓有声。人们都说又从哪里来了这匹奇怪的马？

后来有人从山上奔下来喊叫：那不是马，那是怒山老人。事情传开后却无人相信，乡亲们想也许那天太阳太辣，他们看花了眼。而我爷爷对此沉默不语。他相信那匹怪马就是怒山老人。第二天他看见怒山老人紫红色的脸膛迅速归于苍老。

仇恨是一棵会开花会结果的树。仇恨的树在我爷爷和怒山老人之间披挂了暗褐色叶子，繁衍了这个故事的枝节。

要说一下怒山老人的磨房。磨房里的碌碡、磨子从前都是我爷爷送给怒山祖孙俩的。我爷爷坦白地说，他给他们送东西是有所图谋的。他自从见到那匹红马就神魂颠倒，他天生是一个占有欲极强的男人。但是红马不喜欢他，红马总是拒绝他的亲昵。于是我爷爷又仇视红马。他建议磨房用马来拉磨，怒山老人坚决地摇着头，他说："怒山马不是一般的牲口。它不能拉磨，如果马拉磨要人干吗呢？我不是能拉磨吗？"

你不是从怒山里来你就是无法理解那匹马的尊严。那匹红马在我的枫杨树老家自由游荡，它就在你的窗外视线里自由游荡，你每天可以看见它，却无法介入红马的神秘生活，红马只属于它的主人。

后来我爷爷到山上的磨房去就绕着那匹马走。他对马的渴念有如一口黑井莫测高深。有一天我爷爷对怒山老人说："新谷子打下来了，把碌碡和磨子还给我吧。我也要磨面了。"怒山老人说："兄弟你好糊涂，你不是说送给我了吗？"我爷爷笑起来，

“你才叫糊涂，我从来不白送人东西。你要明白磨房是我的，就像马是你的一样。”“我不能还你磨房，没有磨房我怎么养活锁和马呢?”我爷爷沉吟了半晌说：“那我们做个买卖吧，磨房暂时归你，但是我地里庄稼打下来，你都要给我磨成面。”

你可以从这宗买卖中发现我爷爷又长又松的圈套，它是用我老家男人常有的狡猾和占有心理编织的，如今毫不费力地套住了那个来自怒山的老人。

锁在黎明的幽冥天色中醒来给马喂草料。他抚摸着马的脊背，只有在这种触摸下锁才能感觉到马与他同在。山上的石屋弥漫着干草和粮食的清香，锁推开木板门，迎面涌来的是枫杨树的风和白雾。锁的移居外乡的生活天天如此，而变化都是无声无息发生的。

这个故事必须讲到怒山老人真正的苍老岁月。怒山老人是在红马消失的前夕才真正苍老的。

就这样锁听见了他爷爷的咳嗽声从草铺上传来。锁长这么大头一次听见他爷爷的咳嗽声。在怒山里，除非濒临死亡的人才会这样剧烈地咳嗽。锁惊恐地望着他爷爷。怒山老人躺在草铺上，仿佛一棵被狂风刮断的老树。可是那阵风为什么一点也看不见呢?

“锁，你过来，你看我的腿是不是让鬼魂砍断了，我的喉咙是不是让鬼魂扼住了？我怎么爬不起来呢?”

锁爬到他爷爷身边，他闻见爷爷呼出的气息浑浊带着枯草的气味，爷爷以往在黎明时分威猛勃起的生殖器突然萎缩得可怜。锁猛地抱起爷爷沉重的头颅，于是你听见了锁再一次的哭泣。当某种幻想丧失时，你将准时听见锁的哭声。

“你没看见鬼魂，爷爷，我看见你老了。”

“不。我只是夜里被鬼魂砍了一刀。我看见那个鬼魂从山下来，来偷我们的马。我只是被鬼魂砍了一刀。”

“爷爷，我知道所有的人都想来偷我们的红马。”

“锁，你要明白世上的牲灵唯有马是偷不去的。马的心跟人一模一样。马的眼睛能穿透黑夜寻访它的亲人。”

你预料的红马拉磨的早晨就在这天来临，锁那天没去河边放马。怒山红马被挂上笼头站在山上石屋里。马的眼神是凄凉的洞察苦难的。怒山老人对锁说：“我们的马要拉磨了。你找一块黑布把它眼睛罩住吧。别让它看见石磨。别让它看见自己的苦难。”

你如果在那天去了山上的石屋，会看见怒山红马是怎么开始拉磨的。必须用一块黑布遮住马的眼睛，马才开始一圈一圈地跑一圈一圈地拉磨。你如果在那天去了山上的石屋，会看见怒山的祖孙俩一个躺着，一个跪着，默默地凝视着红马拉磨。他们热泪滂沱。

“锁，你要是会跟马说话，你告诉它等我病好了，它就不再受苦了。”

“马在哭，爷爷你听见了吗?”

“你告诉它我们受这些苦全因为我们离开了怒山，我们来到了别人的土地上就变得衰弱无力。”

“马真的在哭，爷爷你听见马在哭吗？”

你们预料的红马拉磨的早晨已经来临。处面的白雾消失，阳光渐渐明亮，我爷爷正扛着一包谷粒从山下走来。

在所有故事中老人终将老去，孩子却是你心灵中的神明。怒山老人是老了，实际上他已经不可能从草铺上爬起来摘掉马的笼头。红马拉磨的沉重蹄声因此日复一日地变得古老而熟悉。

你不要忘了锁是传说中红马的小情人。在红马拉磨的漫长岁月里，他守望着他的马。你有一天听懂了锁的哭声，你就知道红马这时候不在山上的磨房里，红马正在奔驰远去，它离我们清晰的视线已经很远了。

我爷爷说他的罪孽是一朵伞状毒菌，就是在这一年开放的。你知道我爷爷在这一年苦练了男人的臂力和体魄。他从怒山老人那儿得到这种感召，最终回报给他。我爷爷在某天黑夜纠集四名枫杨树汉子摸向山上的磨房。你知道我爷爷是去抢马的。那个多雾的黑夜在人的心灵中是不真实的，但也可能是发生了的。抢马的人听见那匹马的咴咴嘶鸣震荡不安。抢马的人带了一捆粗麻绳。他们走进石屋的时候也就是你做噩梦之时。怒山老人躺在黑暗中凝视着门口一排黑影，一动不动地说：

“我知道你们会来。你们迟早会来。可惜我病倒了。”

我爷爷撕掉蒙面布上去捆绑了老人。他说他完全凭借两条铜鼓般的手臂捆绑了老人。一切都是蓄谋已久的，我爷爷抢马时忘却了人类的禁忌。

“你们来得可巧。锁到外面去了。锁要是在你们就没法抢走马了。”

我爷爷朝怒山红马走过去。马又一次嘶鸣起来，声音充满了强劲的骚动。红马遍体泛光，在黑暗中犹如金山崩塌。

“你们当心马眼上的罩子，当心别让马看见你们的脸。”

我爷爷终于抓住了马脖子上的银项圈。他的手颤抖着摩挲着，马鬃猛地撩到脸上。我爷爷的脸滚烫滚烫。

“你们牵着马走出屋子，马就会飞奔起来。你们当心。”

我爷爷的真正罪孽在于他拉下了红马眼睛上的罩子，他回忆起那一瞬间总是悔恨交加。眼罩一俟落地，红马前蹄高高扬起，身体犹如箭矢射出石屋。抢马的人看见的是一团红色闪电，朝夜色山谷急驰而去。记得怒山红马在远去的时候频频回首遥望，你可以想象它在呼唤怒山的男孩锁。

你听见我爷爷的铜唢呐再次吹响，模拟锁的哭声，你要把锁想象成一个满身披挂野草藤的裸身男孩，他站在河川里撒尿，抬起头猛然发现红马正在远去，一匹美丽异常的红马鬃毛飘扬、四蹄凌空，正在远去。锁将手指含在嘴里开始啼哭。锁的哭声对于我们来说持续了一百年。你在四面八方听见他的哭声，却再也看不到他。红马的小情人随着红马一起远去。

复归永恒的马，复归永恒的人，他们将一去不回。

（1988 年）

伤心的舞蹈

男人也有一些像水草般柔软的愿望。这些愿望经常被深藏着，但有时会被某条小鱼啄疼，这叫作再现，或者叫作愿望的再现。

我的粗壮的身体注定我跟舞蹈无缘，我要说的是我小时候的事情。每个人在小时候都是雷同的，我小时候和你们一样活泼伶俐，舞蹈跳得很好。这是真的。我小时舞蹈跳得很好。

那是我在红旗小学上四年级时候的事了，至今记忆犹新。有一个春光明媚的下午，段红把我从跳绳的人堆里叫出来，她拉着我的手走过操场时所有的孩子都艳羡地看着我。段红是个五十多岁的穿白球鞋的老太太，她从我父亲那阵就开始教孩子们跳舞唱歌了。你要知道让段红牵着手意味着你交了好运。你可能入选宣传队了。

我跟着段红走进办公室，猛然发现李小果站在窗前，拿着粉笔在玻璃上画飞机和大炮。段红说："小果，给我老实坐着。"李小果就哧溜跑过来，坐到唯一一张椅子上，李小果的脸被胭脂涂得很鲜艳，他歪过脖子朝我鄙夷地白了一眼。我明白他的意思。那意思就是你怎么也来了？

段红让我站好，然后她抓着一个化妆盒给我化妆，她的手指在我的脸上温和而熟练地操作着，最后拍拍手端详着我，说："好，像个红孩子。"这时候我听见李小果差点掀翻了凳子，他指着我嚷道："段老师，他不漂亮！他把蛐蛐藏在课桌洞里，破坏纪律。"段红就笑了，她拍拍李小果的脑袋说："你漂亮，他也漂亮。你们都是红孩子。"

我当时气得直想把李小果拉出去毙了，我用不着害怕李小果的狗屁主任爸爸。但我知道不能在办公室里揍李小果，因为所有的老师都包庇李小果。段红让我一边蹦跳一边做一个擦玻璃的动作，不断重复，最后她喊停，"跳得很好，像个红孩子。"她掏出手绢擦了擦我脸上的汗，"明天你和李小果一起来排练吧。"

我突然想起来段红让我表演的是《红孩子》里的动作。那个舞蹈就是六男六女十二个孩子手持扫帚、拖把、抹布搞卫生。它是我们学校宣传队的压台戏，但是那个负责擦玻璃的男孩转学走了。我和李小果就是来顶缺的。段红说："你们好好练，谁跳得好就让谁上台。"

事隔好多年后我才明白段红老太太是让我跟李小果竞争，但当时我不懂，当时我只知道恨李小果，恨不得邀上猫头家林等一帮大孩子把李小果的腿揍断了。我想李小果的心情大概也一样气势汹汹。"东风吹，战鼓擂，现在世界上究竟谁怕谁？"有一首歌曲就是这样唱的。

所以说我在文艺宣传队里是临时的，说穿了也没有什么光荣。宣传队里的十三个孩子每逢周三周末集中在大教室里，像群小鸡跟着段红老太太老母鸡闻乐起舞，我混杂在其中，那种幸福却是永生难忘的。

我接着要说的是另外一个孩子的舞蹈。那是个非常美丽的小女孩，她叫赵文燕，就是一只燕子的意思。我一直认为赵文燕就是文艺理论家蔡仪先生所指的典型形象，这灵感得自于我那时对赵文燕的印象。我认为赵文燕很典型。

赵文燕就是《红孩子》里举着拖把跳舞的女孩。

赵文燕的妈以前就是个跳舞的，后来不知为什么事，总是想悬梁自尽，三番五次的，没有成功。据说都是让赵文燕发现的，她哭叫着把椅子垫到她妈脚下，她妈就没办法了。我在街上看见过赵文燕的妈，她跟赵文燕没两样，就是高一点大一点。她的脖子上有两道暗红色的淤伤，那就是绳子的痕迹。

赵文燕化了妆像天仙一样惹人爱怜，但她一上台就紧张，一紧张她就会蹲下去，在台上尿尿。那叫作失尿症，据说好多漂亮女孩小时候都有这种怪病。宣传队之所以没有开除赵文燕，一是因为她漂亮，二是段红老太太不舍得她。段红说："她是让吓的。那孩子可怜。"

我后来就再没见过赵文燕这样的小玻璃片女孩。她确实是一块小玻璃片女孩，又伤心又美丽的，小心翼翼放着绿光。她穿着一条小花裙子，以遗传的优美姿态舞至大台中央，她拿着小拖把就像拿着一束鲜花自然飘逸。但你看见她突然蹲下去了，小花裙子很快弄湿了。就这么回事。即使你是个小豆豆男人，你也忘不了赵文燕这个典型形象。就这么回事。

还有一个春光明媚的下午，我跟李小果打架了。我把他的小蒜头鼻子打破了，他却拼命扒着我屁股，埋着头撕破了我的裤子。我那天回家是用书包遮住了屁股的。

用现在的观点分析，我吃了败仗。李小果是狡猾的老狐狸。

东风吹，战鼓擂。春天过得好快。

离会演只有七八天的工夫了。段红老太太把我叫到一边，悄悄地咬着我耳朵说："好好跳，我准备让你上台。"段红老太太就是这样一个喜欢咬着你耳朵说话的老太太。段红老太太真是一个世上罕见的老太太。她的腰肢比八岁女孩还要柔韧，舞步比风中杨柳还要婀娜。她从年轻时就这样跳着，忘了结婚忘了生孩子，段红是个老处女。

"好好跳，让你上台。"

我记得这是段红老太太对我说的最后一句话。紧接着的一次排练发生了一件大事。段红老太太那天脸色非常红润，她跟以往一样像富有经验的老母鸡操练着小鸡的队伍，她说："把手举得高一点。"她又说："你怎么老忘记笑，一定要笑，笑得像小红花一样好看。"我记得段红当时抓着李小果的手让他的手不要像木棍一样僵硬，但李小果天生是一个大笨蛋，他的手永远像木棍在空中胡乱划拉。段红就一遍一遍从圈圈外蹦进来跳出去，模拟擦玻璃的动作。我看见她突然不动了，双手柔美地停在空中。一个定格。段红的炯炯目光在一刹那间涣散了。我看着她的微胖的身子慢慢向后倒去。

是赵文燕第一个哭叫起来，她在别人还没有反应过来的时候第一个哭叫起来，“段老师死了！”然后跑到办公室去把老师喊了来。一阵忙乱之后，十三个孩子相跟着把段红送到医院去了。

那叫脑血栓。是高血压引起的灾病。以十三个孩子的知识，谁也理解不了脑血栓和死亡的关系。我从前认为学校的老师都是长生不死的，段红老太太死了一会儿还会活过来的，但翌日我一进学校就听说段红老太太真的死了，赵文燕伏在课桌上呜呜地哭个不停。她的书包摊在桌上，里面放着一只白球鞋，那是送段红去医院时掉在路上的。

你更无法理解的是舞蹈和死亡的关系，段红老太太像往日一样带我们跳着舞，怎么突然一脚踩到死亡国度里去了呢？

死人的事是经常发生的。或重如泰山，或轻于鸿毛。

段红老太太死后我以为宣传队也散了，因为没有人来召唤我去排练了。那是春光明媚的日子——你在简单的故事中最好多用春光明媚这样的词语，以免把简单的东西搞复杂了。紫荆花开了。赵文燕已经穿裙子了。就这么回事。有一天我走过大教室窗前惊奇地发现赵文燕李小果他们还在排练，校长和一个陌生的年轻女人在指挥他们。十二个，六男六女，只是没有了我。

我呢？不是说让我上让李小果滚蛋的吗？我伏在窗台上偷

看了一会，想进去又不敢进去。我不明白他们为什么不要我而要李小果那天字第一号的大笨蛋。我这辈子尝到的第一回失落感就是这时候。这时候我十二岁。十二岁就有了失落感全是舞蹈的罪过。本来说得好好的让你上台，但突然连排练都不要你了，你心里没法不难受。

还有一个春光明媚的下午，我跟李小果又打架了。这回我把他摁在沙坑里，他根本没有机会撕我裤子。我像大力神一样往李小果嘴里灌沙子，但突然我想起了段红老太太说过的话，"好好跳，让你上台。"我就放开了李小果，自己先哭起来了。我对着一堵断墙，泪眼蒙眬地看见墙外的油菜地开出一片伤心的金黄色花朵。那回我赢了，却莫名其妙大哭一场。那是我少年英雄史中最丢脸的纪录。

东风吹，战鼓擂。春天过得好快啊。

我最害怕的日子终于来到了。会演了，地点就在学校的大礼堂里。那天我们学校就是个莺歌燕舞百花争艳彩旗飞扬鞭炮齐鸣的气氛。那些不谙世事的孩子东奔西窜，快活得闹翻了天。只有我一个人心情沉重，像老人一样端坐在课堂最后一排位置上。我在玩一盒火柴。我把火柴一根根码齐了堆放在桌上，然后把一面小镜子迎着光线，对准火柴堆。慢慢地那堆火柴就毕剥燃起来了。我闻见一股焦硝味围绕着我，在空荡荡的教室里飘散。

你想想你在十二岁会做这样伤心的游戏吗？

我搬着凳子排在队伍最末尾朝礼堂走。春光明媚。谁也不想知道我心里的事情。谁想知道你心里的事情？突然队伍一片哄闹。原来是六男六女十二个红孩子化好了妆拿着道具超过去了。李小果那大笨蛋当然也混在其中。他的脸涂得比谁都红。我转过脸不去看他们，我听见校长一路小跑追着赵文燕对她说："别紧张，千万要憋住。"我知道校长是什么意思，我想我要是赵文燕就是不憋住，就是要尿，谁让他有眼无珠要李小果不要我呢？

你知道七十年代初只有孩子们是舞台上的艺术大师，你看孩子蹦蹦跳跳总比什么都不看强。所以会演那天整条街上的老头老太都自带凳椅坐在后面喜笑颜开。我看见李小果的奶奶赵文燕的爷爷都在里面好像上台跳舞的是他们。我觉得那天的世界欢乐得不对头。

轮到《红孩子》上场了。六男六女十二个孩子分两排跳上舞台，手持扫帚、拖把、抹布搞卫生。我看见赵文燕的脸像个老妇女一样愁眉不展，她上台没跳几下就蹲了下去。站在台下的校长马上抱住了脑袋，朝天翻了个白眼。

赵文燕还是没憋住，她又尿啦！

我腾地站起来，拍手，大笑。我的笑声尖利响亮。班主任就从前排冲过来，把我摁倒在凳子上。但我还是忍不住，张大了嘴巴笑。班主任在我脸上刷了一巴掌。

你在十二岁时会这样笑吗？

这好像就是我要说的舞蹈的故事。

需要交代一下故事中的另外两个孩子的下落以构成故事。赵文燕在升中学前夕被上海一家舞蹈学校选去，据说她的容貌和两条细长腿让招生的舞蹈家爱不释手。她果然天生就是个舞蹈天才。我后来曾经在电视里欣赏过她的荷花舞，已经不是《红孩子》的跳法了。她跳起舞来显得美丽动人。但我有一回坐在电视机旁对朋友说："她从前一上台就要尿。"朋友大笑，以为我在说荤话。我说："不骗你们，我从前跟她一起跳过舞。我怎么会骗你们?"就这么回事。赵文燕在上海跳舞的头一年，她妈妈就死了，依然是悬梁，赵文燕不在家里她妈妈就死成了。不知为什么死。赵文燕的妈到最后脖子上仿佛长了一条沟。那是绳索的痕迹。

还有就是笨蛋李小果。告诉你李小果的下落你会相信我说的真是故事了。李小果就是我们街上那个坐轮椅出门的残疾人。有一天他在建筑工程队搭脚手架的时候，从十米高空坠落下来，两条腿摔断了。

我想这叫作悲剧命运。悲剧命运就是你一辈子只跳过一次舞，但你的腿却摔断了。就这么回事。

我经常和我妻子谈起舞蹈的话题。我妻子就是当年十二个红孩子中的一个，记住，就是拿扫帚跳舞的那个。她现在很讨厌我跟她讨论舞蹈。她说："我讨厌喜欢舞蹈的男人。"

想想也是，男人喜欢舞蹈总不大对劲。

可是你能说得清舞蹈到底是个什么东西吗？我妻子曾经问我：“你什么时候开始爱上我的？”我说：“你小时候跳西藏舞的时候，你把衣袖往这儿甩往那儿甩真是美丽极了。”她说：“是吗？我跳过西藏舞？”

我注意了一下她的神态，她茫茫然不像装假。你只能相信她真的忘记自己的舞蹈了。

就这么回事。舞蹈这东西你能说清到底是个什么东西吗？

（1988 年）

七三年冬天的一个夜晚

一九七三年冬天的一个下午，白马湖五七干校的高音喇叭催促一个姓佟的干部去团部办公室，佟文光，佟文光，赶快到团部来！女播音员的声音听上去很不耐烦，佟文光跑哪儿去了，他的家属来了，最后一次广播，佟文光赶快到团部来，再不来我不管了，我要下田劳动了！然后是播音器材被什么东西擦碰的声音，夹杂着一个小女孩嘤嘤的哭声。广播里反常的声音引起了干校所有人的注意，农田、猪圈里的男女干部都好奇地望着高音喇叭。佟文光是谁？是燃料公司那个老佟吧？突然喇叭里的女声把大家吓了一跳，佟文光，你耳朵聋了？女播音员明显是愤怒了，她说，佟文光，你女儿在这儿哭呢！

佟文光是我父亲。那天的事情不怪他，不怪他耳朵，他当时正在湖边围湖造田，湖边的高音喇叭原来是好的，但是一场大风把电线刮断了，他什么也没听见。他是五七干校的劳动能手，劳动能手在劳动的时候是很专心的，他才不会去关心远处喇叭里嗡嗡地在说什么。

所以佟文光临近天黑才见到我姐姐。我姐姐坐在团部的会议室里，背上的一个包裹卷仍然坚固地缠在她的背上，看上去像一个逃难的驼背小姐，她的左手抓着一只黑色的人造革包，右手抓着一只红薯。人造革包是佟文光以前上班时用的公文包，而红薯是那个急躁的女播音员送给她吃的。佟文光进去的时候看见我姐姐张大嘴，满脸是泪，他知道这个馋嘴女孩是让红薯噎着了，于是他冲过去对着女孩背上的包裹卷猛拍了一下，我姐姐就哭出声来了。

佟文光接待的是一个不速之客。他把包裹卷从我姐姐身上卸下来，去隔壁向人要了一杯热水，估计她嘴里的红薯不碍事了，就开始训斥我姐姐。

胡闹。谁让你来的？她说，妈妈身子不方便，你不在家帮她做事，跑这儿来干什么？

不是我要来的，是妈妈让我来的！

你妈妈胡闹。大老远的，这么冷的天，她让你来干什么？

妈妈说降温了，让我送你的大棉袄来，怕你受冻又犯胃病嘛，还有围巾，还有棉鞋，还有甜面酱。说到甜面酱的事，我姐姐就站起来，小心地打开了那只人造革包，没有打翻，她欣喜地叫起来，一点都没有打翻！

胡闹。我父亲捏了一下包裹里的东西，说，我是在干校，又不是去西北垦荒，怕我冻着饿着？还带甜面酱，不怕让人——妞妞，你又挖鼻孔，不准挖鼻孔！

我姐姐的手被佟文光一把抓住了。那双小手让西北风吹得又红又胖，手背上新生的冻疮清晰可见。又长冻疮！佟文光皱着眉头，他在我姐姐的手上揉搓着，突然想起一个关键的问题，这么冷的天，这么远的路，妈怎么让你来了？

我姐姐扭着身子，努力挣脱我父亲的大手，别搓，越搓越痒痒——便车，她说，是妈妈厂里的便车。张叔叔把车停在砖瓦厂，让我自己问路，我就问路，有个男孩很坏，他不肯好好给我指路，还像个特务似的跟着我，幸亏我跑得快，我把他甩掉了。

你从砖瓦厂下的车？我父亲惊叫起来，从那里走过来有五里多地呀，胡闹，你妈妈在胡闹！我不是写信告诉她了吗，挺着大肚子，绝对不能来干校，胡闹，不让她送，就让孩子来送！五里地呢，这么冷的天，谁让她送东西的，我什么也不缺，送个屁呀！

佟文光有点气急败坏，但我姐姐很冷静，她看见会议室外面有人向这儿探头探脑的，你嚷嚷什么？她像我母亲那样向父亲翻了个白眼，说，狗咬吕——洞洞，不识好人心。虽然吕洞宾的名字记错了，大致的意思是对的，所以佟文光立刻收敛了他的火爆脾气。他把东西都挎在肩上，拉着我姐姐的手就向外面走，胡闹，让孩子受多大的罪，五里地，这么冷的天，让孩子走五里地！佟文光一路走一路埋怨着我母亲，但他也清醒地知道这损失补不回来，他只能从别的方面向我姐姐作出补偿，谁都知道我姐姐是个馋嘴小姑娘，吃？佟文光突然大叫一声，不好，食堂快关门了，我们快跑！

饭后散步的下放干部们看见我父亲和我姐姐向食堂仓皇奔

去，他们说，老佟，是你女儿？你们父女俩在开运动会呀？我父亲没心思回应别人的幽默，他说，她饿坏了，带她去吃！

食堂快关门了，他们几乎是冲到了售饭菜的窗口。从半掩的窗外能看见里面的大桌子，桌子上盛饭的大铝盆只剩下一点米粒，盛菜的盆里还剩下一些酱油汤。有个大师傅对佟文光说，这么晚来吃饭？只有几个红薯了！我姐姐当即就跺起脚来，我不吃红薯，我不吃！佟文光有点慌张，他说，那你要吃什么？什么都没了嘛。我姐姐说，我要吃炒鸡蛋！佟文光说，你这孩子，告诉你什么都没有了，你还要炒鸡蛋！我姐姐说，我就是要吃炒鸡蛋！佟文光摇了摇头，他的脑袋钻到窗内，开始和里面那个大师傅交涉，刘师傅，特殊情况特殊处理一下，行不行？小孩子饿坏了，你就给她炒两个鸡蛋吃吧。大师傅说，你让我做小灶？不行，我要下班了，你们要吃就吃红薯，不吃我就关窗子了。佟文光大叫起来，别关窗子，你这是什么服务态度？这么一句话把大师傅惹恼了，他说，我就是这个态度，你脑袋闪开，压破脑袋可不怪我！大师傅把窗往下拉，佟文光拼命顶着那窗子，什么态度？他怒吼着，什么态度？他们这么一闹把我姐姐急坏了，我姐姐就在一边拉我父亲的衣服，她说，你们别吵了，我不吃炒鸡蛋了，我吃红薯，吃红薯！可是佟文光犟脾气上来了，他一边用头和脖子顶着窗，一边还腾出一只手去指着大师傅的鼻子，胡闹！你还有没有一点革命人道主义精神？他说，我在这里下放锻炼，我女儿来给我送棉衣，她才九岁，这么冷的天，她走了五里地才找到这里——佟文光说到这里声音突然哽住了，情绪的波动影响了他的斗志，他的脑袋终于从窗子里退出来，我姐姐看见他用衣袖抹了抹眼睛，然后他的大手在空中劈了一下，不吃他的饭！他拉着我姐姐的手向食堂外面走，说，不吃了，现在不是三年自然灾害，饿不死人！

他们从外面绕过食堂的厨房，看见那个大师傅在窗前向他们张望，我姐姐清楚地记得他突然推开厨房的窗子，手举两个鸡蛋，向她挤眼睛，他用其中一个鸡蛋轻轻敲着另一个鸡蛋，这意思再明显不过，炒鸡蛋还是有希望的。我的馋嘴姐姐就走不动路了，她也不懂得摆个架子什么的，盯着人家手里的鸡蛋，好像一辈子没吃过鸡蛋。然后他们父女俩在那里开始拔河了，一个要向前走，一个要往后退。值得描述的当然是佟文光，他冷冷地瞥了眼大师傅和鸡蛋，说，走啊！他用一只手按着我姐姐的脑袋，不让她扭头看那两只鸡蛋，颤抖的手指反映了他犹豫的心情，但是犹豫仅仅是几秒钟，那只手突然恢复了力量，犹如推土机一般推着我姐姐走，他说，孩子，做人要有志气，说不吃就不吃，我们回宿舍去，我去借个电炉，借些鸡蛋，我们煮鸡蛋吃！

直到此时，我姐姐仍然没有把最重要的消息告诉父亲，由于炒鸡蛋的原因，她一路上闷闷不乐，噘着个嘴。我父亲问什么，她都不肯好好回答。很快宿舍区一排排平房出现在我姐姐眼前，其中一个窗口闪烁着电视机模糊的图像，声音却是清晰的，一个藏族女歌手正在电视机里唱歌，金珠玛米亚古都，亚古都。我姐姐尖叫起来，电视机！这么一来拔河又开始了，我姐姐要去看电视，我父亲要让她去宿舍。他们在那里拉拽，路过的下放干部都笑，老佟，你们父女俩在拔河比赛呢？佟文光说，不听话，刚刚嚷嚷要吃，这会儿又要看电视！我姐姐从小难缠，这一点佟文光是知道的，为了避免在众人面前的尴尬，他许诺我姐姐，吃完鸡蛋就带她去看电视。这么着佟文光终于把我姐姐拉到了宿舍门口，进宿舍以前，佟文光打定主意要问清楚一件事，他弯下腰，将嘴巴凑到我姐姐的耳朵边，你妈的肚子，他说，她的肚子怎么样了？我姐姐那年才九岁，也不知道她是懂事呢，还是不懂事，她就是不肯痛痛快快地把我出生的事情告诉父亲，她偏要卖关子，什么肚子？佟文光就耐着性子比划了一下大肚子的模样，他说，你妈妈肚子里的小宝宝，怎么样了？这么一问所有的事情终于水落石出。我姐姐很不情愿地通报了我出生的消息，昨天就生了，她一边吸溜着鼻子，一边向父亲的宿舍里面张望着，她说，是弟弟，弟弟也没什么稀奇的，像个小老鼠，比小老鼠还难看。

佟文光就是这时候开始忙乱的，他什么也没说，只是用狂喜的目光和莽撞的动作表达他的心情，他把我姐姐按在属于他的床铺上，说，你坐着别动。我去给你弄鸡蛋！佟文光冲出去，一只脚踢翻了人家的脸盆，脸盆的主人抗议说，老佟你怎么回事，慌慌张张的！佟文光慌慌张张地出去了一会儿，又慌慌张张地回来，他没有带回鸡蛋来，带回来一只尼龙网兜，网兜里装着一堆红薯，还是红薯。我姐姐立刻叫起来，我不吃红薯！佟文光如梦初醒，他说，我忘了，我再去。这一去起码花了一刻钟，我姐姐眼巴巴地等着鸡蛋，心里还想着电视，所以那些叔叔伯伯跟她说话，她全当耳旁风。宿舍门上的棉帘再次被佟文光撞开了，这次我姐姐预感到了什么，她瞪大眼睛，惊恐地看着佟文光手里的另一只更大的网袋，更大的网袋里装着更多的红薯。佟文光站在门口，咧着嘴笑了一会儿，然后他像是对他的战友，也像是对我姐姐宣布，我请假三天，我爱人生了个儿子！一切来得太突然，我姐姐没来得及追问鸡蛋的事，甚至来不及哭，她像一只悲伤的胡蜂绕着佟文光转圈，一心阻止佟文光收拾行李，但你想想这事怎么阻止得了，很快佟文光把两只尼龙网袋挎到了肩上，然后他在宿舍里追逐四处逃窜的我姐姐。有人劝佟文光明天再上路，他们说，老佟你怎么回城？这么晚了，没有车了呀！佟文光在捕捉我姐姐的空隙里回答了战友的疑问，他说，不怕，搭便车去，不行的话就走回城去，只当是夜行军。

就这样，我姐姐哭着闹着离开了五七干校。她的这次旅程之冤屈程度放在现在，应该可以进入吉尼斯世界纪录。

一九七三年冬天的一个夜晚，北风料峭，佟文光拉着我姐姐在白马湖一带的低洼地里逆风而行。稀薄的月光照耀着白菜地、萝卜地和红薯地，照耀着泥泞的通往大堤的小路，在穿越一片坟地时，我姐姐自觉地停止了她的哭闹，她顺从地让父亲握紧她的手，出于对鬼魂的想象和恐惧，她把脑袋钻进了佟文光的棉大衣里。感谢坟地帮了佟文光的忙，感谢故事传说中的大鬼小鬼红毛鬼绿毛鬼把我姐姐的嚣张气焰打了下去，佟文光一边阻止鬼魂来骚扰我姐姐，一边尽情地打听起儿子出世的消息来。

是个弟弟？你没有弄错，看见他的——那个，是弟弟？你看见了？看见他的小鸡鸡了？

谁要看他的小鸡鸡？是张阿姨非让我们看。丑死了，他像个老鼠！

那你还是看见了嘛。是小弟弟。他有多大？几斤重？

谁知道？像一只老鼠——比老鼠大多了，比——猫大，跟对面老铁匠的狗差不多大。

不该这么说你弟弟，什么猫啊狗啊，你是姐姐，姐姐不能这么说弟弟。现在谁在医院里照顾妈妈？

不知道。妈妈没让我照顾她，她就让我给你送棉衣。她答应让我住宿舍的，——我不要回家，我要住宿舍，我从来没住过宿舍！

别嚷嚷，一嚷嚷鬼火又要出来了。到底谁在陪妈妈？妈妈一个人在医院里？你怎么不去陪她？

我不知道。妈妈就让我给你送东西，没说让我去陪她。

你怎么什么都不懂？胡闹，妈妈刚刚生了小宝宝，怎么能让她一个人在医院里？你去告诉大舅了吗？小姨？胡闹！那绍兴奶奶呢，你也没告诉？你这孩子，这不是胡闹吗！

你也嚷嚷了，大人嚷嚷鬼火也会出来的！

我们谁也别嚷嚷，爸爸轻轻地问你话，你轻轻地告诉我就行了。谁在医院里照顾妈妈？

我不知道。妈妈没让我告诉他们，她光让我来给你送棉衣。她说是早生，本来下个月才生的，张阿姨说妈妈不该去搬那包水泥，一搬水泥就早生了，要不是早生，妈妈就自己来送了。

你乱七八糟说些什么，你妈妈是早产了。她不该这么拼命干活的，胡闹，他们厂的领导混账，让一个孕妇搬水泥！

你又嚷嚷，鬼火又来了，快把我的眼睛蒙上——电视！我要回去看电视！

不过也不能都怪人家领导，她就是不惜力，先进生产者嘛，挺那么大个肚子，还在那儿争先进。你干什么？别胡闹，往前面走，快走。

我走不动了。我要回去，我要看电视！

胡闹。电视早没了，你想想电视里的人不要睡觉吗。坚持一下，看，我们到大堤了。

我不要大堤。我肚子饿，肚子疼，我要吃鸡蛋！

别嚷嚷！越嚷嚷越饿，吃红薯吧。红薯抗饿，以前红军长征时都没有红薯吃。鸡蛋就是你们小孩子爱吃，其实鸡蛋不是什么好东西。不消化，吃了爱放屁，卜，卜，卜，老是放屁，臭死了！

你骗人，吃红薯才会放屁，吃一个鸡蛋就像什么也没吃，怎么会放屁？

他们爬上了大堤，堤上的风更加肆虐，风将土路两侧的杂树灌木林吹得飒飒作响，月亮跟着他们走了一程，忽然失去耐心，躲进了云层，于是旷野里的黑暗看上去更加浓重了，只有远处的五七干校方向闪烁着几点昏黄的灯光。大堤上有一条路，他们站在路上。佟文光对我姐姐说，跺跺脚，别光站着，要不你脚上也要长冻疮了。我姐姐说，我要回干校，我要回去睡宿舍！我姐姐推搡着佟文光，佟文光说，回去你不怕让小鬼抓了去？不能回去。我姐姐眼泪汪汪，她说，你骗人，干校人多，鬼魂不敢来，这里一个人也没有，我们站在这里才会被鬼魂抓走！佟文光被逼得没办法，只好说了实话。我们大概走错路了，他说，黑灯瞎火的，看不清路嘛，我们在这里等等看，会有拖拉机过路的，附近村里人经常开拖拉机去城里送菜。

一九七三年冬天的一个夜晚，在一条荒凉漆黑的堤坝路上，佟文光将我姐姐藏在他的棉大衣里，顶着凛冽刺骨的寒风，等待某辆拖拉机的到来。

很明显佟文光的回城计划是狂热而不切实际的，我姐姐虽然才九岁，可她从来不是个好骗的傻瓜，她放弃了电视、鸡蛋和宿舍生活，难道是为了在寒风中等一辆并不存在的拖拉机吗？你骗人，你故意不让我看电视吃鸡蛋！我姐姐哭，哭得上气不接下气，送我去宿舍！她用脚去踢佟文光，送我回去，我要看电视，我要睡觉，我要那张上下床！佟文光不能容忍孩子的无理取闹，但是如果是有理取闹，他也没什么办法，那天在大堤上佟文光让我姐姐闹得没办法，后来干脆把我姐姐扛在肩上走。佟文光知错认错，他默认了自己的错误，但他还是不断地向我姐姐强调客观理由，这是近路，省下十里地，我们能早到半个钟头。他扛着我姐姐向公路方向走，他说，你是小学生了，该知道什么叫归心似箭，我们是不该走这条路，可是，归心似箭呀！我姐姐才不理会什么归心似箭呢，她趴在佟文光的肩上，像一只不安的小鸟栖息在某棵大树的树枝上，起先她嘤嘤地哭，泪眼瞪着夜空中的星星，星星没碍着谁，你瞪它它也瞪着你，渐渐地我姐姐的上下眼皮打架了，她放弃了一切努力，呼呼地睡去了。睡意蒙眬中她觉得佟文光在拍她，妞妞，别睡，不能睡着！我姐姐不管这一套，她只顾趴在佟文光的肩上睡，而且她还危言耸听地咕哝道，爸爸，我快死了！

去城里送菜的拖拉机没有出现，或许那天夜里拖拉机手嫌天气太冷，没有出门，或许拖拉机从另一个方向驶向城里了，或许附近的拖拉机只是偶尔在夜间去城里送菜，或许关于拖拉机的说法只是我父亲的一厢情愿，谁知道？那些归心似箭的人，对于交通工具总有这样那样不切实际的幻想。

一条道走到黑，说的就是佟文光那天夜里的行程。佟文光后来脱下他的棉衣把我姐姐抱成一团驮在身上，两只装红薯的网兜则悬挂在胸前，他在大堤上一路小跑——不跑不行，他里面就穿了一件毛衣，他有严重的胃病，如果不那么拼命跑会冻出病来。但是跑着跑着他意识到自己选择的路线不是近道，他怀疑自己多跑了十里冤枉路，后悔没什么用。他向远处的公路一路小跑着，听见自己身体的各个器脏和关节正在散架，变成了拖拉机的零件、引擎和油箱，他听见这辆拖拉机在黑暗中突突地向前冲，引擎在勉励油箱：加油，去看儿子！车轴在为轮胎打气：别泄气，去看儿子！去看儿子！除此之外，佟文光还感觉到一棵沉重的热乎乎的大白菜在车斗里摇晃——那是我姐姐，是佟文光最疼爱的女儿，谁知道她是怎么想的，那样的一个激动人心的夜晚，她竟然在我父亲的背上睡着了。

一九七三年冬天的一个凌晨，我在妇产医院的病房里看见棉门帘被什么撞开了，一个怪模怪样的男人浑身冒着寒气，弓着身子站在那里，向我和我母亲傻笑，我发现那男人的背上有个东西突然冒了出来，是一个睡眼惺忪的小女孩，小女孩蓬乱的头发上同样散发着冰冷的寒气，她木然地看着我，间或打一个哈欠，我发现她的小脸上到处是鼻涕和眼泪的痕迹。

那会儿我出世才三天，除了母亲的乳房，我谁也不认识。我被两个不速之客吓着了，所以我用尖锐而响亮的哭声表示了抗议。

谁让你来的？

谁让你们来的？

这是无法抗拒的事情了，他们还是来了。两个冬夜来客，一个是我父亲，一个是我姐姐。

而医院的窗外开始飘起了鹅毛大雪。

（2000 年）

神女峰

轮船码头比任何一个集市都要拥挤和肮脏，滞留此地的人们有的蹲着，有的站着，还有的四仰八叉地躺在仅有的几块空地上，张大嘴呼吸着污浊的空气，一边打着响亮的呼噜，轮船尖利的汽笛声没有惊动那些人，很明显他们并不是旅客。

最后的两名旅客大概就是描月和李咏。描月的一只手被李咏紧紧地拽着，另一只手一直提着她的黑色长裙，像一个木偶被牵拉到了检票口。描月意识到自己像一个木偶，因此她的脸上一直凝固着一种窘迫的表情，当她在检票口撞到一个农民模样的人时，描月没有向那人道歉，却猛然甩掉李咏的手，你干吗这么慌慌张张的，描月说，船还没开呢，你慌什么？

李咏回过头匆匆瞥了女友一眼，他的手上肩上各挎了一只旅行袋，脖子上挂着描月的女士皮包。李咏察觉到描月在生气，但他没生气。李咏踮起脚尖朝轮船的甲板上张望，突然高声叫起来，我大哥，我看见我大哥了！李咏朝甲板上的一个男人挥着手，一边揽着描月的肩膀说，看见我大哥了吗？他正跟我们挥手呢。

描月看见一个穿蓝白条衬衫打着领带的男人，叼着香烟伏在栏杆上，一只手高高地举起来，朝左右两侧潦草地晃了两下，他挥手的姿势活像是一个大人物。描月下意识地回头看了看，后面当然没有什么人，她其实知道他在向自己挥手，只是故意不看他。其实不用李咏介绍，描月也知道了，那个人就是老崔。

上船的时候描月仍然目不旁视，但是冷不丁地说了一句，你大哥？哼，你大哥就这模样呀？

描月嘴快，说了话往往自己也不知道是什么意思。描月是个喜欢贬低一切男人的女孩，其实就站在甲板上的老崔来说，他的体型要比描月想象的高大魁梧，他的长相也比她想象的要年轻一些，英俊一些。

他们三个人包下了一个二等舱。舱室不大，却还算干净。描月是第一次坐船，不禁有点喜形于色，她在舱内扫视了一圈，摸了摸床铺说，挺舒服的么。描月说完就后悔了，她看见老崔投来的目光，那么匆匆一瞥，却让她后悔得要命。

老崔含笑道，是第一次坐船吧？

第一次怎么啦？描月说，坐轮船有什么可得意的，又不是坐航空母舰。

老崔愣了一下，看看李咏，说，厉害。

她就是嘴厉害，李咏说，心眼还挺好的。

谁告诉你我心眼好的？描月说，你根本不了解我。

李咏尴尬地笑了笑，转移话题说，操，就我们三个人，没有外人来了，这多痛快。大哥还是你英明，坐二等舱就得包舱。

有钱么，有钱就能摆阔。描月从小包里取出化妆盒，细细地在脸上补了点妆，描月对着小镜子说，我倒希望再来一个人，有趣一点的人，要不，这一路上还不把人闷死。

描月听着两个男人无言以对，总算觉得解了气，又觉得他们嘴笨，忍不住偷偷一笑，她从镜子后面偷窥两个男人，他们都微笑着，脸上是一种相仿的宽容的表情。李咏这时候凑到描月耳边，轻声说，你对我大哥客气点，你忘了你的工作都是他帮忙找的？

描月撇了撇嘴，想说什么又忍住了，描月的报复本来已经完成，没想到李咏紧接着就做了那件事。李咏从床下拿出了三双拖鞋，第一双给了老崔，第二双给了描月，第三双放在自己脚下，描月看着他拿鞋的次序，心里很不舒服，偏偏老崔在说话了，老崔说，李咏你又错了，该先给你女朋友呀。老崔话音未落，描月已经把拖鞋踢了出去。

没出息，描月冲着李咏喊道，你是男人吗，他有钱你就甘心当他的奴才？

你这是什么话？他是我大哥呀。李咏涨红了脸，讪讪地说，一双拖鞋，先给谁还不一样？

老崔在一边哈哈大笑起来，他的笑声听上去快乐而暧昧，他一边笑一边拍着李咏的肩膀，然后附到李咏耳边说着什么。描月瞪着他们，她想听清楚他们在说什么，却看见老崔注视着自己，老崔的眼神有点古怪，似乎在赞赏她，似乎又不是，描月觉得那种眼神很隐秘。

不知怎么描月不敢正视老崔的眼睛。她转过脸去望着船窗外面，窗外码头上的景物已经开始移动，昏黄的江水缓缓地后退，船已经离港了。旅行开始了，描月的心情也一点一点好起来，她的脑海里迅速闪过南京、武汉、万县、重庆这些地名，那是她记得的三峡旅行将要经过的城市。描月的心情一点一点地好起来，她想象着长江三峡美丽壮观的景色，依稀看见一座形状奇特的陡峭的山峰，那就是著名的神女峰。描月是在一张长江游览图上知道它的，神女峰的形状确实像一个守江而望的女人。描月也不知道为什么独独是神女峰让她产生了无限的想象。

描月从小包里找到了那张皱巴巴的游览图，描月的手指沿着图上的长江优美地移动着，在标示神女峰的红点上突然停顿了，神女峰，描月莞尔一笑，叹了一口气说，唉，船开得真慢，什么时候才能到神女峰呀？

李咏已经脱下衬衫光着上身了，他正用毛巾在腋下抹擦着。急什么？李咏说，船不是刚开吗，那个什么峰肯定在三峡里，过了武汉才进三峡，进了三峡才能看见呢。

那用得着你说？描月朝李咏轻蔑地瞥了一眼，她意识到自己是在问老崔，但不知怎么她的目光一旦与老崔相遇就慌忙躲开了。描月又埋头盯着游览图，像是自言自语地说，我估计船过神女峰是在第三天，要不就是在第四天？

我也不知道是第几天，老崔在另一张床铺上收起手里的报纸，说，我就知道第二天到武汉，到了武汉就该下船啦。

武汉有什么意思？描月仍然低着头说，我小姨妈就住在武汉，我妈去过那儿，说夏天热死人，冬天冻死人，又没什么好玩的。

我知道三峡很美，武汉很没意思，可我就是没空往上游走，没时间呀。老崔说，我要是像你们这么自由自在就好了，生意人没时间，我就不能陪你们往上游走了。

大哥得在武汉下船，李咏坐在描月的身边，说，我不是告诉过你吗，大哥在武汉有许多生意。

谁跟你说话了？描月抬起肘部推着李咏，皱着眉头说，没见过你这么讨厌的人，你就一张嘴，说话还结结巴巴的，还想把全人类的话都说完？

李咏似乎从来不生女友的气，他从描月的身边坐到老崔的身边，对老崔挤着眼睛，说，怎么样，厉害吧？

老崔却哈哈大笑起来，兄弟别生气，他一下一下地拍着李咏的肩膀说，有个幽默的女朋友是男人的福气，男人么，不受点女人的气就做不成男人！

描月这时候扑哧一笑，准确地说，那是发生在她和老崔两个人之间的会心一笑。这种微妙的情景来得很突然。描月的心咚地跳了一下，她猛地转过脸去，心里隐隐地有一种不安的感觉。她甚至不知道这是怎么发生的，她与老崔突然达成了某种默契，他们好像是在合伙捉弄或者欺负李咏。

轮船微微轰鸣着行驶在江面上，从窗口望出去天已黄昏，江岸上的乡野景色笼罩在淡淡的暮霭之中，看上去单调而朦胧。描月想打开船窗，但发现窗子被钉死了。李咏挤过来，拼命想把窗子往上拉，这次描月没有责怪他，她只是指了指那几颗钉子，用眼神告诉他，他是多么愚笨。然后描月含了一颗话梅在嘴里，拿出一本时装杂志看了起来。

轮船进入夜航以前两个男人就开始喝酒了。描月难以想象他们这么喝酒有什么乐趣，可是他们就这么津津有味地喝开了，尤其是李咏，他的白净清秀的脸上满是酒色，说话声也变得亢奋而粗鲁，他一直大声说着一个同事卷走五百万公款潜逃国外的事，大哥你想不到吧，猴子竟敢干这种事，李咏说，操，知人知面不知心，猴子那么胆小一个人，就敢干这种事，操，现在的人，想钱都想疯了。

这事你跟人说了有一百遍了。描月厌烦地说，我看你想钱也快想疯了。

老崔对李咏的絮叨却很有耐心，他说，都疯了就好了，疯了就不想钱了。

描月扑哧一笑，确切地说，又是与老崔的会心一笑。描月有点不自然了，转过脸注视着李咏手里的小酒瓶。桌上的两只烧鸡只剩下半只了，李咏还在努力撕扯一只鸡翅膀，描月就用杂志捅了捅他。李咏回头说，怎么了，猴子的事又不是国家机密，报纸都登了，有什么不能说的？

描月说，谁管你什么猴子大象呢，我让你嘴下留情，人家买的烧鸡，倒全让你吃了。

咳，你在说什么呢，李咏说，我跟大哥谁跟谁？我吃了就等于他吃了，大哥你说对不对？

老崔的脸上停留着那种隐秘的笑容，他对李咏点着头表示赞许，手里的酒杯却出其不意地朝描月送过来，坐船无聊，他说，怎么样，你也来一口？

我不喝酒！描月几乎惊叫起来，她觉得自己推开酒杯的动作过于惊慌了，她的声音也过于尖锐刺耳，似乎老崔的酒杯里盛着毒药。描月意识到了自己的失态，她羞红了脸退到门边，看看李咏，又看看老崔，然后猛地打开舱门跑出去了。

灯光下的甲板半明半暗，描月站在暗处，心里乱糟糟的。江上的夜景一片昏朦，甲板上看夜景的人不多，他们说话的声音也湮没在水浪的轰响之中，按照原来的设想，她和李咏应该在这里一起看夜景的，但这次旅行变得有点莫名其妙了，现在她独自一人站在这里，眼前看见的却是一杯酒，老崔手里的那杯酒。描月想，也许自己太敏感了，也许那杯酒没有什么含义，他和李咏是那么好的朋友，会有什么含义呢？

夜幕沉重地垂在江面上，甲板上的人看见的夜景其实只是一片无边的黑蓝色，半轮月亮，点点繁星，还有远处近处散落的灯光，江风很大很猛，描月在风里站久了，觉得有点凉意，脑子里便突然掠过一个奇怪的念头，要是李咏现在来为她披上一件衣服，他们的爱情也许还有希望，可是她知道那只是一种浪漫的想象。

描月走回二等舱去拿衣服，到了门口突然长了个心眼，想听听两个男人的酒话，她把耳朵凑到门边，听见的却是一阵反胃的声音，不知是谁喝吐了。紧接着便听见了李咏的声音，女朋友算什么？兄弟是手足，女人是衣服，想脱就脱！描月怒不可遏，正想闯进去，门被打开了，老崔拽着烂醉如泥的李咏冲出来，看见描月他并不吃惊，他喝多了，老崔轻描淡写地说，拉他到厕所，让他吐，吐掉就好了。

描月跟着他们走了几步，看见李咏一只脚上有拖鞋，另一只脚是光着的，走了几步，李咏就吐开了，描月看见他嘴里喷出一摊污液，溅在走廊上。她本能地站住了，扭过头去喊道，恶心！

舱室里弥漫着一股酒气，描月挥着手徒劳地驱赶那股气味，挥了一会儿就罢手了，她从旅行袋里抽出一件外衣，匆匆逃了出去。经过厕所时她瞥见两个男人挤在里面，一个仍然在吐，另一个却抬起头，用一种明亮而尖锐的目光看着描月，描月低着头疾步而行，她听见李咏在喊她的名字，描月，描月，你在哪里，你怎么不管我？描月一边走一边冷笑，说，有你大哥呢，吐吧，吐完了继续喝！

描月无处可去，走着走着又回到了甲板上。有个船员在栏杆边忙着，一直抬头盯着描月，描月就冲着他发火，你看什么？我又不跳江！描月朝他翻了个白眼，靠着栏杆生闷气，描月在生李咏的气，也在生老崔的气，她不知道自己为什么会生老崔的气，也许仅仅与那杯白酒有关。

甲板上来了几个人，又走了几个人。有一对情侣在夜幕的掩护下紧紧地依偎在一起，那女孩的头发被江风吹乱了，男孩就用双手捧着它。描月后来一直偷偷地窥望着他们，心情渐渐变得湿润而沉重，她突然想起不久前的一个夜晚，她和李咏在街心花园也这么拥吻过，一样热烈，一样浪漫，可是仅仅过了几天，热吻的滋味已经无法回味，这一切竟变得虚假而陌生起来，描月不知道问题出在李咏身上，还是出在她自己身上。

夜航的轮船又驶过了一个港口，万家灯火一点一点地暗淡了，隐隐可以听见岸上哪台电视机的伴音，晚间新闻正告结束，更多的人离开了甲板，只有那对情侣和描月还留在甲板上。描月想着自己和李咏的事，那些事竟然越想越乱，她命令自己不去想它，就把十根手指一根根地掰开，一根根地数着，不知数了多少遍，描月发现一个人影悄然来到她身后，那不是陌生人，不是别人，是老崔。

别数了，老崔笑着说，怎么数还是十根手指。

描月看了老崔一眼，没说话，过了一会儿她说，他怎么样了？

睡下了，吐了一厕所，老崔说，别担心，醉酒没什么，吐完就没事了。

怎么不继续喝？你还没醉嘛。描月说。

我不容易喝醉。老崔说，你有没有听说过，好人一喝就醉，李咏一喝就醉，所以李咏肯定是好人。

我知道他是好人，你可不是好人。描月说。

我是坏人中的好人，可李咏绝对是好人。老崔说。

为什么跟我说这些？莫名其妙。描月突然笑了，扭过脸看着江面说，什么好人坏人的，这儿又不是道德法庭。

到处都可以做道德法庭。老崔说。

你要审判我？你凭什么审判我？描月昂起头直视着老崔，脸上是一种挑衅的表情。

我没资格审判你，我只是在怀疑你。老崔说。

怀疑什么？怀疑我是美国间谍吗？

你这么单纯的女孩做不了间谍。老崔沉吟了一会儿，一只手不停地拍打着栏杆，然后他说，李咏头脑简单，不懂女人，可我一开始就看出来了，你不爱李咏。

描月的心又咚地一响，她扭过脸看着更远处的江岸，为了掩饰某种慌乱，描月故作轻松地摆动她的肩膀，爱是怎么样的，不爱又是怎么样的？她说，这事跟你有什么关系？

有一点关系。老崔的脸上仍然保持着那种暧昧的笑容，他摸出烟盒，抖出一支烟叼在嘴上。李咏是个大好人，老崔说，他是我兄弟，你知道的，他很信赖我。

我知道他信赖你。描月说，你们男人喜欢说这句话，朋友有难两肋插刀，你现在准备捅我一刀吗？

老崔脸上的笑容现在看上去更神秘了，他的眼睛在夜色里明亮如灯。在一阵沉默之后，老崔用一种异常轻柔的声音说，不，谁要让我这么做，我会先用刀捅了他。

夜色遮蔽了描月脸上突然泛起的红晕，现在她丧失了正视老崔的勇气，别说了，她几乎是嗫嚅道，我已经懂了。

每当描月慌乱失措的时候，她就慢慢地数自己的手指，那天夜里老崔的目光明亮如灯，描月却看不见自己的手指，只看见老崔的那只手，那只大手从容不迫地伸过来，握住了她所有的手指。描月没有抗拒，唯一让她不安的是，这事情来得太快了。

描月任凭老崔握住她的手。描月说不出话。

明天就到武汉。老崔说，武汉没有神女峰，可有个黄鹤楼，武汉不如北京和上海，可也很热闹很繁华，你不想逛一逛吗?

描月说不出话，只是凝视着老崔的那只手，过了好久，她说，我小姨妈就在武汉，她一直写信让我去玩呢。

描月说完那句话时看见天上的月亮摇晃了一下，月亮大概钻进了云翳深处，甲板上显得更加空旷更加黑暗了，而船桅上的所有旗帜都迎着江风飒飒舞动，发出一种清脆的碎裂的声音。

船到武汉是在第二天傍晚，下船的人很多，他们所携带的行李也很多，因此船坞出口处显得异常混乱。不知过了多久，船和码头渐渐安静下来，岸上的职员关上了出口处的铁门，下客用的跳板被撤掉了，轮船驾驶员又拉响航行的汽笛，就在这时候我们看见了那个奇怪的青年，他衣冠不整，一副宿醉未醒的模样，从二等舱那里一路狂奔下来。我们看见他在走廊上撞来撞去，沿路高喊着一个女孩的名字，描月，描月，你在哪儿？描月，描月，你跑哪儿去了？

谁都能看出来那青年快急疯了，这很自然，要是别人的女朋友也这么失踪了，也会像他一样失魂落魄的。但旁观者总比当事人清醒，有人说，既然你们坐的是二等舱，为什么不去问问二等舱的服务员呢？

那个青年却似在梦里，木然地说，服务员在哪里？

于是一大群人就领着他去找服务员，幸运的是那服务员的工作非常称职，她对二等舱内的每一个旅客的情况了如指掌。你是说那个穿得像乌鸦的女孩？不是在武汉下船了吗，跟她男朋友一起下的船。说到这儿她突然意识到什么，用疑问的目光端详着李咏，说，我正要问你呢，你们舱里三个人，二男一女不是？那个女孩，她到底是谁的女朋友？

我们大家都用热切的目光询问着李咏。李咏面色惨白，鼻孔里呼呼喘着粗气，他慢慢地蹲下来，双手抱着自己的脑袋，先往左边扳，又往右边扳，拒绝回答任何问题。就这样他把大家都搞糊涂了。我们依稀记得与他同行的另一个男青年，穿着名牌衬衫打着名牌领带，有人在昨天夜里看见他和那个女孩一起在甲板上。一件简单的事也会变得如此蹊跷，我们当时真的糊涂了，那个名叫描月的女孩到底是谁的女朋友？

船过武汉才是真正往三峡去了。船上剩下的旅客大多是去三峡观光的。我们记得后来的旅程中李咏一直郁郁寡欢，只是在轮船经过著名的神女峰时，李咏突然露出一种难得而古怪的微笑，他盯着神女峰凝望了好久，最后说，操，这就是神女峰？

（1997 年）

图书在版编目（CIP）数据

神女峰/苏童著.-上海：上海文艺出版社.2020（2023.3重印）
(苏童作品系列：新版)
ISBN 978-7-5321-7465-2
Ⅰ.①神… Ⅱ.①苏… Ⅲ.①短篇小说－小说集－中国－当代 Ⅳ.①I247.7
中国版本图书馆CIP数据核字(2020)第027383号

发 行 人：毕 胜
责任编辑：李 霞
装帧设计：谢 翔

书　　名：神女峰
作　　者：苏 童
出　　版：上海世纪出版集团　上海文艺出版社
地　　址：上海市闵行区号景路159弄A座2楼 201101
发　　行：上海文艺出版社发行中心
上海市闵行区号景路159弄A座2楼206室 201101 www.ewen.co
印　　刷：崇明裕安印刷厂
开　　本：890×1240 1/32
印　　张：9.125
插　　页：2
字　　数：181,000
印　　次：2020年4月第1版 2023年3月第3次印刷
I S B N：978-7-5321-7465-2/I · 5938
定　　价：42.00元
告 读 者：如发现本书有质量问题请与印刷厂质量科联系　T: 021-59404766